라일락 걸스
Lilacgirls

마샤 홀 켈리
Martha Hall Kelly

라일락걸스

걷는사람 세계문학선 3

마샤 홀 켈리
Martha Hall Kelly

차례

23장

헤르타, 1944년

"빌머 하트만이 선생님을 만나러 왔습니다." 간호사 마샬이 뭔가 알겠다는 표정으로 말했다. 이 여자는 왜 계속해서 노크도 없이 들어오는 것일까?

그날 아침 나는 침울한 기분으로 일어났으며 머릿속에선 이상한 소리가 울렸다. 수용소 이곳저곳에서 문제가 터지고 있었기 때문이다. 라벤스브뤼크는 수용 인원 칠천 명을 예상하여 지어졌지만 그해 여름 수용자 수는 사만오천 명에 달했다. 계속되는 공습 사이렌이나 불길한 전쟁 소식 탓일 수도 있었다. 6월 초에는 미군이 프랑스에 상륙했다는 이야기가 널리 퍼졌다. 수용소에는 전염병을 앓는 환자들이 넘쳐 나는 한 주 걸러 한 번씩 의무동을 철저히 청소했고, 노동에 부적합한 환자들은 검은 이송차에 실어 보냈다. 긴장을 풀기 위해 이런저런 생각들을 머리에서 지우려 했지만 쉽게 잠들 수 없었다.

슈렌이 래빗들에 대한 대책을 가지고 있지 않아 문제가 더 어려웠다. 블록마다 인원이 너무 많고 관리가 제대로 되지 않아서, 수용소 전체를 일시 정지시키지 않고서는 그들을 찾을 수 없었다. 게르다의 말에 따르면, 그들은 서로 인원을 옮기며 곳곳에 숨겨준다고 했다. 결핵 환자 블록에도 숨겼다.

나는 옛 친구를 만날 기분이 아니었다.

빌머 하트만. 그는 의과대학 때 알았던 정신과 의사로, 우커마르크를 방문하고 싶어 했다. 그곳은 과거 여자 청소년 캠프였는데, 수용소 인근에 있었다. 수용 인원이 많아지자 슈렌은 수감자들을 그곳으로 보냈다. 빌머를 비롯한 정신과 의사들은 수용소를 돌아다니며 직원들의 정신 건강을 체크했다. 하지만 더 중요한 일들이 쌓여 있는데 그렇게 하는 건 시간 낭비였다. 나는 그를 우커마르크로 데려가 둘러볼 시간을 오 분 이내로 정하고, 내가 안내하는 곳만 보도록 해 별다른 문제가 생기지 않도록 조치했다. 나는 초저녁 차가운 욕조 안에서 그 같은 계획을 세웠다. 너무 더운 날씨였다. 기록상으로 가장 더운 7월이었다.

빌머는 행정동 현관 앞에서 웨건 조수석에 앉아 기다리고 있었다. 나는 차에 올라 핸들을 잡았다. 차의 시동을 걸고 라디오를 켰다. 대화를 피하기 위해서였다.

"독일은 계속 승리를 거두고 있습니다. 독일군의 계속되는 라인강 경계 작전으로, 연합군의 보급이 위축되고 있습니다. 다음 뉴스를 전해드리……."

빌머가 라디오를 껐다. "승리? 새빨간 거짓말. 차라리 손바닥으로 하늘을 가려라. 우린 이미 전쟁에 졌어. 스탈린그라드 전투에서 패배했을 때 결정된 거야."

"그러면 수용소에는 왜 왔니, 빌머? 마지막으로 봤을 때, 넌 생리학 교실에서 죽어가는 돼지와 씨름하고 있었는데."

빌머가 미소 지었다. "그래 나도 생리학을 전공하려 했었어."

빌머는 약간 곱슬인 금발에 좋은 인상이었고 부드럽게 행동했다. 그는 평상복을 입었고, 환자들에게 신뢰를 얻을 것 같았다. 가죽 구두는 비싸 보였으며, 수용소의 먼지 속에서도 광택을 잃지 않았다.

"의사들 다 비슷비슷하지." 내가 말했다.

"다른 의사들이 돈을 더 벌겠지." 빌머가 말했다. "그렇지만 나는 정신과 의사로 만족해."

우커마르크에 도착해 나는 차를 세웠고, 전형적 독일 신사인 빌머는 나를 위해 웨건 문을 열어주었다. 우리는 새로 건축된 세 개 블록과 광장에 세워진 수많은 군용 텐트를 둘러보았다. 텐트 아래에는 수백 명의 수감자들이 아직 평상복을 입은 채 앉거나 서 있었다.

빌머는 교양 있는 독일 남성들의 표본인 양 매너가 좋았지만 조금 우둔했다. 그는 내게 자기와 데이트할 수 있는지 물었다. 하지만 나는 너무 바빠서 나갈 수 없었다.

"빌머, 넌 논문을 많이 발표해서 경력에 도움이 될 업적을 쌓은 것 같아."

나는 내 흰 코트 자락에 묻은 검은 재를 털어냈다.

"긴 옷을 입기에는 날씨가 너무 덥지 않아?" 빌머가 말했다. "나 만나는 데 격식 차릴 필요가 뭐 있어."

"여긴 왜 왔지, 빌머?"

"트라우마와 정신병 사이의 관련성에 대해 연구해보려고."

"또 다른 연구를? 여기엔 연구 주제가 끝없이 많을 거야. 직원 숙소에서부터 시작해서."

"그보다 난 수감자들에게 관심이 있어."

"그들에게 누가 관심을 가져? 다른 이유가 있는 게 아니라면 괜히 그들을 건드리지 마."

"난 진짜 관심이 많아." 빌머가 말했다. "그리고 이 일은 내 연구 과제의 일부에 불과하지만, 수감자들과의 대화 치료를 통해 나 역시 많이 배우게 돼."

"네 공식적 과제가 뭔데?" 내가 물었다.

우린 텐트에 도착했다. 빌머가 한 수감자에게 미소를 지었다.

"사람들의 역량을 여러 가지 기준에 따라 평가하는 거야."

그의 말은 정신적으로 노동 능력이 없는 사람들을 골라낸다는 의미였다. 그들에게 '특별 조치 필요'라는 표시를 하기 전에 이미 그는 자신의 연구에 많은 것을 활용했다.

"미로 속의 생쥐를 관찰하는 셈이네." 내가 말했다.

"나는 그런 문제에 대해 이야기하는 것이 그 사람들을 돕는 거라 생각해. 넌 언제부터 그렇게 무감각해졌니, 헤르타?"

"이제 내가 정신 분석을 받아야 하는 거니?"

"그러면 네게 좋을 거야. 놀랄 일이 아니야. 넌 의과대학 시절부터 몇 년에 걸쳐 감각이 차츰 없어진 것 같아. 해부학 실험실에서 사람 팔을 가지고 칼싸움했던 걸 기억해."

"넌 여기에 수감자들만 관찰하러 온 게 아냐?"

"아냐. 수용소 직원들도 대상이야."

"나도 포함해서?"

빌머는 어깨를 으쓱했다. "우린 각자 해야 할 일이 있잖아."

"그래서 내가 한 말을 모두 기록해서 슈렌에게 제출하겠다고?"

"난 베를린에 보고해."

"베를린에서 네게 날 평가하래?"

"넌 많은 대상들 중 한 명이야, 헤르타. 수용소 의사들은 특히 위험해. 다른 의사들과 함께 넌 당국의 지시를 충실히 수행했어. 넌 현 상황을 받아들이고 그대로 유지되길 바라기까지 했지."

"나는 이렇게 더러운 곳에선 살 수 없어." 나는 또다시 코트에 묻은 재를 털어냈다.

"내 파일에는 어떻게 적혀 있어?"

"그건 네가 짐작할 거야."

"폴란드인들에게 가한 일들이 모두 그 파일에 들어있겠지."

"아마도."

"거기에선 뭐라고 해? 전직 간호사 죄수가 있었는데 그녀가 나를 도와 의무동을 좋게 변화시켰어. 하지만 마샬 간호사가 질투해서 모두 원점이 돼버렸지. 마샬, 연구 대상이야."

"그들이 네게 왜 닥터 빈켈만과 체스를 두라고 했는지 알고 있어?"

"정확히는 몰라, 빌머."

나는 강제로 그 뚱보 빈켈만을 찾아가게 하는 데 대해 처음에는 반발했지만 차츰 이상하게 편안해졌다. 나는 그의 몸 냄새 때문에 코밑에 멘톨 젤리를 발랐으며, 생선이 머리에 좋은 음식이라고 말하며 생선 샌드위치를 끝없이 먹어

치우는 그의 모습을 지켜보았다. 좋은 경험은 아니었다.

"아마, 내가 다른 여자와 지나치게 가까운 관계에 있는 것으로 의심하고 남자 동료와 가까워지게 하려 했겠지."

"그래서 어떤 느낌이 들었지?"

"느낌? 그런 것에 대해서는 신경 안 써."

"감정을 안으로만 삭이면 좋지 않아, 헤르타."

빌머는 부드러우면서도 소처럼 슬픈 갈색 눈을 가진 사람이었다. 그는 날카로운 학생이 아니었다. 어쩌면 의과대학은 그에게 시간 낭비였을 것이다.

"그 일로 나는 슬펐을 뿐이야. 그녀는 열심히 일했고 좋은 사람이었는데."

"내가 가진 기록을 보면, 네가 며칠 동안 누워서만 지낸 것으로 나와 있어. 급성 불안증."

"난 다 극복했어." 어떤 것이든 열심히 원칙대로 하면 이겨낼 수 있다. 빌머는 어째서 모든 일들에 다 그런 결론을 내리는 걸까?

"넌 화장장의 재 때문에 네 옷이 더러워지는 게 화가 나는 것 같아. 그렇지? 말해 봐."

"나는 깨끗한 흰 코트를 입으려는 것뿐이야, 빌머. 이렇게 더러우면 행동 원칙에 어긋나지 않아?"

"목소리 높일 필요 없어, 헤르타. 화를 내는 경우가 더 잦아졌어?"

내가 얼마나 더 많이 참아야 하나?

"잠은 잘 자고?"

갑자기 태양 속의 불지옥에 떨어진 듯 뜨거워졌다. "잘 못 자, 빌머. 새벽 4시에 올리는 사이렌 때문일지도 몰라. 내가 잠을 어떻게 자는지 아무도 신경 안 써."

"아무도 신경 안 쓰는 것 같아?" 빌머가 물었다.

"내 느낌에 대해 그만 좀 물어줄래요, 빌머 씨? 그렇게 해서 좋은 게 뭔데? 내 느낌이 어쨌냐고? 느낌 같은 소리 하시네."

내 목소리가 높아지자 경비원들이 쳐다봤다. 내 기록 파일에 더 많은 보고가 올라가겠지.

"봐, 여기서는 집에 전화하기도 쉽지 않겠어." 빌머가 말했다. "네 차트에는 수용소에서의 네 임무가 적혀 있어. 너는 그 모든 일에서 무관할 수 없어. 생명을 없애는 일은 너의 인격 속에 없어. 그러니 너는 분명히 정신적 마비 상태를 경험하고 있을 거야."

"난 내 일을 하고 있을 뿐이야." 나는 아래로 처진 옷자락을 손목 위로 당겨 올렸다.

"끝내야 할 사람이 더 있어?"

있다면? 난 할 수 있을 것이다.

"아냐, 이젠 없어." 내가 말했다. "더 이상 죽이지 않아."

빌머가 입술로 담배를 물고 라이터를 열었다. 알루미늄

케이스에 반사된 햇빛에 눈이 부셨다. "헤르타, 넌 두 가지를 동시에 할 수는 없어. 사람을 죽이면서 치료자로 보이는 것. 대가가 따르게 될 거야."

"난 일이 없으면 다른 것들을 생각해."

"그건 이중적이야, 너도 알듯이. 건강하지 못한 행동이야."

"흡연도 마찬가지야."

빌머가 움찔하더니 담배를 멀리 던졌다. 그로 인해 수감자들 사이에 소란이 일었다. "봐, 어느 정도의 분리는 건강하지만, 상황을 바꾸면 더 좋아질 거야."

"나더러 다른 곳으로 옮기라는 말이니?"

"그래 내 생각에 네겐 변화가 필요해. 현재로서는 네가 제국을 위해 할 수 있는 일이 많지 않아."

"그래서 나더러 아스피린 병이나 들고 소도시 병원에 틀어박히라는 말이니? 넌 의과대학에서 했던 공부를 중요하지 않게 생각할지 모르지만 나는 현재의 내 자리에 오기까지 아주 열심히 노력했어."

"그렇게 화낼 것 없잖아, 헤르타."

등에서 흘러내린 땀으로 옷이 흠뻑 젖었다.

"내가 화를 낸다고? 이것 봐. 넌, 네가 어떤 일을 너무 잘해서 위대한 일을 할 운명이라고 생각해본 적 있니? 아니지, 그렇다고 해도 내 차트에 '과대망상증에 빠져 있음'이라 기록해서는 안 돼. 빌머, 나는 의사야. 그건 나에겐 산소와 같아. 그러니 나를 다른 곳으로 보내라고 하지는 마."

"헤르타, 전쟁이 독일에 좋게 끝날 것 같지 않아. 그걸 알아야 해. 넌 교수대에 서게 될 수도 있어."

나는 웨건으로 돌아가기 시작했다. "슈렌이 상황을 관리하고 있어."

빌머가 따라왔다. "슈렌이 널 보호해줄 거라고 생각해? 그는 뮌헨이나 오스트리아로 도망갈 사람이야. 게브하르트는 벌써부터 적십자사 총재가 되려고 로비하고 있어. 그렇게 되면 면죄부를 받을 것처럼. 넌 왜 결근도 하지 않니?"

나약함 같은 질환이 아니었던가? 모든 독일인을 하룻밤 사이에 무너뜨린 것은.

"넌 네 연구나 해." 나는 웨건으로 돌아가서 내가 가져왔던 샌드위치 가방을 그에게 던져주었다. "빌머, 난 이 일에 잘 대처할 거야. 지금까지 해왔으니, 그대로 내버려두길 바랄게."

나는 우커마르크 정문 밖으로 차를 몰았다. 반대 방향에서 트럭이 나를 지나쳐 갔다. 특별 처리 이송자를 싣기 위한 차량이었다. 백미러를 통해 보니, 빌머가 텐트 옆에 쪼그려 앉아서 헝가리 유대인 몇 명과 대화하고 있었다. 그들이 느끼는 감정에 대한 이야기일 것이다. 그렇게 하는 것이 제국에 도움이 된다고 생각하겠지.

몇 달 후, 슈렌이 자신의 사무실로 나를 불렀다. 사무실에 들어서자 그는 벌레 씹은 표정을 하고 있었다.

"게브하르트의 래빗들이 정보를 유출했다는 소식을 들었어. 런던의 폴란드 망명정부가 래빗들에 대해 상세히 전하는 방송을 베를린이 도청했는데, 방송에서는 실험을 생체 해부라 부르며, 내 이름과 빈츠 이름을 언급했어. 우리의 범죄를 불에 달군 부지깽이로 보복할 것이라고도 하고."

"의사 이름도 언급되었습니까?"

"게브하르트 한 명만. 방송에서는 프리부르의 가톨릭 교회에서 바티칸으로 전해진 소식이라고 해."

"소장님께 여쭐 게 있습니다."

그가 쳐다보았다. "어떻게 말이 새어나갔냐고? 우린 매우 조심했지. 이제 우린 대외적으로, 그 래빗들을 잘 보살피고 있는 것으로 보여야 해."

"아닙니다. 소장님. 그 반대로 해야 합니다. 이미 논의하지 않았습니까?"

"보안국 쪽에 따르면 폴란드 망명정부가 게브하르트에게 사형을 선고했다고 해. 우린 이런 국제 여론 앞에 있는 거야. 그러니 조심해서 다뤄야지. 잘만 하면 달라질 수도 있거든."

"래빗이 한 명도 발견되지 않는 편이 더 나을 겁니다. 존재하지 않았던 것에 대해서는 여론도 어쩌지 못할 테니까요."

"그러나 히믈러는 스웨덴 측과 여기 수감자들을 이송하는 문제를 이야기하고 있어. 적십자 버스를 이용해 스웨덴으로 보내는 거지. 그러면 어느 정도 관용이 있을 거라고 보는 거야. 우리에게 도움이 될 수 있을 테지. 내가 그 수술에 반대했다는 기록이 잘 남아있으면 좋겠군."

슈렌이 어떻게 이처럼 나약해졌을까? 관용이란 없을 것이다. 독일이 전쟁에서 패한다면, 승자들이 누가 무엇에 반대했는지 정확하게 물어줄 것 같은가? 슈렌은 교수대로 올라야 할 것이다.

"소장님은 이 세계가 여기서 있었던 일을 하나하나 찬찬히 살펴줄 것으로 생각하십니까? 소장님이 뭐라 하시든 책임을 물을 것입니다. 저에 대해서도 마찬가지이고요."

슈렌은 창밖으로 수용소를 내려다보았다.

"우리가 그 래빗들을 어떻게 찾아? 이제는 수감자들 인원수도 정확하게 파악할 수 없어." 그의 눈에 핏발이 섰다. 술을 마셨나? "점호 시간에 그들은 슬쩍 빠져나가고 숫자를 속여. 죽은 사람 수로 바꿔치기도 하지."

나는 그에게 가까이 다가갔다. "대부분이 블록 31에 있을 겁니다. 아니면 침상 아래 숨어있거나. 그들을 새 시설에다……."

"외버호이저, 이제 그만……."

슈렌은 새 시설에 대한 이야기를 피했다. 그리고 아무도 '가스'라는 단어를 입 밖으로 내지 않는다. 아우슈비츠에서 얼마 전 도착한 새 직원들은 화장장 옆, 과거 어떤 화가의 헛간이었던 곳에다 임시 시설을 만들도록 도왔다. 아주 잘 만들진 못했지만 래빗들을 아주 간단히 침묵시키는 일에 사용할 수 있었다.

"빈츠에게 그 블록을 지키게 한 다음 점호를 하자." 슈렌이 말했다. "자네는 래빗들이 모두 잡히는 것을 슬며시 관찰하고."

시간이 흘렀다.

"지금 제게 허락하시는 겁니까?"

"닥터, 자네가 필요하다고 생각하면 그렇게 해. 하지만 흔적을 남겨선 안 돼."

24장

캐롤라인, 1944~1945년

8월 25일, 로저는 더 헤이The Hay로 전화해 자유프랑스와 미군이 파리 외곽까지 왔다고 전했다.

우리는 이제 일상으로 돌아갔다.

어느 토요일, 도로에 차량이 뜸해 나는 속도를 한껏 내며 시내로 달렸다. 타코닉 파크웨이에서 다른 차를 지나치며 쌩쌩 달리던 중 백미러에 번쩍이는 경광등이 보였다. 앳된 얼굴을 한 경관에게 상황을 설명하자 그가 다시 경광등을 켜고 나를 영사관까지 에스코트해주었다.

로저 사무실에서 우린 모을 수 있는 모든 정보를 검토했다. 전보와 전화, 그리고 라디오까지 모두 읽고 들었다. 우리 군대가 개선문까지 진격했을 때 우린 환호했으며 런던과 보르도에 전화했다. 미군은 드골 장군, 자유프랑스군과 함께 남쪽에서 파리로 입성했다. 샹젤리제를 따라 지프를 타거나 도보로 행군했다. 파리지앵들은 거리로 몰려와 "프랑스 만세!"를 외쳤다. 모두가 집 밖으로 나와 자유의 기쁨을 만끽했다. 불에 탄 탱크들이 방치된 채였고, 어디선가 독일 저격수들이 노리고 있을지 모른다는 생각을 했지만 상관 없었다. 곧 독일군이 항복의 백기를 흔들며 벙커에서 걸어 나왔으며, 레스토랑 주인들은 숨겨두었던 자신들의 마지막 샴페인 몇 병을 꺼냈다. 파리는 행복으로 미쳐갔다.

그날 늦게 우리는 메트로폴리탄의 오페라 스타 릴리 폰스가 록펠러 광장에 모인 삼만 명의 사람들 앞에서 승리를 축하하기 위해 '라 마르세이유'를 부르는 광경을 로저의 사무실에서 지켜보았다.

모두 히틀러의 항복과 베를린 함락이 시간 문제일 뿐이라 생각했다. 연합군은 모든 수용소를 해방시켰다. 나는 프랑스 전역의 송환자 센터에 전보와 편지를 보내 폴에 대해 문의했다. 그가 파리로 돌아올 수 있을까?

프랑스는 해방되었지만 전쟁은 계속되었다. 이듬해 4월, 나는 더 헤이의 다이닝룸 테이블에 잠옷 차림으로 앉아 자유프랑스의 고아들과 관련해 신문사에 보낼 글을 썼다. '지금의 프랑스에는 이런 흔한 물건들이 가장 시급하게 필요할 것입니다. 쌀, 가당 코코아, 분유, 건과일류. 나이 든 아이들을 위해서는 차와 커피가 그다음으로 중요할 테고……'

폴의 첫 편지를 받은 지 얼마나 됐을까? 내 질의는 아무런 소득을 얻지 못했다. 마지막 눈보라가 베들레헴에 뿌려졌지만 거세지는 않았다. 눈송이가 조용히 내려 마당 위를 플란넬 천처럼 덮었다. 눈싸움하기 좋은 눈이네. 아버지는 이렇게 말하곤 했다.

세르게가 우체국에서 받아온 편지를 현관 옆 테이블에 쿵 소리 나게 놓고는 길을 치우러 나갔다.

날이 어둑해지기 시작할 무렵 나는 주방에서 차를 한 잔 타서 다이닝룸으로 돌아가며 우편물 뭉치를 훑어보았다. 항상 오는 편지들이었다. 엄마가 매년 참석하는 베들레헴 말 전시회 전단지. 우리 집 뒤의 패리디 농장에서 개최되고 수익금은 도서관에 기부되는 행사였다. 매달 날아오는 엘름우드 농장 우유 대금 청구서. 농장에서 열리는 핸드벨 콘서트 초대장.

그 사이 편지 봉투 하나가 내 걸음을 멈추게 했다. 그가 보낸 다른 편지들처럼 갈색이었다. 폴이 손으로 쓴 주소였다. 부서질 듯하면서도 강한 필체, 그의 편지가 틀림없었다. 주소는 호텔 루테티아, 라스페일 45번가.

떨리는 손으로 봉투 옆면을 찢고 읽었다.

나는 부츠를 꺼내 신고 엄마의 코트를 잠옷 위에 걸치고는 마당을 가로질러 메릴 형제 잡화점으로 달려갔다. 걸음마다 쌓인 눈이 꺼져 내리는 소리가 들렸다. 계단을 뛰어 올라가니 엄마가 선반 벽 옆에 메릴 아저씨와 함께 서있었다. 손에 위치 헤이즐 병을 들고서. 두 사람이 떨어지며 놀란 표정을 지었다.

내가 들어가니 허리에 열쇠 꾸러미를 찬 메릴 아저씨가 미소를 지었다.

"캐롤라인이 여긴 어쩐 일이지?"

"잠깐만요, 아저씨." 내가 문고리를 잡고 숨을 고르며 말했다. 메릴 아저씨는 잘생기고 꼼꼼한 성격이었다. 약간만 부추긴다면 종이 가방의 장단점에 대해 끝없이 늘어놓을 수 있는 분.

엄마가 나를 보며 말했다. "애야, 무슨 일이니?"

나는 숨을 고를 수 없어서 편지 봉투만 흔들었다.

엄마가 문으로 다가왔다. "캐롤라인, 문부터 닫아라. 뭐가 잘못된 건 아니지?"

"폴이 보냈어요, 지금 파리……."

"애야, 어디 있다고?"

"호텔 루테티아."

"제대로 말해보렴, 캐롤라인?" 엄마가 위치 헤이즐 병을 아저씨에게 넘겨주며 말했다. "내일 당장 그리로 가자."

우린 몇 달 동안 필요할 것들을 가방에 채웠다.

25장

카샤, 1945년

1945년 2월의 뷰티로드는 더 이상 아름답지 않았다. 독일인들은 창틀이나 보리수나무를 땔감으로 이용했다. 길에 쌓인 먼지들은 얼어붙은 눈으로 덮이고 수용소 군데군데 쌓인 눈 위로는 화장장에서 나오는 재가 층을 이루었다. 진기한 동물 우리는 없어진 지 오래였다.

나는 추위 속에서도 떼로 몰려다니거나 혼자 어슬렁거리는 여자들을 피해 다녔다. 일요일 뷰티로드는 여러 국가 출신의 여자들로 시끌벅적했는데, 빨래한 속옷이나 갈아입을 유니폼을 말리는 여자들도 있었다. 소련의 붉은군대가 폴란드를 넘어 서부전선을 압박함에 따라 수용소는 수감자들로 넘쳐났고, 아우슈비츠나 마즈다넥과 같은 수용소에서 이송되는 수감자들이 거의 매시간 도착했다. 수용소는 곧 스물두 개 국가 출신의 수감자들로 채워졌다. 아직 폴란드인의 수가 가장 많았지만 영국, 중국, 미국 출신도 적지 않았다. 숙소에 히믈러가 가둔 특별한 수감자들이 있다는 것은 공공연한 비밀이었다. 추락하는 비행기에서 낙하산으로 탈출하여 라벤스브뤼크 근처에서 체포된 미국인 파일럿도 그중 한 명이었다.

우리 대부분은 푸른색과 회색 줄무늬 유니폼을 입었지만 각자의 차림새를 보면 어느 국가 출신인지 알 수 있었다. 프랑스 여자는 쉽게 표시가 났다. 그들은 머릿수건을 독특하고 맵시 있게 묶었고, 작은 천 조각들을 모아 바느질해 예쁜 주머니를 만들어 잡동사니들을 담는 데 썼다. 유니폼에 작은 흰색 칼라를 붙이고 걸레를 이용해 예쁜 넥타이를 만든 여자들도 있었다. 러시아 여자들은 대부분이 전장에서 체포된 의사나 간호사들이었는데, 역시 금방 알아볼 수 있었다. 그들은 러시아제 가죽 군화를 신고 수용소의 머리 스카프를 목덜미에 반듯하게 묶었다.

수용소에 새로 들어온 수감자들도 쉽게 티가 났다. 수용소가 보유한 유니폼이 바닥나자, 노획물 더미에서 찾아낸 전혀 어울리지 않는 이상한 옷을 입었다. 앵무새 차림을 한 전혀 다른 새처럼 보였다. 주름투성이 치마에 밝은 블라우스를 입기도 했다. 어떤 수감자들은 운이 좋아서 남자의 따뜻한 재킷을 받기도 했다. 수용소 직원이 등에다 크게 X 표시를 한 옷이었는데 옷 주인이 도망간 경우였다.

러시아 여자 두 명이 블록 29와 31 사이 임시 시설에 서 있었다. 배급받은 빵을 스웨터나 스타킹 혹은 빗과 교환할 수 있는 곳으로, 그들은 빈츠에게 들킬까 경계하며 가까이 붙어 있었다.

소문으로는, 뉴욕 시장인 피오렐로 라과디아의 여동생인 젬마 라과디아 그룩도 여기에 수감되어 있다고 했다. 영국 여성 낙하산병들도 프랑스에서 SS에게 체포되어 이리로 왔다. 샤를 드골의 조카 제네비에브도. 그리고 히믈러의 여동생도 라벤스브뤼크의 수감자라는 것을 우리 모두 알고 있었다. 폴란드 남자와 인종 오염 관계를 맺었다는 이유로 체포되었다고 한다. 사무실의 여자 말에 의하면, 그 여동생도 회초리 스물다섯 대 형을 받았다.

빈츠는 수용소 전체에 들리는 음악을 더욱 크게 틀어 우릴 전쟁 노래와 행진곡 속으로 몰아넣었다. 하늘을 날아가는 세 대의 비행기가 눈에 들어왔다. 독일 비행기였다. 공습 사이렌이 없는 것이나 엔진 소리로 볼 때 분명했다.

지난여름의 노르망디 공격에 대해서는 펜스터마허 아저씨에게 이미 들었고, 독일이 전쟁에서 곧 패한다는 것은 누가 말하지 않아도 알 수 있었다. 그 증거는 곳곳에서 발견되었다. 매일 계속되는 공습, 짧아진 점호 시간, 줄어든 작업 지시. 나치는 무너지고 있었다.

그렇지만 그들은 우리를 죽이는 일을 멈추지 않았다. 창문이 없는 검은색 이송 버스가 블록들 사이로 긴박하게 들어왔다. 긴 가죽 코트 차림의 뚱보 의사 빈켈만과 그의 부하 마샬 간호사가 수용소 내를 배회하고 다녔다. 버스에 태울 수감자를 찾기 위해서였다.

아픈 여자들은 피할 수 있는 곳이면 어디든 숨었다. 블록 아래, 천장 위, 석탄 창고. 수산나 언니는 아우슈비츠에서 이 감되어온 여자들의 팔을 긁어 상처 감염처럼 보이게 만드는 방법을 고안했다. 피부에 문신으로 새겨진 푸른 숫자를 숨기기 위해서였다. 수용소의 모든 여자들이 점호 시간마다 래빗들을 숨겨주었다. 어떤 이들은 위험을 무릅쓰고 우리와 자리를 바꾸어주기도 했다.

온갖 소문이 난무했다. 수감자-간호사 한 명은 수산나 언니에게, 늙어 일할 수 없는 여자들을 우리 수용소에서 트럭으로 십 분 거리도 되지 않는 곳에 있는 청소년 수용소로 보낸다고 말했다. 음식량이 많고 점호도 없다고 했다. 믿을 수 있을까?

그날 초저녁, 나는 행정동에 가서 내게 온 소포를 가져와도 된다는 허락을 받았다. 블록을 나선 나는 마침내 목발 없이 걸을 수 있다는 행복을 느꼈다. 그러나 얼마 안 가서 카롤이 내 팔을 잡고 그늘 속으로 당겼다. 네덜란드에서 체포된 '포주' 여자였다.

나는 심장이 오그라들었다. 이들은 작년부터 수용소에

나타난 새로운 부류들이었기에 경계심을 가지고 있었다. 보통 독일인 수감자는 옷에 녹색이나 검은색 삼각형 표시가 되어 있는데, 이들 포주들은 노획물 더미에서 남자 스포츠 코트와 바지를 찾고 남자 팬티를 얻는 경우까지 있었다. 머리도 남자 스타일로 했으며, 담배를 물고 불량한 태도로 수용소를 거들먹거리며 다녔다. 어떤 사람들은 자신들이 좋아하는 여자의 이마에 자신의 여자라는 표시로 면도칼을 이용해 X자를 새기기도 했다. 우리가 '암소 도장'이라 부르는 자국이었다. 그들이 모두 나쁘지는 않았다. 나는 그 중 좋은 여자 몇 명을 알고 있었으며, 이들 포주들과 관계를 무난히 하는 데 도움이 되었다. 여러모로 보호를 받거나 음식을 얻을 수 있었다. 하지만 그들의 호감 대상이 되면 거절할 수 없었다. 그들은 높은 지위의 사람들과 연결되어 있었기 때문이었다. 협조를 거부하면 굶길 수도 있었다.

"옆문에서 놈들이 선택을 하고 있어." 카롤이 말했다. "그러니 함께 걸어가자."

우리는 트럭에서 멀찍이 떨어져 걸었다. 멀리 돌아서 행정동 건물로 가며, 빈켈만과 마샬 간호사가 창문 없는 검은색 밴에 여자들을 태우고 있는 것을 보았다. 죽음의 차량. 하지만 누구도 그것에 대해 말할 수 없었다. 태풍과도 같았다. 걸려들면 누구든 쓸려서 사라졌다.

포주들 중에는 무서운 여자들도 있었지만, 그날 카롤은

내 생명의 은인이었다. 위험한 상황이 끝나고 나는 그녀에게 감사를 표하고 가던 길을 계속 갔다. 곧 하얀 캔버스 텐트들을 지나가게 되었는데, 새로 도착하는 수감자들이 머물도록 뷰티로드 바로 옆의 개방된 구역에 조성된 곳이었다. 이제 수용소는 수감자들로 넘쳐나고 각국에서 운송 차량들이 계속 도착했다. 슈렌은 수용소 한가운데에다 이런 텐트들을 만들었다. 어떤 텐트는 여자와 어린이들로 꽉 차서 앉기도 어려웠다. 많은 여자들이 아기를 안고 서서 달래고 있었다.

"카샤." 누가 내 이름을 불러서 놀라 돌아보았다.

텐트 그늘에 가린 그녀를 처음에는 알아보지 못했다. 얼굴이 너무 수척해지고 짧은 금발 머리가 먼지로 덮여 회색으로 보였기 때문이었다.

나디아.

그녀는 낡은 옷 가방 위에 앉아서, 옆에 누운 여자의 머리를 무릎으로 받치고 있었다. 나디아는 여자의 이마를 두드리며 뭔가를 중얼거렸다. 나는 그녀가 맞는지 잠시 지켜보다가 경비원들의 눈에 띄지 않게 조심하며 텐트 가까이로 걸어갔다.

"나디아?" 내가 말했다. 환상을 보고 있는 것은 아닐까?

그녀는 머리를 들기도 힘든 것처럼 보였다.

"카샤." 그녀가 말했다. 그녀 입에서 하얀 김이 피어나왔다. 그녀가 말하는 내 이름이 얼마나 아름다웠던지. 그녀는 내게 가까이 오지 말고 멈추라는 손짓을 했다.

"조금 전에 어떤 여자가 우리에게 말을 걸다 끌려가는 걸 봤어. 그리고 우리 중 반 이상이 장티푸스에 걸려 있어. 조심해."

나는 나디아에게 가까이 다가갔다. 나디아를 만나는 행복이란! 어떻게 하면 나디아를 우리 블록으로 빨리 데려갈 수 있을까?

"여기 온 지 얼마나 됐어?" 나는 경비원들이 들을 수 없도록 조용히 말했다.

"아우슈비츠에서 어젯밤에 이리로 왔어. 우릴 청소년 수용소로 보낸대. 그곳에는 쉴 곳도 있어."

"언제?"

"몰라." 나디아가 무릎 위의 여인을 내려다보며 말했다.

"우린 모두 너무 목이 말라. 그리고 평화롭게 죽어갈 곳이 필요해."

"나디아, 빨리 와. 내가 숨겨줄게."

"나 혼자 갈 수 없어."

"다른 사람이 이분을 돌봐줄 거야." 나는 조금 더 다가갔다.

"못 알아보겠니? 우리 엄마야, 카샤. 내가 어떻게 혼자 가."

바트로바 부인이었다. 이들은 어떻게 잡힌 걸까?

"따라 와." 내가 말했다. 두 사람 다 숨겨 줄 수 있어.

"네가 무슨 생각하는지 알아, 친구야. 그렇지만 나는 엄마와 함께 여기 있어야 해."

"내가 널 위해 어떻게 해야 할까?"

빈츠의 경비원들이 수감자들을 트럭으로 몰기 시작했다.

"아무것도 필요 없어, 걱정 마. 우린 너보다 먼저 루블린으로 돌아갈 거야. 피에트릭이랑 함께. 그는 널 보면 좋아할 거야." 그녀는 진짜 미소를 지으며 말했다. 나디아의 옛 모습.

"그가 사랑하는 사람은 너야." 내가 말했다.

"네가 자기를 좋아하는지 그가 내게 얼마나 많이 물었는지 넌 모르지? 그리고 내가 떠나기 전에 네게 책을 남겨뒀었어. 그 장소에다. 넌 그 책 제5장을 특히 좋아할 거야."

"그 장소는 벌써 없어졌을지도 몰라. 그래도 우리 돌아가면 함께 확인해보자."

"그러자."

나디아는 숨이 막히는지 주먹을 가슴에 가져가며, 내 상한 다리를 뚫어지게 보았다. 흉한 모습을 가리기 위해 신고 있던 짝짝이 남성용 목양말은 치약과 교환한 것이었다. 그때쯤에는 많이 치유되긴 했지만 그래도 뼈에 짜부라지고 비틀린 피부만 붙어 있는 상태였다. "이런, 카샤 네 다리가 어떻게 된 거야?" 그녀의 눈에 물이 고였다.

나디아 제 코가 석 자이면서 눈물이 나와? 정말 좋은 친구였다.

"나중에 말해줄게. 우선 물부터 구하자. 내게 빗물을 받아둔 게 조금 있거든."

나디아가 다시 미소 지었다. "카샤, 넌 언제나 필요한 걸 잘 구했었지. 엄마가 좋아하실 거야."

"난 이제 돌아가봐야 해." 이렇게 말하고 나는 내 블록으로 향했다.

불편한 다리 때문에 걸음이 늦어져서, 내가 물을 가지고 돌아오니 경비원들은 이미 마지막 수감자들을 트럭에 태우고 있었다. 그들은 화물칸 뒷문을 닫고 흔들어 닫혔는지 다시 확인한 다음, 뷰티로드를 달려가기 시작했다.

나디아를 만난 것은 내게 치료 약과 같았다. 청소년 수용소에 가면 안전할까? 나는 라벤스브뤼크에서 그곳에 간 사람 얘기를 들어본 적이 없었다. 새로 생긴 그 수용소에 대해 들었던 말이 진실이길 기도했다. 하느님이 우리 기도를 듣고 계시기나 할까?

트럭은 계속해서 뷰티로드를 달려갔다. 나디아가 엄마를 다독거리는 모습이 보이자 눈에서 눈물이 흘렀다.

"나디아, 곧 만날 거야." 내가 소리쳤다. 나는 모든 힘을 다

해 트럭을 뒤따라 달렸다.

나디아는 사람들 사이로 목을 빼고 내게 미소 지으며 손을 흔들었다.

덜컹거리며 달려가는 트럭의 꼬리등이 희미해졌다. 나는 눈물을 훔쳤다. 저 사람들이 정말로 안전한 곳으로 가는 걸까? 독일인들이 하는 말은 어떤 말이든 믿기 어려웠다. 그러나 어쨌든 앞 사무실에서 일하는 덴마크 여자는 러시아군이 곧 도착해서 우릴 해방시켜줄 거라 말했다. 최소한 나디아와 그녀 엄마에게 숙소는 제공되겠지. 나디아는 내가 아는 가장 강한 사람이었다.

나는 내게 온 우편물을 찾으러 서둘러 행정동으로 갔다. 수용소에 어둠이 내리고 있었다. 고양이만큼이나 큰 쥐 일가족이 내 앞에서 길을 가로질러 갔다. 이놈들은 이제 사람을 무서워하지 않는다. 나는 우편 창구에서 소포를 찾아 먼저 주소를 살폈다. 폴란드 루블린 우체국. 아빠 필체였다. 나는 내 신발 소리가 울리는 복도를 걸어나오면서 포장을 풀었다. 붉은 실타래가 또 들어있었다.

이건 아무리 봐도 질리지 않았다. 아빠는 처음 이후 소포를 두 번 더 보내왔다. 아빠가 세상에다 알렸을까? 수용소가 해방되기 전에 우리가 죽게 되더라도, 여기서 일어난 일에 대해 모두가 알게 되고, 독일인들은 자신들이 저지른 죄악의 대가를 치를 것이다. 아빠가 보낸 소포에는 수산나 언니의 설사에 도움이 되는 약도 있었다. 하지만 언니는 또 다른 병에 걸렸다. 여러 블록의 많은 수감자들뿐 아니라 의사들 사이에서도 발생했다. 두통, 오한, 열. 우리는 수산나 언니의 팔에 생긴 발진만으로도 그게 뭔지 알았다. 장티푸스. 수용소를 떠나는 것 외에는 방법이 없었다.

나는 알고 지내던 덴마크 여성 브릿 크리스찬센의 책상 앞을 지났는데, 그녀는 사무실에서 일하는 많은 스칸디나비아 수감자들 중 한 명이었다. 큰 키에 짧은 금발 머리였고, 뺨에 귀여운 베이지색 주근깨들이 많았다. 그 전까지 나는 덴마크인을 만나본 적이 없었지만, 이제 덴마크인들을 아주 좋아하게 되었다. 부드럽고, 믿음직스러우며, 친절한 사람들.

"얘기할 게 두 가지 있어. 급한 일이야." 브릿은 부드러운 목소리로 말했다.

"오늘 키가 큰 어떤 SS 한 명이 와서 네 어머니에 대해 물었어."

"뭐라고? 누가?"

"확실히는 몰라. 하지만 키가 아주 컸어."

레나르트! 그가 라벤스브뤼크에? 엄마도 어딘가에 계신다는 말인가?

브릿이 나를 가까이로 당겼다. "그리고 말야, 오늘 그놈들이 래빗들을 사냥하고 있어."

소름이 돋았다. "그렇지만 지금 거의 어두워졌잖아. 밤에 어떻게 선택을 하지?"

"빈츠는 광분한 상태고, 슈렌도 오는 중이야. 경비원들에 게 지급하는 술도 두 배로 늘렸어."

"우린 숨어야 되겠다." 내가 말했다.

수산나 언니를 블록 밑에다 숨겨? 아니면 애니스에게 우 릴 또 헝가리 유대인들 속으로 숨겨달라고 하는 것이 좋을 까. 장티푸스 병동에다?

"그놈들은 카샤, 네가 블록 밑에 숨는 걸 알고 있어."

"다락으로 올라가는 게 좋을까?"

"그놈들은 거기도 알아. 그리고 새로 여기로 온 버스들이 있어."

버스. 공포가 온몸을 휘감았다. 이것저것 생각할 시간이 없었다.

나는 급히 블록으로 돌아갔다.

달이 없는 그날 밤 주위는 칠흑같이 어두웠다. 머리 위로 탐조등이 지나갔다. 나는 블록으로 가는 길에 있는 여자들 을 옆으로 밀치면서, 불편한 다리를 끌고 최대한 힘껏 달렸 다.

살아야만 해. 그것 말고는 어떤 생각도 해선 안돼.

블록으로 들어가자 사냥이라는 단어가 나보다 먼저 와 서 휘젓고 있었다. 여자들은 비명을 지르거나 서로를 붙잡

왔다. 그야말로 혼돈이었다. 나는 여자들을 밀치며 앞으로 갔다. 히틀러가 각국에서 붙잡아온 여성들로 갖가지 언어들이 뒤섞여 들렸다. 러시아, 프랑스, 헝가리, 폴란드. 수산나 언니는 우리 침대에 웅크린 채 오한으로 몸을 떨며 누워 있었다. 고개를 들 힘도 없어 보였다.

"내 말 들리지?" 나는 언니 옆에 앉아서 이마를 두드려주었다. "그놈들이 래빗을 잡으러 오고 있어. 일어나야 해, 언니. 제발."

언니는 눈을 뜨더니 다시 감았다. "카샤, 못 하겠어."

애니스가 내 이름을 부르며 여자들 사이를 비집고 왔다.

"카샤, 어서 나가자." 애니스가 조용하게 말했다. "그놈들이 오고 있어. 빈츠와 슈렌, 그리고 여의사도. 피복 창고 앞에서 적십자 버스가 벌써 스웨덴 여자들을 싣고 있어. 그다음은 프랑스 여자들이야. 내가 널 위해 뒤쪽 창문을 열어둘게."

"버스에?" 내가 말했다.

"그래. 9284 번호를 기억해. 그러면 안전해. 한 번호밖에 얻지 못했어."

나는 그녀의 손목을 잡았다.

"가지 마, 애니스. 죽음으로 가는 버스가 아닌 걸 어떻게 알아?"

여자들을 속여서 버스에 태운 걸 우린 얼마나 많이 봤던가? 앰뷸런스로 위장한 경우도 있었고, 옆면에 페인트로 적십자 표시를 그린 버스도 있었다. 그 차량들은 작은 오두막까지 가서는 엔진을 꺼버린다고 들었다. 그다음에는 수감자들의 옷가지가 피복 창고로 돌아왔다. 독가스가 분명한 달착지근한 냄새와 함께.

"진짜 스웨덴 적십자사야, 카샤. 그러니 서둘러야 해."

"모두들 들어라. 점호 시간이다." 마르첸카가 주전자를 나무 스푼으로 두드리면서 말했다.

애니스는 우릴 마지막으로 한 번 더 돌아보고는 달려나갔다.

나는 수산나 언니의 손을 잡아당겼다. "어서 가자."

"난 못 하겠어, 너 혼자 가."

언니는 침대에 누우려 했다.

"우린 블록 아래로 숨어야 해." 내가 팔로 언니 허리를 감아서 당겨 일으키고 부축해 사람들을 헤치며 문 쪽으로 갔다. 언니 몸은 마른 나무토막처럼 가벼웠다.

마르첸카는 식탁 의자 위에 서서 소음을 뚫고 고함을 지르느라 목이 쉬었다.

"아냐, 빈츠가 우리 누구에게도 아무런 피해가 없을 것이라고 내게 말해주었어."

언니 말은 공포만 더 해 주었다. 많은 여자들이 문을 향해 달려갔다. 하지만 빈츠가 부하들을 데리고 개와 함께 나타났다. 문 바로 밖에는 슈렌 소장과 손에 클립보드를 든 닥터 외버호이저가 서 있었다. 빈츠의 회색 외투 어깨에 쌓인 흰 눈이 자세히 보일 정도로 가까웠다. 그녀의 개가 수산나 언니의 다리를 물려고 해서 우린 뒤로 물러나야 했다.

"지금 여기서 점호한다." 빈츠가 말했다. "명령에 따르지 않으면 처형당한다."

블록에서 닥터 외버호이저가 선택을 하려는 건가? 우린 잠자코 있는 수밖에 없었다. 이제 숨을 시간도 없다. 나는 양말을 끌어올렸다. 의사가 날 알아볼까?

나는 수산나 언니를 부축해 블록 앞 뷰티로드로 나갔다. 우리 모두가 밤의 찬 공기 속에서 차렷 자세로 섰다. 머리 위로 탐조등이 밝게 비추고 있었다. 여기서 뛰어 도망간다면 어떻게 될까? 성한 다리로 달려도 개에게 물려 죽을 것이다. 차가웠지만 몸에서 열이 나는 느낌이었다. 이게 현실이었다. 왜 더 빠르게 행동하지 못했을까?

빈츠와 닥터 외버호이저가 우리가 선 줄에 와서 숫자를 점검했다. 빈츠가 내 앞에 섰다. 손에는 채찍을 든 채로.

"스타킹을 내려." 그녀가 말했다.

이제 모든 게 끝장이었다.

나는 한쪽 양말을 내렸다. 건강한 한쪽 다리가 드러났다. 빈츠가 닥터 외버호이저에게 신호를 주었다.

의사는 아무 반응이 없었다.

"괜찮나요? 닥터?" 빈츠가 말했다.

나는 숨을 쉴 수 없었다. 의사가 나를 쳐다보는 표정이 꿈속에 잠겨 있는 듯했다. 증오일까, 아니면 동정심? 그녀의 시선이 나의 다른 다리로 향했다.

"반대쪽 다리." 빈츠가 말했다. 나는 불편한 다리의 양말을 내렸다. 근육이 있었던 자리에 뼈와 피부뿐이었다. 그 의사는 자기 작품인 것을 분명히 알았을 것이다. 빈츠에게 빠르게 고개를 끄덕여 선택 신호를 보내고는 수산나 언니에게로 옮겨갔다. 언니가 나를 보았다. 강해야 해, 표정에서 말하고 있었다. 다음은 우리가 처형장으로 가게 될 것이다. 내가 다른 여자들처럼 머리를 높이 들고 용감하게 뷰티로드를 걸어갈 수 있을까?

닥터 외버호이저는 수산나 언니를 보고 처음에 어리둥절한 듯했다. 다른 여자들처럼 상처가 분명하지 않았기 때문이었다. 그녀가 언니도 보낼까? 처형장엔 나만 가게 해주세요, 부디. 나는 기도했다. 언니는 살아서 집으로, 아빠에게로 돌아갈 수 있게 해주세요.

의사가 빈츠에게 고개를 끄덕였다.

선택.

수산나 언니가 내 손을 잡았다. 우린 함께 처형장으로 가게 된다. 계획했던 대로 끝까지 우리는 서로를 위할 것이다.

그 순간 매우 이상한 일이 일어났다.

전기가 나간 것이다.

탐조등뿐만 아니라 수용소의 모든 불이 꺼졌다. 신의 손이 내려와 우리를 암흑의 비단으로 감싼 것 같았다. 아무것도 보이지 않았다. 여자들은 서로를 불렀다. 슈렌과 외버호이저 그리고 빈츠는 어둠 속에서 명령을 짖어댔다. 혼란에 빠진 개들이 으르렁댔다. 뷰티로드에 여자들의 비명과 고함 소리가 가득 찼다.

"아델리게, 앉아." 빈츠가 말했다. 개 훈련용 클리커가 어둠 속에서 울렸다.

나는 수산나 언니의 허리를 쥐고 언니를 사람들 틈에서 끌어냈다. 몇 초 후에 다시 불이 들어오면? 움직이는데 어둠 속에서 닥터 외버호이저의 몸이 스쳤다. 그녀에게서 끔찍한 향수 냄새가 풍겼다. 움직이는데 빈츠의 발도 밟혔다. 그녀의 팔이 사시나무처럼 떨리고 있었다.

"빌어먹을 개새끼!" 빈츠가 말했다.

나는 피복 창고로 향했다. 어둠 속에서 방향을 추정하자니 심장이 벌떡였다. 한 손으로는 언니를 안고 다른 손은 앞으로 뻗어 사람들을 밀어 헤치며 나갔다. 손이 마치 기관차 앞에 달린 장애물 제거기 같았다. 멀리 화장장에서 피어오른 불길은 수용소를 밝히기에 부족했다. 하지만 그것으로 나는 방향을 잡았다. 나는 언니를 끌다시피 하며 달려갔다. 언니는 모든 체중을 내게 기댔다.

나는 피복 창고 앞에 버스가 서 있는 것을 보고 제대로 왔구나 하고 생각했다. 버스 안에 켜진 등이 수용소에서 유일한 불빛이었다. 창고 건물에 가까이 가니 프랑스 여자들의 말 소리가 들렸다. 나는 감각으로 뒤 창문을 찾아 수산나 언니가 올라가도록 도왔다. 그리고 나도 따라 들어갔다. 애를 써서 불편한 다리를 끌어올렸다. 건물 안은 따뜻했고, 사람들 속으로 밀고 들어간 후 맡게 된 땀과 향수가 범벅이 된 냄새가 좋았다.

수산나 언니가 내게 기댔다. "난 더 이상 못 가겠어."

"거의 다 왔어." 내가 말했다. "금방 쉬게 될 거야, 언니."

플래시 불빛이 켜졌을 때 애니스의 친구인 클레어가 보였다.

"카샤구나." 그녀가 말했다.

나는 그녀의 팔을 잡았다. "빈츠가 우릴 처형 목록에 올렸어. 불이 켜지면 바로 수산나와 날 데려갈 거야."

"오늘 밤에는 불이 들어오지 않을 거야." 클레어가 말했다. "러시아 여자들이 불을 꺼버렸어. 스즈라가 변압기 스위치를 떼어서 버렸거든. 슈렌이 자신을 래빗으로 만들려 한다는 말을 듣고 그랬어. 전력망 전체가 꺼져서 내일 아침까진 돌아오지 않아."

"이 버스들이 진짜 적십자사 소속인지 어떻게 알아?"

"슈렌이 그들을 움직이지 못하게 하려 했지만, 그들은 문을 부수고 나가겠다고 협박했어. 사무실 여자들 말로는 스웨덴의 카운트 베르나도테Count Bernadotte에서 우릴 데려갈 수 있도록 히믈러가 직접 승인했다고 해."

여자들을 평화롭게 빼오기 위해 치밀한 방법이 동원되었을 테지만 우리에겐 다른 선택의 기회가 없었다.

"애니스가 내게 번호를 줬어." 내가 말했다.

"꼭 따라서 움직여야 해." 클레어어가 말했다. "이게 마지막 버스야. 두 대는 이미 사람들을 싣고서 정문에서 기다리고 있어."

나는 수산나 언니를 붙잡고 어둠 속에서 사람들 사이를 헤치고 나갔다. 내가 배운 프랑스어로, 여기의 모든 여자들이 집에 간다는 흥분에 휩싸여 있는 것을 알 수 있었다. 그들 중 마지막 여자들이 버스에 타자 피복 창고에는 몇 사람밖에 남지 않았다.

앞줄로 나가서 보니 버스 뒤쪽에 남자 두 명이 서서 번호를 검사하고 있었다. 한 명은 모르는 남자였고, 다른 한 명은 긴 가죽 코트를 걸친 뚱뚱한 체구의 빈켈만이었다. 버스는 뒷문을 활짝 열어놓고 버스에 태울 프랑스 여자들을 기다리면서 대기하고 있었다. 버스 안에는 흰색 가운을 입은 금발의 간호사가 서서 사람들이 계단을 오르도록 도와주었다. 이것이 나치의 속임수라면 아주 정교했다. 그러나 독일 경비원들은 의사나 간호사 복장으로 우릴 속이는 경우가 많았다.

애니스가 알려준 번호를 빈켈만에게 말하고 나니 숨을 편히 쉴 수 있었다. 나는 수산나 언니가 버스에 오르는 것을 도왔다. 내가 버스에 오를 차례가 되자 간호사가 내게로 몸을 굽혔다.

나는 한 발을 목재 계단 스툴에 올렸다.

이게 진짜일까? 집으로 가는 것이, 루블린으로, 아빠에게……

간호사가 미소 지으며 손을 뻗어 내 손을 잡았다.

빈켈만이 흰 몽둥이로 내 가슴 앞을 막았다.

"멈춰. 번호는?"

간호사가 내 손을 더 세게 쥐었다. "이들의 번호는 모두 검사했습니다. 이제 더 이상 말씨름할 시간이 없어요." 그녀는 독일어로 말했지만 스웨덴 억양이 섞여 있었다. 우리는 집으로 간다.

빈켈만이 몽둥이로 나를 뒤로 밀었고 나는 간호사의 손을 놓쳤다.

"내가 받은 명령은 프랑스인 수감자만이다. 이 여자가 프랑스인이라면 나는 샤를 드골이다."

"전 정말로 프랑스인입니다." 나는 독일어로 말했다. 그가 내 다리가 떨리는 것을 보았을까?

"그으래?" 빈켈만이 말했다. "그러면 모국어로 무슨 말이

든 해봐, 이 프랑스 여자야."

나는 주저하지 않고 내가 가장 자신 있는 프랑스 말을 했다.

"이 드라이어는 너무 뜨겁습니다. 옆머리를 조금 더 잘라 주시겠습니까? 퍼머를 해주세요. 컬은 중간으로 하고 여분의 엔드페이퍼도 주실 수 있을까요? 그리고 돼지털 솔을 이용하세요. 그게 비듬에 도움이 되는 것 같습니다."

빈켈만이 다른 남자를 보았다. "이 여자는 폴란드인이 분명해." 그가 말했다.

"그냥 버스에 태워." 다른 남자가 말하며 내게 손을 흔들었다.

"이제 출발해야 합니다. "빨리 들어오세요." 간호사가 말하며 나를 당겨 올려 수산나 언니 옆으로 갔다.

간호사가 문을 닫기 시작하자, 한 수감자가 천으로 싼 짐을 들고 버스를 향해 달려왔다. "기다려, 짐 가져가야지!" 그녀는 이렇게 외치며 짐을 버스 위로 올려주었다.

"내 것이야." 애니스 친구인 피에노트 포와로가 버스 앞쪽에서 말했다. 여자들이 짐을 그녀에게 전달해주었고 그녀 친구들이 주위에 모였다.

버스는 출발해 출입문을 향했다. 자유로 향하는 길은 불과 얼마 안 되는 거리였다.

이 버스가 진짜 적십자 소속이길.

경비 초소의 흰 차단봉이 들리고 버스는 속도를 내며 문을 지났다. 자유의 기쁨이 느껴지지 않는 이유는 뭘까? 버스가 호수 옆길을 달려가는 동안 피에노트가 자신의 짐을 풀었다.

"어머나, 아기네." 클레어가 내게 말했다. 피에노트는 담요를 벗겨 자그마한 신생아를 보여주었다. 핑크색 피부에 검은 머리의 건강한 아기였다. "이 애는 이틀 전 태어났는데, 다행히도 울지 않았어. 씩씩한 소년이야."

버스는 덜컹거리며 라이트로 버스 호위병들의 뒷모습을 비추었다. 오토바이에 독일군 세 명이 타고 있었다.

버스를 다시 타는 느낌이 얼마나 이상했던지. 우린 흔들리고 앞뒤로 밀리면서 어디론가 가고 있다. 자갈길이 매끈한 포장길로 바뀌었다. 도로 작업반 여자들이 콘크리트 롤러로 편평하게 다진 길이었다. 우리 여자들이. 하지만 사람들은 다만 길이 참 매끈하다고만 생각하겠지.

가까운 어딘가에서 차 주전자 끓는 소리가 들렸다.

폭탄.

땅이 흔들리고 버스가 멈췄다. 호수는 카메라 플래시처럼 번쩍였다.

"연합군 폭격이에요." 간호사가 말했다. "우리를 독일군 수송 차량으로 생각하나봐요."

운전기사는 라이트를 끄고 엔진도 멈췄다. 호위 독일군

들은 우리를 떠나 수용소로 돌아갔다. 그들의 후미등 빛이 어둠 속에서 점점 작아졌다. 주전자 끓는 소리가 다시 한 번 들렸다. 하늘이 갈라지며 캠프파이어 때처럼 얼굴에 불빛이 비치자 우린 비명을 질렀다. 폭탄의 충격으로 우리는 마치 고무판 위에 있는 것처럼 느껴졌지만, 그래도 살아남은 것이 실감되었다. 나는 언니를 껴안았다. 뼈와 뼈가 만났고 우린 서로를 느꼈다. 언니가 숨을 쉬고 있나? 나는? 나는 가슴으로 언니를 세게 눌렀다.

곧 버스 엔진이 다시 걸리고 우린 스웨덴으로 향했다. 우리 둘의 심장은 하나가 되었다.

26장

헤르타, 1945년

1945년 4월, 독일은 전쟁에서 패했다. 하지만 뉴스 매체들은 이를 인정하지 않으려 했다. 그들은 마지막까지 동화의 세계에 집착했다. 나는 내 사무실에서 외국 방송을 듣고 패전을 알았다. 영국 BBC에 의하면, 서부전선의 연합군이 라인강을 넘어 밀고 왔으며, 독일군은 큰 희생을 치렀다. 슈렌은 독일이 파리를 다시 점령하는 것이 시간 문제일 뿐이라 말했지만 나는 우리가 졌다는 사실을 직시했다. 4월 18일, 우리는 미군 탱크가 뒤셀도르프의 내 고향 마을로 들어오고 도시를 쉽게 접수했다는 말을 들었다. 영국군과 미군은 베를린을 향해 전속력으로 진격했다.

그러던 어느 날 오후 나는 수용소를 몰래 빠져나와 호숫가를 따라 걸었다. 발걸음은 이끼에 파묻혔고, 옷 가방은 손에서 미끄러지려 했다. 호수는 성난 듯 흰 물결로 울렁거렸다. 바람이 일으킨 것일까, 아니면 그곳에 뿌려져 진흙 속에 묻힌 재 때문일까? 내게 어떤 비난이 가해질까? 나는 수용소 의사로서 필요한 일을 했을 뿐이다. 이제 죽은 사람들이 백골의 손가락으로 나를 지목하며 증언할 수는 없을 것이다.

휘르스텐베르크가 가까워지자 독일인 남자나 여자, 그리고 아이들 무리를 만났다. 일부는 짐 보따리를 들었으며, 대부분은 작은 옷 가방만 등에 멘 채 걷고 있었다. 몇 달 전에 휘르스텐베르크 시민의 절반이 남쪽으로 떠났고, 나머지 절반이 붉은군대를 피해 그날 도시를 탈출하는 것으로 보였다. 그들의 차림새에서 처절한 패배를 엿볼 수 있었다. 나는 반쯤 멍한 상태로 거대한 피난의 물결에 합류해 군중들 속에 휩쓸렸다. 모든 게 끝났고, 지금 내가 도망가고 있다는 사실을 믿기 어려웠다. 치욕감이 온몸을 짓눌렀다.

"지금 어디로 가는 중입니까?" 나는 트위드 코트에 노란 모자를 쓴 독일 남자에게 물었다. 그는 등에 새장을 매달고 있었다. 남자가 걸으면 새장 속 작은 그네에 앉은 새가 흔들렸다.

"우린 베를린을 피해 외곽 길로 간 다음 남쪽의 뮌헨을 향해 갈 겁니다. 서쪽에서 미군이 밀려오고 동쪽에서는 러시아군이 오는 중이니."

나는 뒤셀도르프로 가는 무리에 합류했다. 우리의 도보

행렬은 길었지만 크게 눈에 띄지 않았다. 간선도로를 피해 숲길이나 들길을 따라갔다. 버려진 자동차에서 잠을 자고 살기 위해 얻을 수 있는 무엇이든 먹었다.

나는 엄마가 나를 만나면 얼마나 행복해 할까 상상했다. 엄마는 군터라는 이름의 남자와 우리 옛집의 위층에 있는 멋진 아파트에서 살고 있었다. 나는 그들과 함께 휴일을 지낼 것이다. 그 남자는 유능한 잡지 세일즈맨이라고 했다. 아파트 모양으로 보면 부자였다. 나는 양파 튀김과 사과 소스를 뿌린 으깬 감자를 상상했다. 집에 가면 엄마가 그곳 주방에서 만들어줄 것이다.

뒤셀도르프에 도착했을 땐 이슬비가 내렸다. 나는 평범한 시민으로 보이기 위해 조심했다. 곳곳에 미군이 있었기 때문이다. 나는 요주의 인물로 체포 대상일까? 그들은 잡아야 할 더 큰 대어가 있다.

뒤셀도르프 거리에는 버려진 옷 가방이나 말과 사람의 시체가 나뒹굴고 있었다. 나는 폭격으로 폐허가 된 기차 종착역을 걸었다. 엄마 집 근처에서는 고령의 여성 두 명이 버려진 웨건의 휠을 떼내려 하는 모습을 보았다. 사람들이 거리를 오갔으며, 모든 소유물을 가지고 떠나는 사람들도 보였다. 나는 그들 속에 섞여 다른 사람들처럼 단순히 피난 온 사람으로 보이려 애썼다.

엄마 집 입구에 도착했을 때, 나는 아파트 건물이 아직 멀정한 형태로 서 있는 것을 보고 안심했다. 머릿속에선 엄마의 욕조와 따뜻한 식사 생각뿐이었다. 어느 로비에서 양파 튀김 냄새가 풍겼다. 음식을 비축해둔 운 좋은 사람들이 있었다.

나는 3층으로 올라가 군터 아파트의 벨을 눌렀다.

"누구세요?" 닫힌 문 안쪽에서 목소리가 들렸다. 군터였다.

"헤르타예요."

그가 멈칫했다. 머릿속에서 울리는 이 소리는 뭘까? 내가 탈수 상태인 탓일까?

"엄마가 거기 계신가요?" 나는 문을 통해 말했다.

잠금 장치를 푼 후 문이 열렸다.

"빨리 들어와." 군터가 말했다. 그는 내 팔을 잡아 안으로 끌어당기고는 문을 다시 잠갔다.

아파트는 잘 꾸며져 있었다. 두꺼운 카펫과 벨벳으로 덮인 의자들. 벽에 걸렸던 총통의 초상화를 누군가가 떼어냈는지 벽지에 밝은 사각형 자국이 보였다. 빠른 행동이었다.

"약탈자 두 명이 오늘 아침 문을 부수려 했어. 완전 무정부 상태다."

"정말 그렇죠."

"지금 모든 사람들이 서로 훔치고 있어. 어떻게 해서든 갖는 자가 임자야."

"전 계속 굶었어요."

"모든 사람들이 굶고 있어, 헤르타."

"수용소에는 아직 음식이 많았는데."

"그곳에서 너나 네 친구들이 하던 일이 그뿐만은 아닐 테지. 진실은 드러나게 마련이거든. 너도 알잖아."

나는 라디오 쪽으로 갔다. "배급이 있을 겁니다. 방송에 나올 거예요."

"헤르타, 배급은 없어, 방송도 없고. 여자들은 설탕 몇 스푼에 몸을 팔고 있는 실정이다."

군터는 식사를 많이 거른 것 같진 않았다. 체중이 약간 빠지긴 했지만 피부는 아직 탱탱했다. 목에 주름이 약간 생겼을 뿐이었다. 이 사람은 어떻게 군대 징집을 면했을까? 상황은 더 어려워지는 것 같았고 머릿속에서 울리는 소리는 더 커졌다.

"목욕을 좀 했으면 해요." 내가 말했다.

군터가 담배에 불을 붙였다. 담배를 어디서 구했을까? "넌 여기 있으면 안 돼. 네가 무슨 일을 했는지 그들이 알아, 헤르타."

"엄마는 어디 갔나요?"

"네 엄마는 역에 나갔다. 그들이 너를 찾으러 왔었거든."

"나를? 뭣 때문에?" 누가 찾는지 물을 필요는 없었다.

"반인륜 범죄라고 하더라."

그들은 어떻게 해서 이처럼 빠르게 나를 추적할 수 있는 걸까.

"헤르타, 네가 여기 있는 것만으로 네 엄마가 위험해진다. 일단 목욕을 해. 그렇지만 다른 장소를 찾아⋯⋯."

"엄마 생각은 다를지 몰라요." 내가 말했다.

"목욕한 다음에 다시 이야기하자."

나는 옷 가방을 소파에 놓았다. "몇 가지 문제로 엄마 도움이 필요할 것 같아요."

그는 재떨이에 담뱃재를 털었다. "돈 문제?"

"그것도 포함해서. 아마 법률 비용이."

"그래? 네게 무슨 일이 생긴다면 정부에서 비용을 지불할 거다."

"무슨 일이 생기다뇨?"

군터는 벽장으로 가서 수건을 들고 왔다.

"목욕하거라. 아직 더운 물이 나올 게다. 나중에 이야기하자."

나는 손님방에 옷을 벗어놓고 욕조로 뛰어 들어갔다. 군터가 당국에 신고 전화를 하는지 욕실 문에 귀를 기울였다. 연합군의 군정 체계가 수립된 것이 분명했다. 군터는 절대 나를 신고하지 않을 것이라고 나름대로 확신했다. 엄마가 화를 낼 것이다. 그렇지만 군터는 애국자였던 적이 없으며, 새로 등장한 권력은 모든 사람들을 의심하게 만들었다.

나는 욕실 문을 잠그고 물을 더 뜨겁게 한 다음 욕조 속으로 잠겨 들어갔다. 황홀하게 불타는 바다.

뜨거운 물 속에서 나는 모든 근육이 풀리는 느낌이었다. 프리츠는 어디 있을까? 피부 클리닉에서 다시 일하겠다고 부탁해볼 수 있을 것이다. 그 건물이 폭격에 무너지지 않고 아직 남아 있다면. 나는 걸어서 먼지 범벅이 된 발과 다리에 비누칠을 하면서 엄마와 나눌 이야기를 연습했다. 엄마는 군터가 뭐라든 상관없이 나를 지지해줄 것이다.

"그래서 뭘?" 내가 엄마에게 수용소 이야기를 하면 엄마는 이렇게 말할 것이다. "넌 네 일을 한 거야." 엄마는 어디 있을까? 아마 빵을 구하러 다니고 있을 것이다.

나는 눈을 감고 엄마가 만들어주는 아침 식사를 생각했다. 따뜻한 빵과 신선한 버터, 그리고 커피.

거실에서 나는 발자국 소리일까?

"엄마?" 내가 불렀다. "군터 아저씨?"

욕실 문을 두드리는 소리.

"헤르타 외버호이저?" 문을 통해 소리가 들렸다. 영국식 억양이 담긴 목소리였다.

밀고했구나, 빌어먹을 군터 놈. 나는 이 자식이 믿지 못할 놈이란 걸 알았어.

이 자식은 나를 밀고해 얼마나 받았을까?

"나갑니다!" 내가 말했다.

욕조 속의 팔다리를 마음대로 움직일 수 없었다. 창문을 통해 도망갈 수 있을까? 단단한 것이 욕실 문에 부딪쳤다. 문이 부서지며 열렸다. 나는 수건을 잡으며 비명을 질렀다. 영국군 장교가 욕실 안으로 들어왔다. 나는 욕조에서 돌아앉아 비누 거품이 가라앉길 기다렸다. 내가 할 수 있는 유일한 방어였다.

"헤르타 외버호이저?" 그가 물었다.

나는 몸을 가리려 했다. "아닙니다."

"당신을 반인륜적 전쟁 범죄로 체포합니다."

"잘못 찾아왔습니다." 내가 충격에 빠져 멍청하게 말했다. 군터가 내게 어떻게 이런 짓을? 엄마가 불같이 화를 낼 것이다. "난 아무 짓도 안 했어요."

"욕조에서 나오십시오, 아가씨." 그 남자가 말했다.

다른 영국 요원이 손에 비옷을 들고 욕실로 들어왔다. 나는 그 두 사람에게 뒤로 돌아서라고 손짓했다. "잠시 비켜드리죠." 붉은 얼굴의 첫 번째 요원이 수건을 내게 건네주며 눈을 돌린 채 말했다. "이걸로 몸을 가리세요."

내가 수건을 받아들자 그가 나가며 문을 당겨 닫았다. 나는 욕조 밖으로 나왔다. 군터 이 나쁜 자식, 나는 수납장을 열어 그의 면도날을 찾아 다시 욕조로 들어갔다. 물이 식었다.

"아가씨?" 문밖에서 첫 번째 남자가 불렀다.

"잠깐만." 내가 말하며 포장을 풀고 면도날을 빼냈다.

나는 요골동맥을 찾았다. 심장이 거칠게 박동하고 있어 동맥이 쉽게 만져졌다. 면도날로 손목을 그었다. 동맥 깊숙이. 동맥이 복숭아처럼 열리는 것을 지켜보았다. 물의 핑크색이 짙어졌다. 나는 식은 물속에서 등을 대고 누웠다. 머릿속이 희미해졌다. 내가 한 행동을 보고 엄마가 울까? 그래도 나는 욕조 속에서 이 일을 저질렀다. 욕조는 쉽게 씻어낼 수 있을 것이다.

반대쪽 손목에도 시도하기 전에 그 요원이 다시 들어왔다.

"이런." 물이 시뻘겋게 변해 있었다. "테디!" 그가 누군가를 불렀다. "이런." 그가 다시 말했다.

영어로 큰 외침들이 여러 차례 오간 다음, 그들은 나를 욕조에서 끌어냈다.

아주 부드럽게.

나는 서서히 의식을 잃었다. 나는 나를 어떻게 해달라고 말하지 않았다. 그들은 내 지시 없이도 나를 잘 다루었다. 어떤 이유에선지 내 다리를 들어올렸다. 내가 피를 흘리게 하는 확실한 방법이었다. 발은 아직 시커멓고 더러웠다. 발톱마다 먼지가 잔뜩 끼어 있었다.

나는 의식을 잃었다가 그들이 들것에 나를 실어 바깥으로 옮길 때 다시 의식이 돌아왔다. 손목에는 붕대가 잘 감겨져 있었다. 누군가 처치를 잘한 것이다. 이 사람들 중에 의사가 있나? 그 의사는 독일 의사가 그런 못할 짓을 했다는 데 놀랐을까?

왜 날 밀고했죠? 영국 요원들이 나를 들고 계단을 내려가 거리로 나가는 동안 나는 군터에게 이렇게 말하려 했다.

그들이 나를 앰뷸런스에 실었다.

군터가 창문으로 나를 내려다보고 있었다. 무덤덤한 얼굴이었다. 여기저기 창문이 열리며 더 많은 얼굴들이 나타났다. 늙은 남녀들. 그들은 커튼을 옆으로 젖히고 아래를 쳐다보았다.

그냥 궁금해하는 독일인들. 노랑 머리띠를 한 소녀가 잠시 창가에 나타나더니, 그녀의 어머니는 곧장 그녀를 밀어내고 커튼을 닫았다.

"그냥 호기심일 텐데." 내가 말했다.

"뭐라고 했습니까?" 영국인이 말했다.

"이 여자는 지금 쇼크 상태야." 다른 사람이 대꾸했다.

쇼크 상태? 그건 정확하지 않은 진단명이야, 영국 의사 양반. 저혈류량 쇼크라고 해야 해. 호흡이 빨라지고 전체적으로 힘이 빠지며, 피부가 차갑고 축축해지는 증상이다.

창문으로 더 많은 얼굴들이 나타났다. 건물 내 모든 사람들일지도.

내 얼굴 위로 뭔가 축축한 것이 흘렀다. 비가 오나?

이걸 눈물이라고 오해하는 사람이 없어야 할 텐데.

27장

캐롤라인, 1945년 4월

엄마가 독감에 걸렸기 때문에 나는 혼자 파리로 가야 했다. 연합국이 프랑스를 해방시켰지만 전쟁이 아직 끝나지 않아서 엄마는 걱정이 컸다. 대서양에 적의 U보트가 숨어 있지 않을까? 그러나 나는 개의치 않았다. 5년이라는 긴 시간이 흐른 후 폴을 다시 보게 되는 것이다. 나는 여행 자금을 마련하기 위해 스나이더 상점에 은식기를 더 가져갔다. 집게와 버터 칼, 그리고 디너포크 몇 개.

내가 탄 배는 1945년 4월 12일 보르도 북쪽 라로셸항에 도착했다. 배에서 내리자마자 우리는 루즈벨트가 웜스프링스 자택에서 죽었다는 소식을 들었다. 거기 모인 우리 모두는 슬픔을 감추지 못했다. 대통령은 프랑스에서 독일의 항복을 보지 못했다. 히틀러의 자살 소식도 듣지 못하고 죽은 것이다.

로저가 나를 파리로 실어다줄 자동차와 운전기사를 대기시켜주었다. 덕분에 나는 폐허가 된 프랑스를 자동차 뒷좌석에서 만났다. 신문에서 전쟁 소식을 읽고 스크랩해왔지만 만신창이가 된 프랑스를 직접 보니 실상은 크게 달랐다. 연합군의 도움으로 파리가 해방된 이후 7개월 이상이 지났지만 파괴 현장은 아직 생생했다. 한 블록 전체가 부서지고 빌딩은 무너져내렸으며, 벽이 날아가 실내를 드러낸 아파트 건물도 보였다. 방에는 아직 가구가 남아 있었다. 자동차가 돌아서 가야 하는 경우가 많았는데, 도로에 잔해가 쌓이거나 아스팔트가 크게 파손되었지만 아직 보수가 안 된 곳들이 있었기 때문이다. 파리 남쪽 센 강 위 다리는 하나도 남아 있지 않았다. 이렇게 모든 것이 파괴되었어도 봄이 왔고, 도시는 폐허에서 일어서는 중이었다. 다행히 개선문은 상하지 않아서 아치 위로 다섯 개 국기가 걸려 있었다.

파리에 와서 나는 우리 집 관리인의 낡은 푸조Peugeot를 빌렸다. 뒤에 부착한 목재 연소탱크로 가동되는 자동차였다. 전쟁통에 휘발유가 없어 버스나 택시, 자가용은 집에서 이렇게 목탄 엔진으로 개조해 사용했다. 이런 차량들이 시내를 달리는 모습은 장관이었다. 운전기사들은 주유소에 차를 정차하고 휘발유 대신 목재로 연소탱크를 채웠다. 파리의 거리는 그런 자동차로도 운전하기 아주 어려웠는데, 자전거가 마치 도로를 점령한 것처럼 누비고 다녔기 때문이다. 그래서 파리는 어느 때보다 더 복잡한 도시가 되었다. 이런 사정은 부유층들에게도 마찬가지였다.

나는 가로수가 늘어선 라스파이유와 세브르가 교차로에 도착했다. 루테티아 호텔이 아직 그 자리에 서 있는 모습에 눈물이 흐를 것 같았다. 나치 점령에서 해방된 벨레포크 호텔의 첨탑은 이제 전광판에 불을 켜고 삼색기를 다시 펄럭이고 있었다.

호텔 현관문을 밀고 들어가자, 잃어버린 이들의 사진을 흔들거나 이름을 부르는 아내, 남편, 그리고 부모들이 엉켜 있었다. 살아서 돌아온 사람들에게 혹시나 소식을 들을까 해서 묻는 것이었다. 로비에 가득 찬 기자와 적십자사 요원들, 정부 관료들은 프론트 데스크 앞에서 바삐 움직였으며, 로비의 흑백 타일이 깔린 바닥에는 게시물과 라일락 가지가 밟힌 채 뒹굴었다. 내가 사람들 속을 뚫고 가려 할 때, 등이 굽고 검은 옷을 입은 한 여성이 내 팔을 잡았다.

"이 사람 본 적 있습니까?" 그녀가 내 눈 앞에 백발의 남성 사진을 들이밀며 말했다.

"미안합니다. 못 봤습니다." 내가 말했다.

다이닝룸에는 아직 줄무늬 수용소 복장 차림을 한 혼란스러운 표정의 생존자들이 크리스털 샹들리에 아래 테이블에 앉아 있었고, 웨이트리스들이 최고 음식들을 그들에게 날라다 주었다. 쇠고기, 샴페인, 치즈, 그리고 신선한 빵.

나치가 남겨놓고 간 보급품들이었다. 많은 송환자들은 음식을 먹지 못하고 바라보기만 했다. 또 어떤 송환자들은 몇 입 먹고는 화장실로 가 토했다.

대연회장에는 찾고 있는 사람들의 사진이나 신상이 적힌 메모들을 붙여두는 벽이 있었다. 나는 사람들 사이를 헤집고 그곳으로 갔다. 벽에는 검은색으로 X 표시가 된 경우가 많았다. 다시는 돌아오지 못하는 사람들이었다. 그의 이름을 발견했다.

폴 로디에르. 515호 스위트룸.

엘리베이터로 뛰어갔다. 하지만 사람들로 꽉 차서 문을 닫지 못할 정도여서 나는 계단으로 재빨리 달려갔다. 빡빡 깎은 머리에 수용소 복장을 너덜거리며 연회장 뒤를 방황하는 사람들을 지나쳤다. 폴은 어떤 모습일까? 나는 이런 상태이거나 더 나쁜 모습의 그를 만날 수도 있다고 마음의 준비를 했다. 그와 매일을 함께할 수 있다면 아무 상관 없었다. 그를 잘 보살피기 위해 나는 무슨 희생이라도 치를 수 있었다.

객실들을 지나 병동 쪽으로 들어섰다. 방에는 보조 침대가 놓이고 방문은 활짝 열려 있었다. 511…… 513…… 복도에서는 헌병 두 명이 예쁜 간호사와 이야기를 주고받았다. 사랑이 돌아오고, 전쟁은 끝이 났다.

5층 스위트룸은 널찍했으며, 활짝 열린 창문 아래로 도

시가, 멀리로는 에펠탑이 흰히 보였다. 루이16세의 부비에
Beauvier 침대가 벽에 세워져 있었다. 유명한 M. 로디에르에
게 왕실의 가호를…….

방문을 들어설 때 폴은 두툼한 의자에 앉아 다른 세 남자
와 카드 게임을 하고 있었다. 부드러운 바람이 창문의 커튼
을 흔들었다.

폴은 앞에 단추가 달린 셔츠 차림이었고, 간호사가 그의
뒤에 앉아 한 손은 그의 의자 등받이 위에 대고 다른 손으로
그의 맥박을 짚었다. 다마스크 커튼과 아름다운 울 카펫이
깔린 스위트룸의 그를 보는 것은 이상했다. 나는 폴에게 다
가가 그의 어깨 너머로 카드를 보았다.

"저라면 그 패로 베팅하지 않을 거예요." 내가 말했다.

폴이 고개를 돌리고 미소 지었다. 다행히도 그는 괜찮아
보였다. 큼직한 흰 면 셔츠 속의 그는 머리를 새로 자른 모습
이었다. 수척했지만 활기를 띠었다. 나는 그를 집 침대로 데
려갈 때까지 기다릴 수 없었다. 필요하다면 어떤 비용을 치
르더라도 의사의 진료를 받게 할 것이다.

"당신, 베팅할 돈은 가져오지 않았나 보오." 폴이 물었다.
"러시아 담배도? 그러면 이리 와서 내게 키스해줘요."

의자를 돌아가 그를 정면에서 바라보자 몸에 전류가 흘
렀다. 셔츠 아래로 그의 다리가 가늘고 길게 뻗어나와 있었
다. 무릎 부위는 마치 귀뚜라미 다리처럼 불룩했다.

"지금 바로 게임을 끝내지는 않을 작정이오. 의사가 하는 말을 믿어선 안 돼. 이 게임처럼 내 몸은 아주 좋아요."

"어디서부터 시작해야 할지 모르겠네요." 그의 의자 옆에 무릎으로 앉으며 내가 말했다. 다리를 건드리지 않도록 조심했다. 다리가 이렇게 야위면 얼마나 아플까?

젊은 의사가 다가왔다. 말려 올라간 곱슬머리가 꽃의 암술 같았다.

"보호자세요?" 의사가 물었다.

"제 친구, 뉴욕에서 온 미스 패러디입니다." 폴이 말했다.

의사가 충혈된 눈으로 나를 쳐다보았다. 며칠 밤을 새운 것일까?

"잠시 밖에서 저와 이야기를 좀 나눌 수 있을까요?" 의사가 내게 말했다.

나는 폴이 허락하지 않을 것 같은 긴장을 느꼈다.

"저는 닥터 필리페 베드류라고 합니다." 복도에서 걸음을 멈추며 그가 말했다. "제가 몇 주 동안 폴을 치료해왔습니다. 그는 장티푸스를 잘 이겨냈죠. 클로람페니콜이라는 신약도 큰 도움이 되었고. 그렇지만 그 후 폐렴이 생겨 다시 악화되었습니다."

"폐렴?" 나는 숨이 멎는 것 같았다. 내 아버지처럼, 뉴모니 Pneumonia. 프랑스어로는 예쁘게 들리지만 똑같이 치명적인 병이었다. 엄마는 아직까지도 폐의 열병이라고 말한다.

"회복되었지만 고비를 완전히 넘긴 건 아닙니다. 당신은 여기 파리에 머무르실 건가요?"

"제 어머니 아파트가 근처에 있어요. 폴이 아내의 죽음을 알고 있나요?"

"네, 큰 충격이어서 그에 관한 말을 꺼내지 않고 있습니다. 지금은 잠이 제일 필요합니다. 근육이 약해졌기 때문에 언젠가는 집중적으로 물리치료를 받아야 할 겁니다."

"완전하게 회복될 수 있을까요?" 내가 물었다.

"아직은 뭐라 말할 수 없습니다, 마드모아젤. 그의 몸은 완전히 무너져내린 상태입니다. 체중이 절반으로 줄었어요."

"정신은 괜찮아 보이던데요." 내가 말했다. "포커 게임도 해요."

"그는 배우입니다. 겉으로 좋아 보일 수 있지만 우린 주의해야 해요. 심장과 폐에 아주 큰 타격을 입었으니까요."

"몇 주나 걸릴 것 같나요, 2주? 아니면 3주?"

"내일 당장 못 일어날 수도 있습니다. 정말로. 당신이 회복을 도와야 해요."

"그렇군요."

"젊은 남자 한 명은 지난주에 퇴원할 예정이었습니다. 혈압 등 다 좋았죠. 하지만 퇴원하기로 한 날 아침에 심부전으로 사망했습니다. 이런 환자들이 완쾌된다고 누가 장담하겠습니까?"

"제가 최선을 다할게요."

"그는 절대로 힘들여 움직이면 안 됩니다. 오래 걷는 것은
물론 주방 일 같은 걸 해서도 안 됩니다. 그리고 그것도."

"그것이라면?"

"특별한 일은 절대로……."

"무슨 말씀이신지."

"절대 안정입니다."

침대에서 폴과 함께하면 안 된다는 것. 그가 하려는 말일
것이다.

의사가 가고 나서, 나는 폴의 침대 옆에 앉아 담요 아래 그
의 가슴이 오르내리는 것을 지켜보았다.

"떠나지 마." 폴이 말했다.

나는 손등으로 그의 뺨을 쓸었다.

"절대로 안 가요." 내가 말했다.

나는 매일 폴을 방문했고, 밤이면 엄마 아파트로 몰래 돌
아왔다. 다행히도 관리인의 아내인 소랑게 여사 덕분에 우
리 옛날 집은 손상 없이 잘 보존되어 있었다. 모든 표면마다
하얀 가루가 덮이고 나의 마호가니 화장대 위에는 먼지가 2

인치 두께로 쌓였지만, 바닥에서 천장까지 흠 하나 없이 놀랄 만큼 깨끗했다. 아버지 서재의 탁상시계는 9시 25분에 멈췄고, 엄마의 침실에는 틈이 생겨 있었다. 다마스크 벽지 일부가 말려 내려가 벽이 드러난 곳도 있었다.

폴은 처음 2주 동안 잠을 아주 많이 잤다. 그리고 곧 레나와 함께 살았던 루앙의 집으로 돌아가자고 졸랐다. 베드류는 마지못해 승인했지만 또 한번 모호한 말로 사랑의 행위를 금지한다고 했고 폴은 다만 미소를 지었다. 의사는 레나의 집이 파리에서 수 마일이나 떨어져 있어 병원을 이용하기 어렵기 때문에 내가 매일 폴을 찾아가야 한다고 당부했다. 나는 기꺼이 그러겠다고 답했다. 폴을 행복하게 만드는 일을 할 수 있으면 무엇이든 할 것이다. 우린 힘 센 간호사 세 명의 도움을 받아 폴을 푸조 앞좌석에 태웠다.

루앙으로 가는 길에는 곳곳에 전투의 흔적으로 뼈대만 남은 건물들이 많았다. 클로드 모네의 그림으로 유명한 루앙 대성당은 온전히 보존된 몇 안 되는 건물들 중 하나로 위풍 있게 서 있었다. 폴은 루앙 외곽 도로에서 벙커 모양 집을 가리켰는데, 내가 기대하던 것과는 전혀 달랐다.

나는 폴을 도와 현관으로 걸어가며, 군대 진지처럼 생긴 이 집이 차갑고 정이 가지 않는다는 생각을 했다. 바우하우스 스타일이라는 독일식 건축 양식으로 프랑스에는 어울리지 않는 것들 중 하나였다.

이웃들이 나와서 그를 맞이할까? 그들이 나를 침입자로 생각하지 않을까? 무엇보다도 레나가 이 집에서 자랐고 폴과 그녀가 여기서 함께 살았었다. 그들에게 친구가 있다면 레나를 그리워하지 않을까?

나는 폴과 함께 현관으로 들어가 몇 발짝 거실 쪽으로 걸었다. 어두운 집이었지만 방은 프로방스의 밝은 기운이 남아 있었다. 나는 폴에게 엄마의 아파트에서 함께 살면 어떨까 물어볼 생각을 했다. 아침 햇살이 비치고 파스텔 장식의 벽에 엄마와 내가 벼룩시장이나 골동품점에서 사 모은 장식품들이 있는 곳. 루이 16세 수납장. 주방의 금속제 가든 테이블. 먼지만 털어내면 된다.

폴을 도와 계단을 올라갔다. 노란 패브릭 벽지로 장식된 작고 아늑한 방을 지나니 침실이었다. 폴과 레나가 잠을 잤던 곳이다. 폴처럼 큰 사람에게는 작아 보이는 침대에 마틀라세 침대보가 덮이고 청색과 흰색이 섞인 베개가 놓여 있었다.

나는 침대 옆으로 의자를 당겨 폴이 잠들 때까지 지켜보았다. 그리고 나는 창가의 소파로 가서 잠시 눈을 붙였다. 새벽이 밝기 전 폴이 말했다.

"레나?"

"아니에요, 폴. 캐롤라인이에요."

"캐롤라인? 나 너무 추운데."

난 내 담요를 침대로 가져가 그에게 덮어주었다.

"내가 병원에 있다고 생각했어요." 그가 말했다.

"여긴 집이에요."

그는 내가 말을 끝내기도 전에 다시 잠에 빠졌다.

레나의 주방에서 요리하는 것은 이상한 느낌이었다. 구리 주전자에는 아직 광택이 남았고, 가지런히 접힌 면 냅킨이 서랍에 가득 차 있었다. 요리할 재료는 거의 없었다. 프랑스 전역에서 육류와 채소가 부족했기 때문이다. 운이 좋은 경우는 배급표로 감자와 빵 그리고 홍당무까지 구할 수 있었지만 전국 대부분이 묽은 수프와 토스트로 연명하는 상황이었다. 그래서 나는 엄마 아파트의 창고를 습격해 노다지를 캤다. 당밀, 오트밀, 그리고 티백까지. 하지만 나중에는 나도 어떤 것이든 암시장에서 돈만 주면 구할 수 있다는 것을 알았다.

나는 울시 증조할머니가 게티스버그 부상병에게 해주었던 우리 가족의 전래 치료법을 폴에게 사용했다. 달걀 한 개, 소다수를 탄 와인 한 잔.

울시 할머니의 다른 처방들도 사용했다. 쇠고기 차, 우유 펀치, 그리고 당밀을 섞은 밥. 폴에게는 내 모계 쪽으로 전수되어온 방식이라고 일러주었다. 그 덕분인지 폴은 나날이 건강을 회복했다.

"당신의 수용소 이야기를 하면 어떨까요? 조금 도움이 되지 않을는지." 어느 날 밤 내가 물었다.

"캐롤라인, 난 그 이야기를 꺼낼 수 없어요. 당신 생각은 이해하지만."

"폴, 그래도 시도는 해봐야 하지 않을까 생각하는데, 당신이 여기를 떠난 밤부터 시작해서 하나씩 이야기해가면?"

그는 한참 동안 말이 없었다.

"아무런 경고도 없이 그놈들이 들이닥쳤어요. 나는 영문을 몰랐고. 레나는 그때 독감으로 침대에 누워 있었죠. 나를 본부로 데려가더니 내게 몇 가지 촬영을 하자고 아주 예의 바르게 말하더군. 물론 선전용이지, 하지만 나는 그렇게 할 수 없었어요. 놈들은 나를 파리에 잠시 가둬둔 다음에 드랑시로 보냈지. 그놈들이 나중에 집으로 돌아가서 레나와 장인을 잡아간 것 같아요. 유대인 체포가 시작될 때였으니."

"레나가 여기 있는 걸 그들이 어떻게 알았을까?"

"그들은 모든 것을 다 알고 있었죠. 비자 신청서를 보고 알았을 수도. 모르겠소. 캐롤라인, 드랑시는 무시무시한 곳이에요. 엄마와 아이도 떼어놓았지."

폴은 머리를 숙여 뺨을 가슴에 붙이고는 손바닥으로 입술을 눌렀다.

"폴, 미안해요. 당신에게 너무 가혹한 일 같군요."

"아니, 당신 말이 맞아요. 나는 그 이야길 해야 해요. 당신은 나츠바일러 수용소에 대해 믿지 못할 테지."

"알사스에? 로저가 당신이 거기 있을 것 같다고 말했어요."

"맞아요. 보주 산맥에 있는. 많은 사람들이 높은 고도와 추위 때문에 죽어갔소. 나는 비겁자였어요. 죽을 것 같다고 기도했지. 우린 수용소 건축 노동을 했죠. 새 막사에서……." 그는 차를 한 모금 마시려 하다 잔을 다시 내려놓았다. "다음에 마저 이야기하는 게 좋겠군."

"그래요." 내가 말했다. "말하니 조금 도움이 되지 않나요?"

"그런 것 같기도."

그날 밤 나는 폴이 조금씩 좋아지는 데 행복해 하며 그를 침대에 뉘었다.

5월 8일 오후, 나는 폴의 집 뒤편 개울에 발목까지 담그고 미나리를 뜯었다. 밤꽃과 등나무 새순도 아름다웠다. 보라색 디기탈리스는 내가 코네티컷에서 애지중지 키웠던 꽃인데 여기서는 잡초처럼 여기저기서 피어났다. 집 안에서 폴의 휘파람 소리가 들려와 나는 미소를 지었다. 사람들은 행복할 때만 휘파람을 분다. 내 아버지의 경우는 분명 그랬다.

갑자기 휘파람 소리가 끊기더니, 폴이 나를 불렀다.

"캐롤라인……."

나는 그의 목소리가 나오는 쪽으로 풀을 밟으며 뛰어갔

다. 폴이 넘어졌나? 심장이 쿵쾅거렸다. 나는 발자국을 남기며 주방으로 뛰어들었다.

"드골이 나와요." 폴이 말했다.

폴은 라디오 가까이에 빗줄기처럼 서 있었다. 내가 숨을 고르며 마음을 놓았을 때 드골 장군이 유럽에서 전쟁이 끝났음을 선언했다.

"우리의 병사와 지휘관들에게 무한한 경의를 표합니다. 어떤 시련에도 굽히지 않았던 우리 국민들에게도 경의를 전합니다. 우리와 피를 섞은 동맹국들, 그들과 우리의 슬픔에 그리고 희망에도 경의를 전합니다. 이제 우린 승리했습니다. 프랑스 만세!"

폴과 나는 앞마당으로 나가 성당의 종소리를 들었다.

"믿어지지 않아요." 내가 말했다.

그 전날 독일이 랭스에서 항복 문서에 서명하긴 했지만, 드골의 육성을 듣고 주위 사람들이 자동차 경적을 울리며 차창으로 삼색기를 날리는 것을 보고서야 종전을 실감하게 되었다.

유럽에서 전쟁은 끝났다.

나는 엄마의 스카프 한 장을 창밖으로 날리며 파리의 엄마 아파트로 운전해 갔다. 우리는 승리 축하의 함성을 기대하며 창문을 활짝 열었지만 의외로 파리는 조용했다. 그날 오후 드골이 전쟁이 끝났다고 선언했음에도 이토록 조용한 것이 이상했다. 하지만 오후가 지나자 분위기는 바뀌었다. 젊은이들이 공원과 광장으로 몰려들었다.

"콩코드 광장으로 갑시다." 폴이 말했다.

"여기서 라디오를 들어보면 어때요?" 내가 말했다. "사람들이 너무 많아 당신에게 좋지 않을 것 같아서."

"캐롤라인, 난 불구가 아니오. 나도 함께 즐기고 싶어요."

어느 따뜻한 날, 우린 콩코드 광장의 크리용 호텔 쪽으로 걸어갔다. 고색창연한 그 호텔의 벽에는 삼색기가 걸려 있었다. 루이 16세가 단두대에서 죽어간 바로 그 광장에서 자유프랑스를 축하한다는 것이 비현실적인 느낌으로 다가왔다.

광장에 그림자가 길어지고 사람들이 늘어나자, 흰 헬멧을 쓴 미군 헌병들이 군중 사이에 나타나 미국 대사관 출입자들을 확인했다. 우린 사람들을 밀치고 나갔다. 미군 지프차들이 지나가는 동안 사람들의 환호와 노랫소리가 광장을 울렸으며, 흰색 손수건을 머리 위로 흔드는 사람들도 많았다. 자동차 발판에 올라선 젊은 프랑스 남녀가 샴페인을 터트리고 사람들에게 꽃을 던졌다.

태양빛이 스러지자 콩코드 광장에는 전쟁이 시작된 이후 처음으로 불이 켜졌다. 광장 분수대가 다시 가동되자 군중들은 환호로 답했으며, 분수대의 물고기상은 거대한 물줄기를 밤하늘로 내뿜었다. 파리가 돌아왔다는 행복에 흥분한 사람들은 분수대에서 옷이 흠뻑 젖은 채로 춤을 췄다.

폴이 손수건을 떨어뜨리자 한 소녀가 걸음을 멈추고 주워주었다.

"여기." 소녀가 말했다. "어머나, 폴 로디에르 씨를 닮았네요."

"맞아요." 내가 말했다.

"아이, 재미있어라." 소녀가 춤추며 걸어가다 어깨 너머로 소리를 질렀다.

"저 아이는 자기가 무슨 말을 하는지 모를 거예요." 내가 말했다. 그렇지만 폴은 진실을 알았다. 이제 자신에게는 껍데기만 남았음을.

이후 폴은 무심한 표정이 되었다. 해가 지자 우린 집으로 향했으며, 루앙으로 가는 길에 센 강 위로 불꽃놀이가 펼쳐졌다.

집에 도착해 우린 편안한 옷으로 갈아입었다. 나는 폴의 푸근한 바지와 셔츠를, 폴은 그가 좋아하는 상아색 플란넬 파자마를 입었다. 그는 지친 듯 평소보다 훨씬 피곤해 보였다. 내가 저녁 준비를 하자 폴은 주방 식탁 의자에 주저앉았다.

"레나가 없어서 마음이 아픈가 봐요?" 내가 물었다.

"저녁은 내가 할 수 있어요. 그러니까, 당신은 레나 흉내를 내지 않았으면 좋겠군."

"네, 나는 레나가 아니에요."

"레나가 하던 요리를 하고, 옷도 레나처럼 입고, 제발 그러지 않으면 좋겠어요."

"오늘 내가 스카프를 해서 그래요?"

"마음 편히 하고, 뉴욕에 있는 것처럼 해요."

"난 지금처럼 행복했던 적이 없는 것 같아요." 내가 말했다.

사실이었다. 우리 둘 사이에는 틈이 있었다. 하지만 내가 폴의 약 복용이나 운동 스케줄을 따지지 않고부터 우리 관계는 매일 더 단단해졌다. 그리고 울시 할머니 처방 덕분에 폴은 살도 오르기 시작했다.

"그러면 당신이 이리 이사 오면 어떨까? 좋은 뜻으로 말하는 거예요."

"음, 글쎄, 폴. 그러면 당신 마음을 더 잘 알 수 있을 것 같긴 해요."

"난 당신에게 미쳐 있으니."

"내가 어떻기에?"

폴은 잠시 생각하더니 말했다. "당신은 매우 열심히 일하고, 나는 그런 당신을 존경해요."

"그런데?"

"그리고 나는 당신이 미국식 억양으로 프랑스어를 말하는 것이 좋아요. 섹시하고."

"그렇지 않을걸요."

"또 나는 당신과 함께 있으면 지루하지 않아요."

그가 일어서더니 싱크대의 내게로 왔다.

"난 당신의 불완전한 곳이 좋은데. 약간 삐뚤어진 미소처럼."

나는 내 입술을 만졌다. 삐뚤어져?

"그리고 당신이 항상 흔들고 다니던 커다란 핸드백도 지금은 없지."

그가 내 손을 잡았다. "당신이 내 옷을 입는 게 좋아요." 그가 내 가슴의 단추 하나를 풀었다. "그리고 당신의 하얀 피부도. 얼마나 부드러운지. 내가 멀리 있을 때 그 생각을 아주 많이 했지."

그가 내 허리를 팔로 감쌌다. "그렇지만 당신의 제일 좋은 점은……."

"네?"

"음…… 당신의 키스. 당신에게 키스하면 내가 회복되지 못할 것이라 생각할 때가 있어요. 마치 다른 곳으로 사라져 버릴 것처럼."

폴은 내 셔츠 깃을 옆으로 당기고 목에다 키스했다.

나는 미소 지었다. "재미있군요, 당신은 이런 식으로 말한 적이 없었는데."

폴이 뒤로 물러섰다. "미국인들은 왜 모든 것을 말로 표현

해야 하는 거죠? 하다못해 청소부에게도 '난 당신을 사랑합니다'라고 말할 정도니."

"그 문장은 여기 프랑스에서 발명된 것 같은데요."

"그래야 한다면, 난 당신을 사랑합니다. 당신 없는 삶은 상상도 할 수 없어요. 당신의 짐을 가져와요. 당신 옷과 책들도 가져와서 우리의 시간을 만들어봅시다."

"뉴욕으로 돌아가지 말란 말인가요?" 상상만 해도 너무 멋진 일이었다. 폴과 함께한다.

"맞아요. 우린 언제든 뉴욕에 갈 수 있고, 당신 어머니도 이리 올 수 있어요. 당신 아파트가 있잖아요."

"영사관이 그리워지겠지만, 로저 옆에는 피아가 있으니."

"맞아요."

"나는 당연히 여기 머물 거예요."

"그래야지, 좋아요." 폴이 미소 지으며 말했다. 그의 미소를 다시 보는 것은 내게 약이 되었다.

함께 아기를 갖기에는 너무 늦었을까? 나는 벌써 마흔을 넘겼다. 우린 언제든 입양할 수 있었다. 내 가방에는 가정을 필요로 하는 귀여운 프랑스 아기들 파일이 가득 있었다. 엄마는 마침내 딸을 결혼시킨다며 흥분할 것이다. 로저가 마련한 비자로 엄마는 파리에 오실 것이다. 나는 엄마에게 전부 이야기할 수 있다.

"오늘밤부터 시작하면 어때요?" 그가 말했다.

"내 물건들을 가져올게요." 이게 현실일까? 엄마 아파트에서 실크 스타킹을 가져왔던가?

"화장은 하지 말아요." 폴이 말했다. "당신은 지금 이대로도 완벽하니."

"립스틱도?"

"서둘러요. 나는 저녁 준비를 끝낼게."

"폴, 그렇게 하면 안 돼요." 내가 말했다. "베드류 선생님이 말했잖아요."

폴이 일어서서 카운터로 걸어갔다. 그가 양동이에서 보라색 감자 몇 알을 꺼냈다. 한 끼 분량으로는 너무 많지 않을까?

"다른 말 말아요, 내 마음이 변할지도 모르니." 그가 말했다.

나는 지갑을 잡았다. "니체는 감자 위주의 식사가 음주로 이어진다고 했어요."

"좋죠. 당신 어머니 와인도 한 병 가져와요, 우리 축배를 듭시다."

거의 두 시간을 운전해 파리로 돌아가면서 나는 머릿속으로 꾸려야 할 짐의 목록을 만들어보았다. 카프리 바지. 실크 스타킹. 새 란제리. 내겐 프랑스 운전면허증이 필요할 것이다.

아파트에서 짐을 챙긴 후, 블라인드를 치고 옷 가방을 들고 밖으로 나갔다. 문을 잠글 때 주방의 전화가 울렸지만 무시했다. 살면서 처음으로. 엄마의 전화라면 이야기를 다 들려주는 데 시간이 많이 걸릴 것이다.

돌아오는 길에 시장에 잠깐 섰다가 바게트 빵을 보았다. 초라했지만 좋은 징조였다. 다시 한번 멈춰서 연료용 나무를 채우고 루앙으로 향했다. 창문을 열고 라디오를 켜니 레오 마르잔이 '오늘밤 혼자서'를 노래하고 있었다.

나는 오늘밤 혼자서 꿈을 꾼다…….

신문에서는 모두 이 카바레 가수가 나치 점령 기간에 너무 열정적으로 그들을 즐겁게 해주었다며 비판했다. 그러나 이만큼 전쟁을 잘 묘사한 노래도 없었다. 나는 혼자 따라 불렀다.

나는 오늘밤 혼자예요, 당신의 사랑 없이…….

한 번도 혼자가 되지 않는다는 건 멋진 일이었다. 사랑하는 사람이 곁에 있다면 슬픈 노래도 그렇게 슬프지 않다. 나는 폴의 거리로 들어서서 대놓고 노래를 불렀다. 사람들이 어떻게 생각하든 상관없었다.

커브길을 돌아가자 폴의 집 앞에 아직 시동이 걸린 채 세워진 흰색 앰뷸런스가 눈에 들어왔다.

시간이 멎었다. 저 차가 잘못 찾아왔나? 가까이로 운전해 가니 흰색 가운 위에 네이비블루 망토를 걸친 간호사가 현관 바깥에 서 있는 모습이 보였다.

폴이다. 이를 어쩌나.

차가 멈추기도 전에 뛰쳐나가 달렸다.

"폴이 다친 건가요?" 내가 말했다. 숨이 턱밑까지 차올랐다.

"빨리 오세요." 간호사의 말과 함께 나는 집으로 따라 들어갔다.

28장

카샤, 1945년

지금 꿈을 꾸고 있는 걸까? 페리가 그다니스크에 정박할 때 수산나 언니는 말했다. 소금기 머금은 공기에는 갈매기 울음소리가 섞여 있었다. 나는 손을 들어 눈을 가렸다. 다이아몬드처럼 빛나며 살아서 끓는 것 같은 바닷물에 눈이 멀어버릴 것 같았다.

우린 말뫼Malmo에서 두 달을 보냈다. 신이 자연에서 가장 아름다운 것들만 모아둔 것 같은 곳. 푸르디푸른 잔디. 옥색 하늘. 아이들도 그런 풍경을 빼닮았다. 흰 구름의 털 같은 머리, 코발트 바다색의 눈.

막상 떠나자니 아쉬웠다. 우린 그곳에서 왕족처럼 대우받았기 때문이다. 공주의 케이크, 버터와 링곤베리 잼이 든 피테팔트 경단. 대부분의 여자들은 체중을 회복하자 (나와 수산나 언니는 40킬로그램까지 늘었다) 고향으로 돌아가고 싶어 했다. 폴란드, 프랑스, 체코슬로바키아 등 어디든. 스웨덴에 남아 새로운 삶을 시작해보려는 여자들도 많이 있었다. 돌아가기 전 폴란드에서 시작된 선거가 어떻게 되는지 지켜보려 기다리는 경우도 있었다. 폴란드에서는 억압적인 소비에트 행정기구인 내무인민위원회(NKVD)가 권력을 잡고 있었지만, 수산나 언니와 나는 폴란드행을 지체하지 않았다. 아빠가 무척 그리웠다.

나는 몸이 회복되는 것이 말할 수 없이 기뻤지만, 나 자신이 점차 강해질수록 더 화가 났다. 회복에 기뻐해야 할 이유가 뭔가? 주위에서 회복되는 여자들을 보니 그들에게는 과거의 삶으로 돌아가려는 갈망이 있었다. 그렇지만 나의 경우는 분노만 더 커졌고 가슴에는 큰 구멍이 뚫렸다.

우리가 탄 배가 폴란드 북쪽 연안에 닿자, 육지에서 운전기사 한 명이 우리를 맞았다. 바르샤바에서 온 젊은 남자였는데 폴란드 파일럿 출신으로 영국 공군에 합류해 생명의 위험을 무릅쓰고 독일 공군과 싸웠던 백여 명 중 한 명이었다. 그는 나보다 불과 몇 살 위였다. 그렇지만 나는 어떤가. 스물두 살이면서도 다리를 절고 몸은 늙은 노인네 같았다.

그는 수산나 언니의 가방을 받아들고 우리가 차에 타는 것을 도왔다. 뒷좌석의 가죽은 차가웠지만 아늑했다. 이런 자동차를 타본 것이 얼마 만인지. 꼭 우주선에 탄 기분이었다.

"요즘 세상은 어떻게 돌아가고 있는 거죠?" 자동차가 길에 들어서자 수산나 언니가 문 손잡이에 붙은 재떨이의 금속 뚜껑을 열었다 닫으며 말했다. 나도 재떨이 뚜껑을 열어보니 담배 두 개가 구겨져 들어 있었다. 수용소에서 여자들은 담배를 얻기 위해 얼마나 애를 썼던가!

"정부에 대해서는 들어봤습니까?" 운전기사가 물었다.

"자유선거가 시행될 거라고요?" 언니가 말했다. 자동차는 그다니스크 항구를 통과했다. 전쟁 중 폭격을 심하게 당했던 흔적이 있었다.

"망명정부가 귀국을 원하기 때문에, 폴란드 노동당은 선거가 있을 거라고 이야기해요." 운전기사가 말했다.

"스탈린을 믿나보죠?" 내가 말했다.

"스탈린은 우리에게 꼭 필요한 사람입니다."

"폴란드 노동당은……."

"그들은 우리가 자유롭고 독립된 국가가 될 거라고 해요. 사람들이 희망에 차 있습니다."

"우리가 그 거짓말쟁이들을 왜 믿어야 하나요?" 내가 물었다. "NKVD는 절대로 그렇게 하지 않을 거예요."

"다른 사람에게 그런 말 하면 안 돼요." 운전기사가 말했다.

"마치 우리에게 자유와 독립이 있는 것처럼 들리네요."

나와 수산나 언니는 루블린으로 가는 동안 깊은 잠을 잤으며, 아파트 현관문에 도착해서야 잠에서 깨어났다.

"아가씨들, 일어나실 시간입니다." 기사가 핸드 브레이크를 당기며 말했다. 우린 뒷좌석에서 현관문의 전등불을 바라보았다. 어둠 속에서 밝은 빛을 내는 전등 주위로는 나방과 모기들이 광란의 파티를 벌이고 있었다. 라벤스브뤼크에서 저것들은 수감자들에게 맛있는 식량이었지.

"우리가 여기 있는 게 믿어져?" 언니가 물었다.

우리는 달에 첫발을 내딛듯이 차에서 내렸다. 나는 팔로 언니의 허리를 감쌌고 언니는 몸을 내게로 기댔다. 언니의 엉덩이뼈가 내게 닿았다. 우리 집의 아름다운 현관 계단을 올라갈 때 불편한 다리에서 찌르는 듯한 통증이 느껴졌다.

우린 아빠에게 전보를 보냈었다. 아빠는 양귀비 씨앗 케이크와 차를 준비해놓고 우릴 기다리고 계실까? 문 손잡이를 돌렸다. 잠겨 있었다. 수산나 언니는 옛날에 예비 키를 놓아두었던 비밀 장소를 기억하고 벽돌 뒤를 찾아보았다. 아직 거기에 있었다!

주방으로 한 걸음 들어서자 현실감이 온몸을 감쌌다. 엄마는 돌아가셨다. 식탁 위 작은 등이 있었지만 주방은 어두웠으며 벽난로 선반 위 촛대가 어른거렸다. 창문에 달린 노란색 커튼을 다시 보는 것은 감격이었다. 엄마의 목재 조리대에는 못 보던 빨간색 식기가 몇 개 놓여 있었다. 엄마는 푸른색을 좋아하셨는데. 엄마의 참새 그림을 붙였던 벽 위로 누군가 야생화가 핀 들녘 그림을 걸어두었다. 뒤에서 새들이 건너다보는 그림이었는데, 그림을 벽에 붙였던 접착제가 누렇게 변해 있었다. 나는 엄마가 그림을 그리던 테이블로 갔다. 누군가 싸구려 레이스 장식 테이블보를 덮고 그 위에 성지 기에츠발Gietrzwald을 배경으로 한 동정녀 마리아 그림과 도자기를 올려놓았다. 도자기에는 늙은 여자가 기차에서 손을 흔드는 모습이 그려져 있었다.

벽난로 선반 쪽으로 걸어갔다. 엄마의 그림이 있었다. 엄마가 심각한 표정으로 강아지 보리스를 안고 있는 모습의 그림이었다. 여기에도 누군가 사진 아래 검은색 천을 둥글게 말아서 달아놓았다. 그곳에 서 있자니 어지러웠다. 촛불 속에서 엄마의 침울한 얼굴이 춤추는 것 같았다. 침실에서 개가 짖었고, 수산나 언니는 잠시 멈칫했다.

펠카?

"거기 누구요?" 아빠가 뒤쪽 침실에서 거실로 걸어나오며 말했다.

줄무늬 속옷 차림의 아빠가 우리에게 다가왔다. 전에 본 적 있는 총을 손에 쥐고 사방을 돌아보시는 아빠의 머리칼은 다람쥐 털처럼 가는 회색이었다. 펠카가 아빠 뒤에서 꼬리를 리듬 있게 흔들며 나타났다. 이 녀석은 주방에서 엄마와 함께 마지막으로 봤을 때보다 훨씬 크고 뚱뚱해졌다.

"아빠, 저희예요." 수산나 언니가 말했다.

아빠는 트럭에 부딪힌 듯 입을 벌리고 섰다. 어떻게 저렇게 늙어버릴 수 있을까? 가슴의 털까지 회색으로 변했다. 펠카가 우리에게 오더니 나와 수산나 언니에게 코를 비벼대며 둘 사이를 왔다 갔다 했다.

"집에 돌아왔어요." 내가 말했다. 눈에 눈물이 맺혔다. 아빠는 팔을 활짝 벌렸고 우린 다가갔다. 아빤 총을 테이블에 올려두고 우릴 안았다. 이제 절대로 우리가 떠나게 내버려 두지 않을 듯이. 아빠의 가슴에 안기는 행복이란! 나와 수산나 언니 모두 아빠 어깨에 기대 울었다.

"우리 전보 못 받으셨어요?" 내가 물었다.

"요즈음 같은 때 전보가 제대로 올 리 있니?"

"엄마에 대한 편지는 받으셨고요?"

"그래, 봉투의 필체가 엄마 것 같더구나. 그래서 엄마가 보낸 편지로 생각했어. 그들 말이 장티푸스에 걸렸다고 하더라."

나는 아빠 손을 잡았다. "장티푸스는 거짓말이에요, 아빠."

"그럼 뭔데?" 아빠는 어린아이처럼 보였다. 강하셨던 아빠는 어디에?

"저도 몰라요." 내가 말했다.

아빠는 뒤로 물러서며 허리에 손을 얹었다. "너희들과 같이 있지 않았니?"

수산나 언니가 아빠를 주방 의자에 앉게 했다. "엄마는 다른 블록으로 옮겨졌고, 간호사로 일했어요, 아빠."

"그리고 나치들의 초상화도 그려주었어요. 그것 때문에 엄마를 죽인 거죠. 그들과 너무 가까이 있었으니." 내가 왜 그렇게 말할까? 엄마는 그날 밤 극장으로 내게 줄 샌드위치를 가져오다 잡혔기 때문에 살해당했다는 것을 나는 너무 잘 알고 있었다.

수산나 언니가 아빠 옆으로 가서 바닥에 앉았다. "아빠, 카샤 편지를 받고 읽는 방법을 어떻게 아셨어요?"

"그걸 알기 위해 우체국 전 직원이 동원됐단다. 어떤 암호가 들어 있을 것으로 짐작했지만, 어떻게 읽는지 아무도 몰랐어. 내가 첫 번째 편지에다 물을 살짝 묻혀봤다. 내용을 파악한 다음에는 내가 몇몇 사람들에게 이야기했고, 그들은 그 메시지를 런던의 우리 지하 조직에다 전달해 전 세계로 퍼트릴 수 있었어. 그렇지만 편지를 다림질해야 한다고 말한 사람은 마르타였어. 자신이 읽은 책에 나오는 방법이었대."

마르타?

나는 아빠의 반대편에 앉았다. "붉은 실타래를 보내주셔서 얼마나 고마웠는지."

"난 내가 할 수 있는 모든 방법을 동원해 이야기를 전했다. BBC에서도 그걸 방송했는데 알고 있니? 너희 둘이 당했던 일을……." 아빠의 눈에서 또 눈물이 흘렀다. 그처럼 강했던 아빠가 우는 모습을 본 적이 있었던가!

나는 아빠 손을 잡았다. "피에트릭을 본 적 있어요? 나디아는?"

"없어, 둘 다 못 봤어. 나는 매일 명단을 게시하고 있어. 적십자사에서도 그렇게 하고. 너희들이 오는 것도 미리 알고 싶었다만." 아빠는 식탁보로 눈물을 닦았다. "우리는 너희들 걱정에 혼이 나갔었어."

우리?

수산나 언니가 그녀를 가장 먼저 보았다. 침실 문쪽 그림자 속에 드레싱가운 차림의 여자가 서 있었다. 큰 체구였다. 언니가 그녀에게 가서 손을 내밀었다.

"제가 수산나예요." 언니가 말했다.

아빠의 침실에 여자가?

"난 마르타라 해." 그 여자가 말했다. "너희 둘에 대한 얘기를 얼마나 많이 들었는지 몰라."

나는 선 채로 숨을 깊이 쉬면서 그 여자에 대해 생각했다. 마르타는 아빠보다 몇 인치나 더 컸고, 드레싱가운에 끈 벨트를 했으며, 옷깃 위로는 장식용 수술을 단 갈색 머리가 흘러내렸다. 시골 여자. 아빠가 여자 보는 눈이 낮아진 게 틀림없다.

마르타가 아빠에게 다가왔지만 아빠는 그녀 쪽으로 움

직이지 않았다. "마르타는 자모시치 근교 마을에서 왔어. 너희들이 없는 동안 내게 많은 도움을 주었단다." 아빠는 마르타가 거기 있어 당황한 표정이었다. 죽은 아내의 아이들에게 자신의 여자친구를 소개하는데 누가 그렇지 않을까?

"우리 앉을까?" 마르타가 말했다.

"전 그만 잤으면 해요." 내가 말했다. 시장에서 흥정하는 것 같았다. 내 눈은 벽난로 선반 위 엄마의 그림을 향했다. 아빠는 엄마를 그리워하지 않는 것일까? 어떻게 이럴 수 있지?

아빠가 내게 다가오라는 손짓을 했다. "카샤, 같이 앉자."

마르타는 엄마가 사용하던 의자에 앉았다. 엄마가 흰색으로 칠하고 옥양목 시트를 깔아둔 의자였다. 나는 수산나 언니가 마르타와 가까워지는 것을 지켜보았다. 아빠도 그들이 서로 친근하게 대하는 것을 보고 행복한 표정을 지었다.

"뭔가 먹을 것을 줬으면 좋겠는데, 마지막 남은 빵을 우리가 방금 먹었으니 어떡하지?" 마르타가 말했다. 아빠는 턱수염을 만지작거렸다. "지금이 가장 어려운 때다. 러시아군이 들어온 이후, 식량이 거의 없어졌어. 나치들도 최소한 빵 구울 밀가루는 떨어지지 않게 했는데."

"나치가 스탈린으로 바뀐 것뿐인가요?" 내가 물었다. "그렇게 생각할 수도 있겠다."

"나는 그들과 별 문제없이 지내고 있어." 아빠가 말했다. "그들은 내가 우체국 일을 계속할 수 있게 했거든."

"그들이 아빠에게?" 내가 물었다.

"원한다면 러시아 담배도 구할 수 있어." 마르타가 말했다. 너무 명랑했다. "그렇지만 계란은 어려워."

"이제 우리도 곧 서로 '동지'라 부르게 되겠네요." 내가 말했다.

"곧 좋아질 거야." 수산나 언니가 말했다.

"그들은 과거 지하 활동가들을 찾고 있어." 아빠가 나를 쳐다보며 말했다. "지난주에는 마주르를 잡아갔다."

내 몸에 전율이 일었고, 갑자기 숨 쉬기도 어려웠다. 마주르? 피에트릭의 어릴 적 친구로, 지하 활동에서 가장 중요한 일을 맡았던 유능한 인재였다. 그는 내게 폴란드 저항군인 AK의 맹세를 읽어주었다. 진정한 애국자.

숨을 깊이 들이쉬고 내쉬고.

"나도 그 멤버들 중 하나예요." 내가 말했다.

"수용소에서 우린 스웨덴 버스를 타고 나왔어요." 수산나 언니가 말했다. "우리가 덴마크 국경을 넘을 때 아빠가 보셨어야 하는데, 그곳 사람들 모두 감격적일 정도로 우릴 열렬히 환영해주었어요. 스웨덴에서도 환대받았고. 우린 입국하면서 루블린 소녀단 배너를 흔들었어요. 라벤스브뤼크의 노획물 중에서 어떤 사람이 찾아낸 것이었어요. 환영하는 인파는 정말 대단했어요. 수용소를 벗어난 첫날 밤은 박물관 바닥에서 보냈지만요."

"거대한 이빨의 공룡이 우릴 잡아먹을 듯이 내려다보는 게 수용소와 다를 바 없었죠." 내가 말했다.

언니는 자신의 가방을 가져왔다. "그다음에는 공주의 저택에서 공주와 함께 지냈어요. 우리가 스웨덴을 떠날 때 받은 선물을 보세요." 언니는 가방에서 흰 상자를 꺼내 테이블 위에 놓고 열었다. "우리 모두에게 줬답니다. 정어리 통조림. 흰 빵과 버터. 딸기잼, 그리고 초콜릿 한 조각."

우린 맛만 보고는 그것들을 고스란히 간직했다.

"농축유도 있네?" 아빠가 말했다. "그건 오래가지."

"참 친절한 사람들이구나." 마르타가 말했다. "내가 모아둔 밀가루 배급표가 있어. 그걸로 빵을 만들 수 있겠다."

"괜한 고생 하지 마세요." 내가 말했다.

아빠는 고개를 숙이고 얼마 남지 않은 머리를 손가락으로 만졌다.

"너희 엄마 일은 정말 안 됐구나." 마르타가 일어서며 말했다.

"잘됐다고 생각하시는 것 같은데요." 내가 말했다.

"카샤야." 아빠가 말했다.

나는 흰 의자를 들었다. 쿠션에는 마르타 엉덩이의 온기가 아직 남아 있었다.

"안녕히 주무세요, 아빠." 내가 말했다. "언니, 잘 자."

나는 엄마 의자를 내 방으로 가져왔다. 벽난로 옆을 지나며 거기 걸린 엄마 그림에서 눈을 떼지 않았다. 엄마 얼굴을 보는 것은 아픔이었다. 매번 배를 두들겨 맞는 느낌이었다. 나는 방으로 들어가 문을 잠갔다. 엄마 의자에는 아빠의 다른 여자가 앉아서는 안 되는 것이었다. 그녀가 아빠에게 도움을 얼마나 많이 주었건 상관없었다.

29장

캐롤라인, 1945년

간호사를 따라 집으로 들어가니 구조 요원이 주방 앞에서 있었다. 바닥에 감자가 흩어지고 타일에 올리브 기름이 묻어 있는 것을 현관에서부터 볼 수 있었다. 베드류 선생님이 그렇게 경고했는데 내가 왜 폴을 혼자 두었는지.

주방에 가까이 가 보니 폴이 식탁 앞에 앉아 있었고 간호사가 그의 맥박을 재고 있었다.

"당신 괜찮군요. 천만다행이에요."

폴이 나를 쳐다보았다. 그가 울고 있었나? "우린 당신에게 전화하려 했소, 캐롤라인. 내 말 이해해요? 꿈인 것 같았지."

나는 고개를 흔들었다. "무슨 말인지."

"그들이 초인종을 눌렀어요." 그가 말했다. "전부 그렇게…… 현실이 아닌 것처럼."

"폴, 누가 초인종을 눌렀다고요?"

"레나."

"레나가 초인종을? 무슨 말을 하는 거예요?"

"그들이 레나를 데리고 왔소."

"레나가 돌아왔어요?"

내 목소리가 멀리서 들리는 듯했다. 낯설게.

폴이 식탁보의 얼룩을 문질렀다. "레나는 지금까지 미국 병원에 있었다고 해요."

그는 행복한가? 글쎄. 모든 게 혼돈이다.

"레나는 말을 많이 할 수 없었다고 해. 독일 가정 한 곳에 서 그녀를 숨겨준 것 같아요."

나는 문에 기대며 주저앉았다.

"얼마나 좋은 일인지." 내가 할 수 있는 말은 이것뿐이었 다. "나는 이만 가는 게 좋겠어요."

나는 돌아섰다.

"캐롤라인, 잠깐만." 폴이 말했다. "어디로 가려는 거지?"

"지금 너무 혼란스러워서."

"알아요. 캐롤라인, 미안해. 레나는 몇 주 동안 병원에 있 었는데, 너무 안 좋아 말을 못했다고 해요."

미안해. 이 단어가 싫었다. 아버지가 돌아가셨을 때 주위 사람들이 얼마나 많이 이 말을 했던가?

"난, 집에 가야 할 것 같아요." 내가 말했다.

나는 생각할 시간이 필요했고, 그 앞에서 무너지는 모습을 보이기도 싫었다. 무엇보다도 그녀는 수용소에서 비극적인 죽음을 당하지 않고 살아 있었다. 그녀는 우리가 말하는 동안 2층 폴의 침대에 들어갔을 것이다.

폴은 바닥에 흩어진 감자를 바라보았다. "그러면 우리 내일 이야기합시다."

"내 말은 코네티컷으로 돌아간다는 뜻이에요." 내가 말했다.

"지금 가면 안 돼요. 우리 모두가 충격을 받았어."

"내가 뭘 어떻게 생각해야 할지 모르겠어요. 가볼게요."

그는 나를 팔로 감싸 안지도 가지 말라고 애원하지도 않았다.

"우리 내일 다시 이야기하면서 이 모든 상황을 정리해봅시다." 폴이 말했다. 여전히 의자에서 일어나지 않은 채.

나는 밖으로 나와 차를 운전해 엄마의 아파트로 돌아왔다. 그곳에 나는 스스로를 감금했다. 그의 집에서 얻어 입은 셔츠와 잠옷 바지 차림으로 주로 침대에 누워 지냈다. 주방 전화가 계속 울려 수화기를 내려놓았다. "지금은 전화를 받을 수 없습니다. 다음에 다시 걸어주십시오."라는 멘트가 계속 반복되다가 삐—삐—하는 짧은 음이 들리고 마침내 끊어졌다.

하루에 몇 차례씩 현관 벨이 울렸지만 나는 대답하지 않왔다.

나는 자신을 학대했다. 뜨거운 차를 식도록 내버려둔 뒤 미지근해지면 마셨다. 그러고는 몽상에 잠겨들었다. 사랑이 계속되었다면. 결혼에 골인했을까. 아기는? 내가 정말 다른 여자 남편이 건강을 찾도록 간호하기 위해 엄마의 은식기 절반을 팔아버렸던가. 베티 말이 옳았다. 나는 시간만 낭비한 것이다.

어느 날 아침, 엄마가 아파트로 찾아와 내 침실 문 앞에 버티고 섰다. 우산의 빗물이 카펫 위로 떨어졌다.

엄마. 나는 엄마가 오기로 했다는 걸 잊고 있었다.

"밖에 비가 퍼붓는다." 엄마가 말했다.

그럴수록 좋아, 내가 생각했다. 다른 사람들도 집 안에만 있어야 하니까, 나처럼 비참하게.

"꼴 좋다, 캐롤라인. 뭐가 잘못됐니? 어디 아파? 왜 전화를 해도 답이 없어?"

프랑스에 오지 말았어야 했다. 하지만 여기 침대가 있고 덕분에 슬픔에 잠길 수 있으니 그나마 다행이라고 해야 할까.

"폴의 아내가 돌아왔어요."

"뭐라고? 죽은 사람이 돌아와? 말도 안 된다. 지금까지 어디에 있었대?"

"나도 몰라요. 병원에도 있었고."

"믿을 수 없구나." 엄마가 말했다. "그래도 네가 힘을 내야지."

"난 이제 아무것도 못 하겠어요." 나는 이불을 어깨 위로 당겼다.

"차를 끓일 테니 목욕부터 하는 게 좋겠다. 목욕하면 기운이 돋을 게야."

엄마는 다그치지 않았다. 목욕에 대한 그녀의 생각은 옳았다. 나는 새 파자마로 갈아입고 주방의 가든테이블에 앉았다.

"그래도 목욕을 하니 조금 나은 것 같네요." 내가 말했다. "그렇다고 기분이 좋다는 뜻은 아니고."

엄마는 마리아쥬 프레르 티백을 컵에 담아 뜨거운 물 주전자와 함께 가져왔다.

"슬픔도 약이 된다고 했어."

"엄마, 지금 바이런을 읊을 때가 아녜요. 전부가 다 뜬구름이었나 싶으니. 내가 어떻게 그처럼 성급했을까? 난 아직 더 많이 배워야 할 것 같아요."

"아내가 있다고 해서 네가 그와 함께할 수 없는 건 아니잖아." 엄마가 말했다.

프랑스에 몇 시간 있더니 엄마의 도덕 기준이 퍽 유연해졌나보다.

"나도 그렇게 생각하지만 실제로는 많이 힘들죠. 뒷말도 많고."

현관 초인종이 울렸다.

나는 엄마의 손목을 잡았다. "대답하지 마세요."

엄마는 문 쪽으로 갔다. 엄마를 프랑스로 오게 한 것이 후회되었다.

"누가 왔든지 간에 나는 여기 없는 거예요." 엄마 뒤통수에다 말했다.

문 앞에서 엄마가 대답하자 밖에서 자신을 레나라고 소개하는 여자 목소리가 들렸다.

레나가 어떻게 여기를?

엄마가 레나를 데리고 주방으로 와서 우릴 남겨두고 혼자 나갔다. 레나의 코튼드레스는 젖은 빨래 같았으며, 쇄골이 앙상히 드러나고 그 아래께가 헐렁했다.

"캐롤라인, 차 마시는데 방해해서 미안해요." 그녀가 말했다. 눈과 뺨이 움푹 들어가고 지친 여학생 같은 모습이었다. "전화로 얘기하려 했는데." 그녀는 내려진 수화기를 바라보았다.

"이런." 내가 말했다.

레나가 발을 움직였다. "폴도 미안해하며 전화했었는데……."

"먼저, 앉으세요." 내가 말했다.

레나가 머리카락이 낀 것처럼 손가락으로 귀 뒤를 문질

렀다. 오랜 습관인 듯했다. 하지만 흘러내린 머리카락은 없었다.

"시간을 많이 뺏진 않을게요. 제가 얼마나 미안한 마음인지 말씀드리고 싶을 뿐이에요."

"미안?" 나는 모슬린 티백 위로 뜨거운 물을 부었다. 오렌지 향이 풍기는 게 세르게가 만들어주는 바이올렛 스콘을 생각나게 했다.

"어떻게 된 일인지 말씀드릴게요." 그녀가 말했다.

"레나, 사과할 필요 없어요."

"잠시 앉을게요. 오래 걸리진 않을 거예요."

"그럼, 차 드릴까요?"

"아뇨, 괜찮습니다. 아직 몸이 힘들어서. 전 폴에게 빨리 직접 와서 모두 설명 드리라고 말했는데……."

나는 차를 마시려 했지만 컵을 찾을 수 없었다. 머리가 흔들리며 시야가 흐려졌기 때문이다.

"폴이 날 만나서 행복하지 않은 것 같아 걱정이에요." 그녀가 말했다.

바깥에서는 아이들이 빗속에서 떠들며 웃는 소리가 건물 벽에 메아리가 되어 들렸다.

"당신은 내가 죽었으면 하고 바라지 않았나요." 레나가 말했다. "저도 제가 그랬으면 했어요. 정말입니다. 제가 할 수 있었다면 어떤 소식이라도 전했을 거예요. 저는 단지 운이 좋아서 살아 있을 뿐이에요."

"이해해요."

"아뇨, 당신이 이해할 거라 생각하지 않아요. 어떻게 이해해요? 운 좋게, 그들이 늘 하던 대로 하지 않았을 뿐이니까요. 그들이 우리 신발을 가져갔고, 그래서."

"레나, 그렇게 설명할 필요는……."

"제 생각엔 우리가 마즈다넥에서 부설 수용소로 가는 기차에 태워졌던 것 같아요. 기차는 천천히 폴란드 어딘가로 가서 우릴 내려놓았죠."

레나는 잠시 멈추고 창밖을 바라보았다.

"전 병이 들었어요. 장티푸스였을 거예요. 그래서 일행이 숲속으로 걸어들어갈 때 따라가기가 매우 힘들었죠. 가는 길에는 종이돈이 흩어져 있었는데, 우리 앞에 간 사람들이 내버린 것들이었어요. 독일인에게 뺏기지 않으려 그랬을 겁니다. 우리가 노동을 하러 가는 길이라고 속삭이는 이들도 있었지만 저는 알았어요. 헛간 건물 앞에 도착하자 우리에게 줄지어 서라고 말하더군요."

"레나, 제게 그런 말을 할 필요는……."

"미안합니다. 당신도 이런 이야기 듣기 힘들 테죠?"

나는 고개를 저었다. 아니다.

"순식간에 일이 벌어졌어요. 커다란 구덩이가 있었고, 그 모서리를 따라 그들은 우릴 줄세웠어요……."

레나는 이어갈 말을 잊고 헤매는 듯했다. 잠시 후 그녀는 다시 말을 시작했다.

"내 옆의 소녀가 아래를 보더니 비명을 질렀습니다. 소녀의 엄마가 그 애를 팔로 감싸 안았고, 둘은 첫 번째로 총에 맞았습니다. 둘이 내게로 넘어지면서 우리 셋이 함께 그 구덩이로 미끄러져 들어갔죠······."

레나가 말을 멈췄지만 나는 눈도 껌뻑일 수 없었다. 방해가 될 것 같았다.

"내 위로 몸뚱이들이 계속 떨어져내리는 동안 나는 가만히 있었어요. 곧 총 소리가 멎었고, 밤이 가까워진 것 같았어요. 내 위 몸뚱이들 틈새로 들어오는 빛이 점차 어두워졌죠. 어두워진 다음에 나는 구덩이에서 기어올라와 옷가지를 찾아 헛간 안을 뒤졌습니다."

그녀는 천장을 올려다보았다. "당신도 그날 밤 하늘의 별을 봤어야 하는데, 하늘 전체에 큰 다발처럼 뿌려져 있었어요. 지켜보고 있는 것 같았습니다. 이 모든 일들을. 하지만 별들이 할 수 있는 일은 없었죠. 나는 숲속을 걸어 인가를 찾아갔어요. 한 농부와 그의 아내가 나를 안으로 들어오게 했어요. 독일인 부부였습니다. 아들은 러시아 전선에서 전사했고. 처음에 할머니는 내가 자기 손목시계를 훔쳐갈까 봐 걱정했어요. 아들이 선물로 준 꽤 비싸보이는 것이었죠. 그러나 나중에는 아주 친절히 대해주었어요. 아들의 옛 침대에 눕게 하고 마치 자기 자식이 아픈 것처럼 간호해주었습니다. 딸기잼을 바른 따뜻한 빵을 먹게 했어요. 전 그들의 호의를 병을 옮기는 것으로 갚았습니다."

나는 레나에게 휴지를 건넸다. 그녀는 휴지를 양쪽 눈에 차례로 가져갔다.

"할아버지가 먼저 돌아가셨어요. 러시아군이 들어왔을 때 나는 우리 모두 장티푸스에 걸렸다고 말했지만 내 얼굴에 담요를 씌우고는 겁탈하더군요. 그다음에는 농부 아내를 겁탈하고 손목시계를 빼앗아갔어요. 할머니는 그날 밤 돌아가셨습니다. 그리고 여기 병원에 오게 될 때까지 다른 많은 일들도 있었지만 기억하지 않겠어요. 좀 더 일찍 집에 왔어야 했는데, 사정이⋯⋯."

"레나, 정말 큰 어려움을 겪었군요. 그런데 이런 이야기를 내게 들려주는 이유가 있나요?"

"전 폴이 당신에게 어떤 사람인지 알아요."

"그가 말하던가요?"

"그가 뉴욕에서 처음 돌아왔을 때는 저도 별 신경을 쓰지 않았어요. 하지만 지금은 상황이 다르니까요."

다른 것이 당연했다. 우린 누구도 원상태로 되돌릴 수 없었다.

"캐롤라인, 전 당신이 행복하길 바랍니다. 그렇지만 폴을 포기할 순 없어요. 한땐 그랬을지 몰라도 지금은 아니에요."

레나가 테이블 모서리를 잡았다. 그녀는 쉬어야 했다.

"레나, 얼른 집으로 가서 그의 옆에 있도록 하세요."

"네, 하지만 당신께 해야 할 말이 있어요."

더 할 말이 있다고? "무슨 말인데요?"

"아직 폴에게 말하지 않은 것인데." 그녀는 심호흡을 하면서 몸을 바로 했다.

"레나, 그렇게 해도 되는지……."

"그놈들이 폴을 잡아갔을 때 나는 매우 아팠고, 아무것도 먹을 수 없었어요. 독감이라 여겼지만…… 내가 아기를 기다리고 있다는 생각이 났어요."

세상이 잠깐 멈추고 공중에 매달렸다. 아기를 기다린다? 사랑스럽게 들리는 프랑스어였다.

"임신?"

레나가 나를 바라보면서 고개를 약간 끄덕였다.

"폴의?" 나도 모르게 튀어나온 말이었다.

레나는 한참 동안 자기 손을 내려다보았다. "전쟁으로 인해 사람들에게는 재미있는 일이 많이 일어나죠. 우리 경우에는 서로 더 가까워졌어요. 딸아이는 무슨 일이 일어났는지 알아야 해요. 게슈타포가 나를 잡으러 온 바로 그날 아기가 태어났어요. 부활절 아침에."

딸아이? 폴의 아이가 여자아이였구나. 나는 차가운 손가락으로 내 입술을 눌렀다.

"놈들이 들이닥칠 거라고 했어요. 내 아버지가 아이를 데려가며, 어디 아는 수녀원에 맡기겠다고 했죠. 신발 상자에 넣어갈 정도로 아기는 작았답니다."

"어디로?"

"나도 몰라요. 그놈들은 밤에 찾아왔어요. 그 후 내 아버지는 돌아오지 않으셨고."

"정말 안타깝네요. 어떻게 위로를 해야 할지."

"전쟁 중에 그 수녀원은 폐쇄되었다고 해요. 그래서 난 고아원들에 편지를 쓰고 있는데 폴은……."

"저런, 난 당신에게 도움을 줄 수 있는 상황이 아닌데 어쩌죠?"

나는 일어서서 찻잔을 싱크대로 가져갔다.

"캐롤라인, 당신 상황을 이해해요. 제가 당신이라 해도 개입하길 원치 않을 거예요. 그렇지만 당신이 이걸……."

"전 곧 뉴욕으로 떠날 예정이에요." 내가 한 손을 싱크대의 차가운 모서리에 올리고 말했다.

레나가 일어섰다. "네, 괜찮아요, 캐롤라인. 시간 내줘서 고맙습니다."

레나는 뒤돌아 나갔다. 나는 그녀가 지갑으로 머리 위의 비를 피하며 블록 끝으로 걸어가는 모습을 창가에 서서 지켜보았다.

나는 고아 보호시설과 접촉해 폴과 레나의 아이를 찾아야겠다고 생각하며 침대로 돌아왔다. 그가 한때 다르게 말한 적은 있지만, 무엇보다도 폴의 삶에서 아이는 중요할 거라 여겨졌다. 그렇지만 내가 왜 그 아이를 찾아나서야 하나? 폴은 이 모든 일에서 내 감정을 제대로 생각해주지도 않았다. 나는 한때 끌려다녔을지 모른다. 그러나 지금은 나름대로 교훈을 얻었다. 잃어버린 사람을 찾아주는 사설 탐정들도 있다. 아이를 찾는 데 나보다 더 적역인 사람들은 얼마든지 있는 것이다.

아파트에 저녁이 내릴 때쯤 나는 결심했다. 폴과 레나, 그들이 알아서 해야 한다.

30장

캐롤라인, 1945년

다음날 아침 일어났을 때 배 속은 허기 대신 후회로 가득했다. 내 삶이 아주 쉽게 어긋나버린 것은 충격이었다. 프랑스어 '데페이즈망depaysement'이라는 단어가 머리를 관통했다. 내 자신이 낯설게 변해버린 느낌이었다. 엄마가 시종처럼 곳곳을 청소했지만, 아파트가 크게 어질러진 듯 보였다. 창문도 닦아야 하고, 전화선도 꼬인 것 같았다. 내 상황에 대해 엄마가 제안한 해결책은 내게 달걀을 억지로 먹이는 것이었다. 푸아그라 요리 같은. 엄마의 요리가 절정에 달할 때쯤, 나는 엄마와 내 상황을 의논했다.

"엄마, 내가 레나와 얘기하는 것 들었어요?"

"약간만. 착한 사람 같더구나."

"나도 그렇게 생각해. 하지만 레나는 폴을 포기하지 않아요."

"아직 모르는 일이야."

"정말이라니까. 폴은 아직 레나를 사랑하고 있는 게 분명하고요."

엄마는 끓는 물에 다른 계란을 깨서 넣었다. "네가 어떻게 알아? 넌 전화도 받지 않았잖아. 마지막 날 폴은 현관 앞에서 한 시간 동안이나 초인종을 눌렀어, 불쌍하게도."

"오 분이야. 과장하지 마세요."

"그러면 안 돼, 정말. 다른 상황이라면 너와 레나가 좋은 친구가 될 수도 있었을 텐데."

"엄마, 고맙지만 난 친구가 많아요."

"네 말이 맞다. 하지만 넌 고개를 돌려 전체를 볼 필요가 있어."

"난 절대로 내 아이를 갖지 않을 거야."

"그렇다고 해서 네가 그들 아이를 내버려둘 권리는 없어. 그걸 알아야 해."

"그러니까 엄마는, 내가 아이를 찾으러 나서야 한다는 말예요?"

엄마가 계란을 내 그릇에 부었다. "기독교인이라면 해야 할 일이야."

"오늘은 내가 별로 기독교인 같지 않은데 어쩌나."

"그래, 얼굴에 찬물을 한번 끼얹어보면 도움이 될 게다."

왜 엄마는 모든 문제를 찬물로 해결하려 드실까? 벌써부터 이 아파트에서 엄마와 함께 지내는 하루가 영원처럼 길게 느껴진다. 일주일을 어떻게 지내나? 곧 엄마의 파리 친구들이 들이닥치기 시작할 것이다. 불쌍한 듯 바라보는 그들의 표정을 나는 또 참고 견뎌야 하나?

결국 나는 마음을 다잡고 아이를 찾아나서기로 했다. 그렇게 하지 않을 이유가 없었다. 그리고 아파트를 탈출해야만 했다. 엄마가 엘리엇의 '파리에서의 날들'을 아파트에서 재현하려 했기 때문이다. 엄마는 손님들에게 특별한 옷차림으로 오게 했다. 방문자들 중에는 엄마의 남자친구들도 있을 것이다. 나는 파리에 온 몇 주 동안 그나마 있던 남자친구 한 명도 지키지 못했지만 엄마는 벌써 자신을 숭배하는 남자들 무리를 만들었다. 주로 베레모를 쓴 프랑스 노인과 해외에 거주하는 미국인들이었다. 그들은 우리 거실에서 차를 마시며 엄마를 바라보았다. 엄마의 눈에 들면 행복해하면서.

전쟁 후의 프랑스에서 이름도 없는 아이를 찾는 과정은 쉽지 않았다. 나는 이곳저곳을 거친 끝에 마지막으로 뢰동의 성 필리페 고아원을 방문했다. 내가 영사관에서 위문품을 보냈던 곳이었으며 지금은 전쟁고아들의 정보가 모이는 곳들 중 하나였다. 구호소나 기숙학교, 임시 거처 역할을 하는 대저택 등지에 있는 아이들의 정보가 수집되고 있었다. 파리 남서쪽의 고풍스럽고 인상적인 석조 맨션이었는데 로마네스크 양식의 교회도 딸려 있었다.

그날은 언덕 높이 구름이 걸려 올림푸스 산을 연상케 했다. 비가 따스하게 내려서 우산을 포기하고 이끼 낀 길을 걸었다. 아기를 찾은 다음에는 어떻게 할 것인지에 대해서는 생각하지 않으려 했다. 폴과 내가 과거에 어찌했건 우리 관계가 공식적으로 끝나는 계기가 될 수 있을 것이다. 무엇보다도 그는 레나를 사랑하고 있는 것 같았다. 그녀 아기의 아버지로서 그는 충분했다.

고아원 사무실은 나와 비슷한 목적으로 찾아온 사람들로 꽉 차 있었다. 우산을 준비한 사람들은 문 옆에 우산꽂이가 없어 손으로 쥐었는데, 꼭 젖은 박쥐 같았다. 받는 사람이 없는 전화가 울렸으며, 코너에는 박스가 쌓여 있었다. 책상에는 흰 기저귀 여러 장이 밀푀유 페이스트리를 겹쳐놓은 것처럼 놓여 있었다.

사람들을 비집고 한 남자가 포대기에 싸여 우는 아기를 들고 갔다. 그는 책상으로 가더니 아기를 마치 불붙은 폭탄인 양 내밀었다.

"어떤 늙은 할머니가 애를 내게 줬습니다."

책상 뒤에 앉은 여자가 아기를 받았다. 검은 옷차림에 매처럼 생긴 여자로, 앤 여왕의 레이스같이 아름다운 목 칼라가 유일한 장식이었다. 그녀는 아기를 책상 위에 놓고는 포대기를 풀었다. 울려다보는 아기의 눈 아래가 연보라색 초승달 같았다.

"남자 아기군요. 우리는 여아만 받습니다."

그 남자는 벌써 문을 향해 가고 있었다.

"기요!" 그녀가 아기를 다시 포대기로 싸며 불렀다. 패스트푸드 점원이 샌드위치 싸는 것보다 빠른 속도였다. 그 남자가 급히 다시 오더니 아기를 데리고 나갔다.

젊은 여자가 책상으로 다가왔다. "저, 미안하지만."

책상의 여자는 서류에서 고개를 들어 쳐다볼 생각도 하지 않고 손가락을 들어올렸다. "차례를 기다리세요. 지금은 아이들 점심시간이니 3시까진 누구도 만나볼 수 없습니다."

천장에서 새는 빗물이 책상 위 메모장에 떨어지며 검은색 얼룩이 아메바 모양으로 커졌다.

"안녕하세요, 실례합니다." 내가 말했다. "아이를 찾고 있습니다."

그녀는 클립보드의 목록을 훑어보더니 말했다. "여기 양식에 기입하세요."

나는 더 가까이 다가갔다. "좀 특별한 경우입니다."

"특별한 경우만 오늘 다섯 번째네요."

"전 캐롤라인 패리디라고 합니다. 베르티옹 여사과 함께 아이들에게 위문품 보내는 일을 했습니다. 뉴욕의 프랑스 영사관에서."

책상의 여자가 올려다보더니 고개를 한쪽으로 돌렸다. "저 박스를 보내주신 분? 아이들이 그 옷을 아주 좋아해요. 예쁜 옷들이죠."

"오발틴 분유도 함께 보냈습니다." 나는 빈 박스를 가리켰다.

"감사합니다. 그렇지만 우린 그걸 거의 공짜로 팔았습니다. 아이들이 새똥 냄새가 난다며 마시지 않으려 해서요. 미스 패리디, 우린 오발틴이 아니라 돈이 더 필요하거든요."

나는 책상에서 시든 튤립이 담긴 깡통을 들어 꽃을 휴지통에 던지고 통을 얼룩이 생긴 메모장 위에 올렸다.

"부인이 아주 바쁜 것을 알지만, 전 아이를 찾아야만 합니다."

"미안하지만 여기서는 아이를 부모나 혈육들한테만 보낼 수 있습니다. 부모나 혈육임이 증명되어야 하죠."

"저는 아이를 찾기만 하고 아이 부모가 아이를 데려갈 겁니다."

"따라오세요." 여자가 말했다.

그녀는 클립보드와 쌓여 있던 양동이 뭉치를 들고 일어섰다. 나는 빠른 걸음으로 그녀 뒤를 따랐다. 함께 걸어가면서 그녀는 빗방울이 떨어지는 이곳저곳에다 양동이를 놓아 물을 받았다.

"혹시 제가 베르티옹 여사를 만나볼 수 있을까요?" 내가 물었다.

"제가 베르티옹입니다만."

이럴 수가 있나?

"그렇게 정다운 편지를 써 보낸 사람이 부인이시라고요?" 내가 물었다.

"실제보다 글이 더 나은 사람이 있는 법이죠." 부인이 피곤한 표정으로 말했다. 이 사람은 어젯밤에 한숨도 자지 못한 것일까? "아이 이름이 어떻게 됩니까?"

"저도 모릅니다. 너무 갑작스레 일이 일어났거든요. 아기가 태어나던 날 엄마가 끌려갔습니다."

"그게 언제죠?"

"1941년 4월 1일. 부활절 일요일입니다."

"나치가 부활절에 사람들을 끌고 갔나요? 그 사람들은 교회에 가지도 않나 봅니다."

"기록을 한번 살펴봐 주시겠습니까?"

"내가 가진 기록을 보세요." 그녀는 클립보드를 열었다. 전화번호부만 한 두께의 서류철에는 부르고뉴 포도주 색으로 O와 X가 어지럽게 표시되어 있었다. "여기는 유럽 전역에서 아이들이 모이는 곳입니다. 찾기 쉽지 않을 겁니다."

우린 천장이 높고 침대들이 가득찬 방으로 들어갔다. 침대마다 잘 접어둔 담요와 베개가 발쪽에 놓여 있었다.

"여기서는 아이들을 어떻게 확인하죠?" 내가 물었다.

"아이들마다 번호를 부여합니다. 이 번호를 작은 판에 프린트해서 아이 가슴에 달아주는 거죠. 이름을 가지고 오는 아이들도 있지만 많은 아이들은 이름이 없습니다." 그녀가 의자 위에 양동이 뭉치를 놓았다. "전쟁 중에 어떤 엄마들은 아이가 이곳에 넘어오기 전에 자기 아이 이름을 종이에 적어 아이에게 붙여놓았습니다. 그렇지만 대부분 종이가 떨어지거나 비에 젖어 희미해져버렸죠. 또 어떤 엄마들은 나중에 찾을 수 있도록 이름을 적은 표식을 아이 옷에 꿰매두지만 아이들이 옷을 바꿔 입는 경우가 많아 이름이 서로 바뀌기도 합니다. 아직도 이름이 없는 아이들이 거의 매일 들어오고요."

"큰 아이들 중에는 끔찍한 일을 겪고 이리 오면서 말을 잃어버리는 경우가 많은데, 그보다 어린 아기들이 제 이름을 기억할 리 만무하죠. 이해하시죠? 대체로는 번호를 붙입니다. 생일을 알 때는 태어난 달을 따서 이름을 지어주기도 하고…… 그래서 오월, 유월처럼 같은 이름을 가진 아이들이 많습니다. 생일의 수호성인 이름을 딸 때도 있고, 우리 친지들 이름이나 애완동물 이름을 붙이기도 합니다."

"그날 들어온 아이들만이라도 찾아주실 수 있을까요?"

"항상 기록돼 있는 것은 아닙니다. 여기 아이들은 온갖 곳에서 옵니다. 구호소나 기숙학교에서도 오고, 건초 더미에서 잠들어 있는 아이를 농부가 발견해오기도 합니다. 자기 부모가 데려올 때도 있지만. 처음 발견한 사람을 부모로 생각하는지는 알 수 없습니다."

"아주 힘드시겠군요."

"조금 그렇긴 하지만, 여기 있는 아이들 대부분은 부모를 찾지 못합니다. 부모가 멀리 가버렸거나 아이를 찾으려 하지 않거든요."

"자기 아이를 찾지 않는 사람이 있을까요?"

"정말 그렇게 생각하세요, 미스 패리디? 이 분야에 경험이 많은 게 맞습니까? 여기 있는 아이들의 4분의 1 이상이 혼혈입니다. 독일인 아버지, 프랑스인 엄마. 독일놈 애라고 부르죠. 아무도 그런 아이를 데려가려 하지 않습니다. 레벤스보른 출산소에서 태어난 아이도 있습니다. 히틀러 아기 생산 공장. 인종적으로 우수한 엄마들이 SS 대원의 아이를 익명으로 낳아주는 곳이죠."

"그런 곳은 독일에만 있지 않나요?"

"아닙니다. 여기 프랑스에서도 활발했어요. 덴마크나 벨기에, 네덜란드에도 있었다고 들었습니다. 노르웨이에도. 그 아이들은 이제 버려졌습니다. 그리고 이렇게 금발인 아이들을 엄마 품에서 얼마나 많이 빼앗았을지 아무도 모릅니다. 폴란드에서만 수십만 명이라고 합니다. 독일인으로 길러지는 거죠. 그 아이들 부모에 대한 기록은 없습니다."

"명단을 제가 찾아보죠. 그러면 부인 일을 덜어드릴 수 있을 겁니다."

베르티옹은 잠시 멈추더니 나를 향했다.

"선생님은 포기하지 않을 테죠. 저는 압니다." 그녀는 양동이 뭉치를 들고 내게 내밀었다. 가슴에 닿은 양동이들은 차가웠고, 그 수는 거의 내 뺨 높이만큼이었다.

"이 양동이를 아이 한 명당 한 개씩만 나눠주신다면, 그동안 제가 목록을 살펴보겠습니다. 아이들은 양동이를 두 개씩 얻으려 떼를 쓸지도 모릅니다. 여하튼 해당되는 아이를 찾으면 선생님을 부르겠습니다. 선생님이 영사관에서 오셔서 도와드리려는 게 아니고, 제가 오늘 아침 5시부터 줄곧 서 있었기 때문에 이러는 겁니다."

"고맙습니다, 부인. 이 양동이들을 어디서 나눠줄까요?"

"밖에서요." 그녀가 한 손으로 문을 잡으며 말했다.

"남는 양동이로는 뭘 하죠?" 확실히 양동이가 너무 많았다.

"남지 않습니다." 대답과 함께 그녀는 명단 서류 쪽으로 머리를 굽혔다.

나는 문을 열고 나갔다. 오크 판을 붙인 넓은 홀이었는데,

댄스 대회나 파티에 사용됐을 것 같은 공간이었다. 100피트는 될 정도로 높은 천장에는 여름날 햇빛이 내리쬐는 듯 착각이 들도록 페인트가 칠해져 있었다. 그날의 실제 하늘과 잘 어울렸다. 쉰 개가 넘을 것 같은 식탁에는 걸음마 아이부터 십대까지 여자아이들이 나이별로 모여 있었다. 자기 의자에 앉아서 손을 무릎 위에 올리고 모두 그림처럼 조용했다. 그들 뒤에는 흰색 옷차림의 여자 여섯 명이 김이 나는 수프 통 옆에 서서 내가 양동이를 나눠주기를 기다리고 있었다.

내가 다가가자 모든 눈길이 나와 내 양동이로 향했다. 나는 분위기에 눌려 잠시 멈칫했다가 정신을 차렸다. 이 아이들은 지금 배가 고프다.

나는 첫 번째 식탁의 아이 앞에 양동이를 놓았다.

"이모님, 고맙습니다." 아이가 말했다.

다음 아이 앞에 또 양동이를 놓았다.

"고맙습니다. 이모님."

나는 레나나 폴을 떠올리며 아이들 각각의 얼굴을 살폈다. 하지만 곧 포기하기로 했다. 아이가 부모를 닮았을지 어떻게 알지? 아이가 과연 아직 살아 있기는 할까?

나는 이제 능숙하게 양동이를 나눠주면서 걸어갔다. 줄의 앞쪽에 열세 살 정도로 보이는 소녀가 아기 한 명을 무릎에 앉혀 돌봐주고 있었다. 푸른색 벨벳 셔츠에는 엄마가 달아준 것으로 보이는 진줏빛 단추가 대롱거렸다. 행복한 모습이었다.

"아기를 잘 돌보고 있구나." 내가 소녀에게 말했다.

"이모님, 양동이를 두 개 주실 필요는 없습니다. 나눠 먹으면 되니까요."

무릎의 아기는 별빛처럼 눈을 반짝이면서 나를 쳐다보았다. 나는 계속해서 그 줄의 아이들에게 양동이를 나눠주며 걸었다.

얼마 안 있어 부인이 급히 내게로 왔다.

"미스 패리디, 운이 좋으시군요." 그녀는 잠시 숨을 고르며 한 손으로 레이스 컬러를 만졌다. "그날 들어온 아이들을 살펴보니 그 나이에 맞는 여자애가 있습니다."

나는 부인을 따라갔다. 그 줄의 다음 식탁에서는 네 살배기 아이들이 말없이 수프를 먹고 있었다. 숟가락이 양은 양동이를 긁는 소리만 들렸다. 그녀를 따라가는 동안 방 안이 점점 시끄러워졌다. 옷의 칼라를 반듯이 매만졌다. 폴의 아이가 맞을까? 아이를 찾으면 부모에게는 최고의 행복이 되겠지만 내게는 그 반대일 것이다.

"1941년 4월 1일생 아이라면 여기, 네 살짜리 그룹에 있을 겁니다." 부인이 말했다. 그리고 아이의 이름표를 확인하고 요란스럽게 들어올렸다. "얘는 베르나데타입니다."

아이는 자연 금발머리에 피부는 거의 투명할 정도였다.

경계하는 표정으로 나를 쳐다보았다.

"모르겠어요." 내가 말했다. "확신할 수는 없지만 아닌 것 같습니다."

"이게 우리가 할 수 있는 최선입니다." 부인이 말했다. "저는 생일을 계속 확인하겠습니다. 부모에게 언제든 편한 날 오시라고 해주세요."

그날 나는 큰 홀에 계속 머물며 계속해서 점심 식사를 도왔다. 부인과 나는 당근과 순무가 들어가 끈적하고 향기로운 양파 수프를 아이들의 양동이에 퍼담고 각자에게 빵 한 조각씩을 주었다. 그들은 한마디만 했다. "이모님, 고맙습니다." 무섭게 들리는 감사 인사였다. 머리 위로 비행기가 날아가자 식탁 아래로 숨는 아이들도 있었다. 아직도 위험하다고 생각하는 것 같았다. 많은 아이들이 나무 토막에 끈을 묶어 만든 신발을 신었다. 앞으로는 신발을 보내야겠다고 생각했다. 돈도 함께.

나는 해당되는 나이의 아이들 얼굴을 모두 자세히 들여다보며 익숙한 부분이 있는지 살폈다. 부인과 내가 빈 접시와 양동이를 다 모았을 때, 소녀 한 명이 자기 접시를 내밀었다. 내 눈길이 소녀 옆에 선 작은 아이에게 꽂혔다.

"부인, 잠시 와보세요." 내가 말했다.

나는 접시를 테이블 위에 올렸다. "이 아이 번호를 확인해 주실 수 있을까요."

부인이 아이 번호를 보고는 클립보드 쪽으로 갔다.

나는 아이에게서 눈을 뗄 수 없었다. 아이는 검은 머리에 아몬드 모양의 눈과 산호색 입술을 가졌다. 폴의 모습이었다. 하지만 다른 모든 것은 레나를 닮았다. 구릿빛 피부와 코의 선.

"이 아이는 들어온 날짜가 없군요." 부인이 말했다. "미안합니다."

"부인, 얘가 그 아이입니다. 확실해요."

"애 이름은 파스칼린이에요." 옆의 소녀가 말했다.

"베르티옹 부인이 갑자기 숨을 크게 들이마셨다.

"왜 그러세요?" 내가 물었다.

"인정하긴 싫지만, 미스 패러디, 선생님 직관이 맞을 것 같습니다." 부인이 말했다. 웃음이 터지려는 듯한 표정이었다.

"무슨 말인지?" 내가 물었다. 넓은 홀이 우리 주위로 좁혀졌다.

"애 이름이 파스칼린이라고 했습니다." 부인이 말했다. 분명한 무엇을 내가 놓친 듯했다.

"그래서요? 말씀해주세요."

"독실한 프랑스 가톨릭 신자들은 부활절에 태어난 아이 이름을 파스칼린이라고 짓죠."

31장

카샤, 1945년

수산나 언니와 내가 루블린의 집으로 돌아온 그해 여름 나는 편안한 마음을 가지려 애썼지만 뜻대로 되지 않았다. 나는 우리가 라벤스브뤼크에 갇혀 지냈던 4년 가까운 시간 동안 벌어진 일들을 알고 나서, 세계가 우리를 외면한 이유를 이해할 수 없었다. 1939년 히틀러가 서쪽에서 침공했고, 같은 달 동쪽에서 소련의 침공이 있었다. 이러한 침공으로 영국과 프랑스가 독일을 상대로 전쟁을 선포했지만, 우리를 도와 싸우러 온 연합군은 한 명도 없었다. 우리 폴란드 지하 활동가들이 위험을 뚫고 서구 세계에 아우슈비츠에 관해 처음으로 보고했을 때도 아무런 반응을 보이지 않았다. 카틴 인근 숲에서 처형당한 수천 명의 폴란드군 장교들에 대한 보고도 세계로부터 무시당했다. 피에트릭의 아버지도 카틴대학살의 희생자일 것이다.

그렇기 때문에, 전 세계가 일본의 항복과 전쟁이 공식적으로 끝난 것을 기뻐할 때도 나는 그럴 수 없었다. 우리에게는 전쟁이 계속되고 있었다. 스탈린이라는 새로운 독재자 아래서. 드러내놓고 그러진 않았지만 이미 스탈린의 손이 우리를 통제하고 있었다. 폴란드 레지스탕스 지도부들 중 많은 수가 붉은군대나 스탈린의 잔혹한 법 집행 기구인 내무인민위원회(NKVD)에게 체포되어 살해당했다. NKVD는 소위 '인민의 적'을 색출하는 임무를 수행하는 기관이었다. 그들은 폴란드인 정치범 수만 명을 처형했으며, 더 많은 사람을 강제 수용소로 보냈다. 폴란드는 새 출발 대신 새로운 형태의 불의에 사로잡히는 상황이 되었다.

그래서 우리는 어딜 가든 조심했고, 주위를 살피느라 많은 시간을 보내야 했다. 내가 집으로 돌아와 가장 먼저 한 일들 중 하나는 전쟁 전 나디아와 내가 책을 바꿔보는 데 이용했던 비밀 지점을 확인하는 것이었다. 이런 장소는 당시 십대 소녀들이 탐정 놀이를 하면서 흔히 정해두곤 했었다. 나는 나디아가 살던 옛길로 걸어갔다. 벽돌은 여전히 그곳에 있었다. 모서리가 조금 부서지긴 했지만 아직 그대로였다! 나디아가 내게 남긴 책이 아직 여기에 있을까?

나는 벽의 한 지점에서 벽돌을 밀치고 책을 꺼냈다. 그리고 노란색 표지에 묻은 먼지를 털어냈다. 코넬 마쿠친스키가 쓴 『7학년의 사탄』이었다. 우리가 몇 번이나 교환해서

볼 정도로 좋아하던 책. 나디아가 어디론가 숨은 다음 어떻게 이 책을 내게 남길 수 있었을까? 나는 혹시 누가 감시하고 있을까 해서 등을 벽에 대고 주위를 살핀 다음 책을 들었다. 표지의 케케묵은 냄새는 옛날 생각이 나게 했다. 그때는 생활이 지금보다 단순했고 우리가 가장 걱정했던 것은 시험 성적이나 치통 같은 것이었다.

책을 펼치니 자연스럽게 제5장이 열렸는데, 나디아가 내게 주는 선물이 그곳에 끼어 있었다. 나디아가 나를 위해 구입했던 피에트릭의 댄스 티켓 열 장 모두. 그날 나는 너무 화가 나 벽에 서서 울었다. 우리가 잃어버린 시간들이 다시 떠올랐기 때문이었다. 우린 남자들과 떠들고 춤추고 추리소설을 읽을 수만 있으면 되었다. 이제 나디아는 없다. 아마 영원히 그럴 것이다. 내가 나디아를 위해 남긴 것은 뒷마당에 파묻어 숨겨둔 책 한 권과 사진이 전부였다.

집에 돌아오니 늦은 오후였다. 나는 전쟁이 시작될 즈음 묻어두었던 나디아의 사진과 여러 보물들을 꺼내야겠다는 생각이 떠올랐다.

"다른 때 하자." 수산나 언니가 말했다. 양손을 비틀면서 뒷마당에 서 있는 모습이 내 언니가 아닌 것 같았다. "우리가 좀 더 적응된 다음에 하는 게 좋지 않을까? 어떤 감정이 생길지……."

"그렇게 신경 쓰지 마." 내가 말했다. "우리가 가치 있는 것들만 땅에 묻은 이유가 뭐겠어."

아빠와 나는 언니의 반대를 무시하고 걸음을 가늠했다.

열, 열하나, 열둘.

그 깡통 속에 우리의 가장 소중한 것들이 안전하게 있을
까?

아빠가 그 지점에서 팔을 허리에 두고 손으로는 삽을 느
슨히 쥔 채로 거의 일 분 동안 멈춰섰다. 울고 계신 것일까?
그런 다음 활기를 되찾은 아빠는 단단히 다져진 땅을 삽으
로 파기 시작했다. 아래에 묻힌 것이 마치 생명을 지닌 사람
이기라도 한 것처럼 조심스레 땅을 팠다.

깊이 파고 들어가기 전에 깡통에 삽이 부딪치는 소리가
들렸다. 우리 세 명 모두가 나서서 손으로 구덩이 속의 흙을
퍼내며 아빠가 깡통들을 꺼내는 것을 도왔다. 묻어둔 지 참
오래되었다. 우린 숨을 고르며 잠시 앉아서 깡통들을 바라
보았다. 언니는 구덩이 속을 보자마자 울었다. 엄마가 그리
운 것일까? 나는 언니가 우는 모습을 보고 약간 행복해지기
도 했는데, 언니가 슬픔을 드러내는 경우는 거의 없었기 때
문이다.

아빠는 깡통 상자를 덮개째 들어올렸다. 덮개를 열자 피
식 소리를 내며 공기가 새어나왔다. 아빠는 곧바로 다시 닫
았지만 이미 내가 그 속에 든 아빠의 구식 은색 권총을 본 다
음이었다. 지금 아빠에겐 총이 몇 자루나 있을까?

다음은 곡물인 기장이었다. 놀라울 정도로 잘 말라서 먹어도 될 것 같았다. 그다음에 우린 깡통을 열기 시작했다. 아빠가 한 통을 내게 주어 내가 촛농을 벗겨냈다. 통 안에서 스카프를 꺼내어 풀자 아직 피에트릭의 향기가 남아 있었다! 다음 깡통에서는 나와 나디아가 암소 위에 올라앉은 그림을 찾았다. 내 소녀단 단복은 흠 하나 생기지 않았으며, 엄마가 내 열여섯 살 몸에 맞게 만들어준 코르덴 드레스는 선홍색을 그대로 유지하고 있었다. 드레스를 치마와 블라우스 위에 걸쳐보니 조금 느슨했다. 아직 체중을 많이 회복하지 못한 탓일 것이다. 그래도 난 눈물을 흘리지 않다. 소중한 내 보물들을 다시 찾아 행복했을 따름이다.

마지막 깡통은 비스킷 통이었다. 촛농을 벗겨내고 뚜껑을 열었다. 엄마의 담비털 그림 붓이 나왔다. 플란넬 포장재로 싸여 있어 새것 같았다. 갑자기 슬픔이 치밀어오르며 나를 덮쳐눌렀다. 엄마는 돌아가셨다. 저 붓으로 그림을 그리러 다시 오시지는 않는다. 모두 내 잘못이다. 나는 죽어 마땅하다. 내가 엄마를 죽인 것이나 마찬가지다. 아빠와 언니가 팔로 나를 감쌌다. 우린 구덩이 주위로 둘러앉아 함께 울었다.

나는 나디아와 피에트릭이 돌아오길 기대하며, 루블린 병원의 적십자 귀환센터 게시판에 매일 아침 붙여두는 송

환자 명단을 계속 살폈다. 늦여름 어느 맑은 날 아침, 나는 게시판을 보기 위해 그곳에 갔다. 직원들은 친절했지만 절룩거리는 나를 매일 보는 것은 불편했을 것이다. 다리 통증 때문에 나는 걸음이 늦었고 그들은 나를 피할 시간이 충분했다. 그들은 내가 다가오는 모습을 보면 서류를 넘기며 바쁜 척하거나 몸을 피해버렸다. 누군가로부터 대답을 얻더라도 통명스러웠다.

피에트릭 바코스키는 없고, 나디아 바트로바도 없습니다. 책상에 앉은 여자는 내가 한마디도 하기 전에 먼저 큰 소리로 말했다.

그다음 나는 우체국으로 걸어갔다. 시원한 프론트 로비에 아빠가 챙겨두는 명단을 확인하기 위해서였다. 코르크 게시판에 붙던 두꺼운 명단은 그 여름의 끝자락에, 단 한 페이지로 줄어 있었다. 나는 손가락으로 명단을 훑었다. 먼저 W를, 그다음에 B를 살폈다. 바도브스키, 바긴스키, 바요레크, 마칼라, 발, 발쳐. 이렇게 돌아올 수 있는 운 좋은 몇 사람들의 이름을 읽는 것이 좋았다. 그러다 명단 제일 마지막에 가서 피에트릭 바코스키가 없는 것을 깨닫곤 했다.

아빠가 사무실에서 나와 명단 앞의 나를 보고 오라는 손짓을 했다.

"얘야, 카샤. 잠시 내 사무실로 들어와주겠니?"

아빠가 갑자기 왜 이렇게 격식을 차리실까?

나는 아빠 사무실로 들어갔다. 내 기억으론 전에 딱 한 번 들어가봤었다. 천장이 높고 넓은 목재 책상은 온갖 우편물로 덮여 있었는데, 모두 아빠나 다른 직원들이 배달할 것이었다. 뭔가 빠진 것 같았는데, 잠시 시간이 흐른 다음에야 그게 무엇인지 알 수 있었다.

"아빠, 국기는 어디 있죠?"

나치가 루블린을 떠난 후, 아빠는 우체국 사무실에서 맨 처음으로 국기를 챙겨 걸어두었었다. 새로운 집권자가 아빠에게 국기를 없애도록 압력을 가한 것일까? 아빠는 그들에게 협조하고 있었다. 그건 분명했다.

아빠는 창가로 가더니 차양을 내렸다. "시간이 많지 않지만 내가 들은 몇 가지를 네게 말해주어야겠다. 겁먹을 필요는 없다. 우리가 바로잡을 수 있는 것이니까."

누군가 내게 "겁먹지 마라"고 말하면 나는 더 무서워진다. 그래서 그 나머지 말을 듣기가 어렵다. 공포가 내 몸을 휩쓸고 다니기 때문에.

"무슨 말씀이시죠, 아빠?" 나는 우리가 엄마와 함께 뒷마당에 보물들을 묻던 그날 밤 이후 아빠가 그처럼 겁에 질린 모습을 본 적이 없었다.

엄마. 엄마에 대한 생각은 내게 아직도 생생한 아픔이었다.

"너처럼 라벤스브뤼크에서 돌아온 여자들에 대한 소문

이 돈다는 얘기를 들었다."

"누구에게 들었나요?"

"카샤, 심각한 일이다. 너를 믿을 수 없다는 말을 하고 다 닌단다."

"그런 말을 믿어요?"

"수산나에 대해서도 마찬가지야."

내겐 청천벽력과도 같은 말이었다. "누가 그런 말을 하고 다녀요?"

"정부 당국이다."

"네? NKVD 말이에요? 내가 직접 만나봐야겠어요."

"카샤, 이건 가볍게 다룰 일이 아니다."

"못 믿을 사람이라고? 그게 무슨 말이죠?"

"그들은 너희들이 독일 수용소인 라벤스브뤼크에 있었 기 때문에 독일 편을 들고 있을 거라 생각해. 파시즘에 물들 었다는 거지."

"말도 안 되는 소리!"

"그리고 네가 의심스러운 행동을 하는 것도 목격됐어. 네게 뭔가를 숨겨두는 비밀 장소가 있니?"

"나디아 집 벽에 말이죠? 아빠, 그건 애들 놀이에요."

"알아, 그렇지만 그러면 안 돼. 너는 감시받고 있으니까."

"그런 집에 누가 살겠어요?"

"또 한 번 잡혀가야겠니? 이제 다 평화로운 줄 아니? 수산나와 함께 너희들이 거기 있었던 증거를 모두 다 없애라."

"정말로 하시는 말씀이군요."

"너희들의 소녀단 단복이나 내가 보관해두었던 너희 편지들도."

"그렇지만 그들이 그 편지를 읽으면 알게 되겠죠."

"쉽게 생각하면 안 돼. 카샤, 지금 당장 집으로 가."

나는 수산나 언니와 함께 그날 오후 뒷마당에 불을 피웠다. 집 안 잡동사니를 처리할 때처럼 수용소에서 가져온 몇 안 되는 물건들을 태워버렸다. 낡은 유니폼으로 만든 가방을 장작불 위에 던졌다. 레지나의 영어책과 소녀단 단복도.

그러나 내가 아빠에게 보냈던 소변 편지까지 태우자니 망설여졌다. 아빠는 주방 서랍에 그 편지를 보관해두었다. 우리 가정이 어려웠을 때부터 함께했던 예쁜 서랍장이었다.

"이건 못 태우겠네." 내가 편지 봉투를 쥐면서 말했다.

"거기다 여자들 이름을 적었잖아." 수산나 언니가 말했다. "그들을 보호해줘야 해. 옛날 편지에 신경 쓸 사람도 없겠지만."

그래도 난 망설였다.

언니가 제일 위의 편지를 쥐더니 내게 내밀었다. "태우자." 언니는 그렇게 말하고는 나머지 편지들도 불에 넣었다. 한 장이라도 남겨뒀으면.

검은 재가 흩날려 라벤스브뤼크의 굴뚝을 떠올리게 했다. 이제 우리가 수용소 생활을 했다는 증거는 거의 다 없어졌다.

우리는 그런 것들이 어디 필요하겠냐며 스스로에게 말했다. 처절했던 시간의 유물들. 그러나 내 가슴 속의 검은 멍울은 더 커져갔다. 나는 애국자였다. 조국에 봉사하겠다는 서약도 했다. 나는 내 젊음을 희생했고, 엄마와 나의 첫사랑, 그리고 가장 친한 친구도 폴란드에 바쳤다. 그 대가로 나는 적의 스파이로 의심을 받아야 하나?

나는 좋은 면에 집중하려 노력했다. 식량은 크게 부족했고, 루블린으로 돌아온 사람들은 여러모로 혼란스러웠지만 파괴된 공장을 다시 가동하려는 등 한 줄기 희망의 빛은 보이고 있었다. 대학은 아직 문을 열지 않았지만 병원에서는 적십자사가 주관하는 기초 간호실무 수업이 진행됐다.

늦여름의 어느 날 오전 나는 간호 기술을 배워보려 병원으로 향했다. 병원 후문을 통해 들어가면서 폭격 속에서도 병원이 크게 손상되지 않은 것을 보고 감사했다. 2층의 대형 병동은 거의 동일한 크기의 침대들로 가득 차 있었다. 절반은 러시아 군인들이, 나머지 절반은 수용소 등에서 온 폴란드 민간인들이 차지했다. 러시아 간호사와 보조원들은 부상자들을 들것에 실어날랐다. 상상할 수 있는 온갖 유형의 부상들이 다 있는 것 같았다.

"우린 곧 바르샤바로 갈 거야." 친한 간호사들 중 한 명인 카롤리나 우즈네츠키가 침대를 펼치며 말했다. "군대가 병원을 접수할 거래." 그녀는 양동이에 더운 물을 채웠다.

"너희 모두 그리울 거야." 나는 그렇게 말했지만, 진짜 하고 싶은 말은 이것이었다. 안 갔으면 좋겠어. 피에트릭이 돌아오면 누가 여기에서 돌봐줄까? 떠난다는 것은 생존자들을 포기한다는 뜻이야.

"침상목욕 무료 교육을 받을 생각은 없니?" 카롤리나가 말했다.

"좋아, 원하던 거야." 내가 말했다.

그렇게 좋은 기회를! 침상목욕은 듣기보다 훨씬 어려운 것이라 알고 있었다.

"바로 시작하자." 카롤리나가 말했다.

그녀는 물 양동이와 수건 뭉치를 들고 부상이 심한 군인들이 누워 있는 곳으로 향했다. 안면 손상이 다루기 가장 어려웠다. 그들은 거울을 변기에 버리고 보지 않으려 했다. 나는 억지로라도 보았다. 그런 것도 다루지 못하면 내가 어떻게 간호사라 할 수 있을까? 갑자기 적십자사의 기초 교육조차 생각나지 않았다. 카롤리나는 가장 심한 환자에게 가서 섰다. 옆으로 웅크려 누워 잠든 검은 머리의 남자였다. 거즈로 닦아낸 피가 머리 주위에 검은색으로 말라붙어 있었다.

"먼저 환자에게 너를 소개해야 해." 카롤리나가 말하며, 침대에 누운 환자를 가리켰다. "환자에게서 반응이 없으면 이 단계를 건너뛰어도 돼."

내게 카롤리나는 거의 숭배 대상이었다. 그녀는 간호사가 가져야 할 모든 것을 갖추었다. 엄격함. 흉측한 부상 앞에서의 침착함. 그리고 유쾌함. 나는 이 모든 것을 본받으며 일해야 했다.

"보통은 환자 프라이버시를 위해 커튼을 쳐 가려줘." 카롤리나가 말했다. "그렇지만 이번엔 곧바로 목욕 수건과 고무장갑을 사용하려고 해."

나는 손을 고무장갑 속으로 넣었다. 속에 파우더가 묻어 있어 매끄러웠다. 고무 냄새에 힘이 조금 생겼다. 카롤리나는 접힌 목욕 수건을 장갑 낀 내 손 위에 올려놓았다.

"얼굴부터 씻기자. 비누는 사용하지 말고. 눈을 제일 먼저."

나는 환자 옆의 의자에 앉아서 눈부터 시작했다. 수건을 눈 주위부터 바깥으로 닦아 나갔다. 이 환자가 느낄 수 있을까?

그 옆의 환자는 등을 대고 누워 있었다. 팔을 휘저으며 내가 들어본 가장 큰 소리로 코를 골았다. 라벤스브뤼크에도 이렇게 코를 고는 여자들이 있었지.

"몸에 댈 때마다 수건의 다른 부분을 이용해야 돼." 카롤리나가 말했다. "자연스럽게 잘하는구나, 카샤." 그녀의 말에 나는 자신감이 생겼다. 무엇보다도 내 엄마가 간호사였으니. 내게 그 피가 흐르는 거겠지?

생존 환자들을 씻기는 일은 내게 만족감을 주기도 했다. 그렇게 흉측한 상처 아래서 핑크색 피부의 깨끗한 부위가 드러났고, 더러운 찌꺼기들은 폐기물 통 속으로 들어갔다. 일을 끝내자 양동이 물이 시커먼 갈색으로 변해 깨끗한 물로 교체했다.

내가 다시 돌아왔을 때, 보조원들이 러시아 군인 두 명을 더 데려와 우리 곁에 뉘었다. 한 명은 두개골 골절이고 다른 한 명은 반응이 없었다. 나는 한 명에게 새로 침상목욕을 시작했다. 이 남자는 몇 달 동안 씻지 못했을 것이다. 나는 그 느낌을 잘 안다.

"너 참 잘한다, 카샤." 카롤리나가 말했다. "우리와 함께 바르샤바로 가는 게 어때? 한번 진지하게 생각해봐. 우리가 도와줄 수 있어."

나는 목욕 수건으로 군인의 이마에서부터 뺨까지 차분히 닦아냈다.

바르샤바로 가지 못할 이유가 있나? 아빠는 날 그리워하겠지만 아빠의 연인 마르타는 무관심하겠지.

"거기 훈련은 최고 수준이야." 카롤리나가 말했다.

"생각해볼게." 나는 새로운 모험을 시도할 준비가 되어 있었다. 바르샤바는 새 출발점이 될 것이다. 나는 자신 있었다.

다음 환자로 옮겨간 뒤 다시 얼굴부터 닦기 시작했다. 보람된 시간이었다. 금방 이 줄 전체 환자를 다 돌볼 수 있을 것 같았다.

목욕 수건으로 콧등을 닦자 핑크색 피부가 드러나고 또…….

닦는 도중 나는 얼어붙어버렸다.

"카샤, 왜 그래?" 카롤리나가 물었다.

마음은 급했지만 몸은 말을 듣지 않았다. 나는 코로 숨을 깊게 쉬면서 들것 손잡이를 잡고 가까스로 지탱했다. 훈련 중인 간호사가 병동 안에서 쓰러진다면 분명 좋아 보이지는 않을 것이다.

32장

카샤, 1945년

이 사람이 그일 수는 없어. 피에트릭이 아닐 거야. 마음속에서 같은 말을 수없이 되뇌었다. 그래, 이. 나는 엄지손가락으로 그의 윗입술을 들어올렸다.

"카샤, 뭐하고 있어?" 카롤리나가 양동이를 바닥에 내려놓고는 내게로 다가왔다.

오, 하느님. 맞습니다. 옆이 약간 부러져나간 이. 아름다운 이. 나는 잠시 동안 앉아서 정신과 몸의 균형이 맞춰질 때까지 기다렸다. 맞다. 그가 내 앞에 있다. 나는 그의 얼굴에 키스를 퍼부었다. 더러운 것에 개의치 않고 모든 곳에다. 그래도 그는 계속 의식이 없었다.

"카샤." 카롤리나의 눈이 휘둥그레졌다.

나는 손으로 다른 간호사를 불렀다. 아마 내가 사막에서 조난당한 여자처럼 보였을 것이다. 말도 한마디 내뱉지 못

하는. 간호사들이 달려오자, 카롤리나는 그들에게 내가 정신적으로 무슨 충격을 받은 것처럼 러시아 군인에게 키스를 해대고 울고불고 난리라고 말했다.

"그이야, 이 사람이 그이야." 나는 이 말밖에 할 수 없었다.

"그이라니 누구 말이야?" 카롤리나가 물었다. "누굴 말하는 거야? 너 좀 진정해야겠다."

"피에트릭이란 말이야."

"네 친구 피에트릭? 확실해?"

나는 고개를 끄덕이는 것 외에는 다른 표시를 할 수가 없었다. 간호사들이 날 안고 키스를 했다.

그들은 나를 도와 피에트릭의 더러운 군복을 벗기고 침상목욕을 끝내주었다. 그는 여전히 의식이 없었고, 나는 그의 손을 잡고 옆에 앉아 나의 이 기적 같은 행운을 만끽했다. 나는 피에트릭이 없어져버리지는 않을까 하는 걱정에 그의 옆에 머무르며 간호사들을 물러나게 하고 수산나 언니를 불렀다.

통역을 통해 우린 옆 침대의 러시아인이 피에트릭과 함께 싸웠다는 것을 알았다. 러시아가 마이다네크 수용소를 해방시키고 나자 붉은군대는 피에트릭에게 입대를 강요했다. 그는 피에트릭이 체포된 다음 마이다네크에 수용돼 있었으며, 그 수용소 건설을 끝내기 위해 다른 노예 노동자들과 함께 노동했다고 말했다.

아빠와 수산나 언니가 그날 저녁 나와 함께 피에트릭을 집으로 옮겨 내 침실에 뉘었다. 그는 살이 많이 빠졌지만 그를 진찰해본 언니는 회복될 것이라고 알려주었다. 언니는 머리를 다친 많은 부상자들을 보았다. 대부분의 경우 부종이 사라지면 환자의 뇌는 정상 기능을 되찾았다.

피에트릭은 일주일이 지나 눈을 떴고 말을 할 수 있기까지는 그보다 시간이 더 걸렸다. 하지만 조금씩 발전할 때마다 나는 기뻤다. 나는 기회가 생길 때마다 소시지나 햄 조각을 넣은 성냥통을 그에게 가져갔고, 그는 점차 튼튼해졌다. "라디오를 좀 더 크게 해줄래?"라고 그가 처음 한 말에 수산나 언니와 나는 기뻐서 축하 파티를 열었다. 우리가 은밀히 파티를 벌이는 동안 피에트릭은 입에 미소를 짓는 듯하며 침대에서 우릴 지켜보았다. 그는 새와 같았다. 전에 나는 우리 주방 창문에 날아와 머리를 박고 의식을 잃었던 새를 본 적 있었다. 그는 아주 서서히 회복해갔다. 그리고 어느 날 갑자기 일어나더니 다시 걷기 시작했다.

우린 그가 마이다네크에서 어떻게 지냈는지 자세히 묻지 않았고, 그도 말하려 하지 않았다. 우린 각자 자신의 험난한 기억을 짊어지고 있었다.

피에트릭은 걸을 수 있게 되자 잃어버린 시간을 보충하려는 듯이, 다시 가동을 시작한 유리 공장에 경비원으로 취직했다. 그리고 몸이 붓자 루블린 앰뷸런스 회사에 운전기사로 들어갔다. 신체적으로는 회복되었지만 피에트릭은 어딘가 나사가 하나 빠진 듯했다. 주로 키스와 관련된 것이었다. 그는 일에만 몰두할 뿐, 나와의 로맨스 기회는 피했다. 나는 그 이유를 파악해냈는데, 그는 너무 피곤했고 너무 슬펐으며 너무 행복했기 때문이다.

어느 날 아침, 천둥소리에 잠에서 깬 나는 내가 다시 라벤스브뤼크에 가 있고 멀리서 폭탄이 떨어지고 있다고 착각했다. 그러나 창문에 부딪는 빗방울을 보자 곧 안심이 되었다. 앰뷸런스에서 피에트릭 옆자리에 앉았던 날이 생각나기도 했다. 나는 교육 중인 간호사였기에 앰뷸런스 운전자 옆에 앉을 수 있었다. 그즈음 피에트릭은 나와 둘이 있게 될 자리를 피하고 내게 손도 대지 않으려 했기 때문에, 그날은 오전 내내 가깝게 붙어 있을 좋은 기회였다. 비는 그를 앰뷸런스에 가두어놓았고, 창문도 닫혀 있었다. 모두가 내 편이나 다름없었다.

앰뷸런스 앞좌석에 앉은 나는 내가 입은 수습 간호사의 흰 유니폼과 모자가 잘 어울린다고 생각했다. 그는 내게 키스할 것이다. 내가 먼저 그에게 키스해도 될까? 진도가 너무 빠른 것일 수도 있지만 나는 그런 것에 대해 아는 게 없었다. 나는 내 십대의 일부를 잃어버렸으니까. 보통 여자들이 로맨스의 의식에 대해 배울 시기를 놓친 것이다.

피에트릭은 아직도 나를 매력적이라 생각할까? 내가 신고 있는 흰 스타킹은 불편한 다리를 가려주지 못했다. 그래서 많은 사람들이 걸음을 멈추고 내 다리를 쳐다보곤 했다. 입을 벌린 채 "왜 그렇게 됐니?"라고 묻는 표정으로. 그에게 내 다리가 흉측하게 보일까? 루이자가 했던 말을 그에게 들려주면 어떤 반응을 보일까? 루이자는 그가 나를 사랑한다고 했었다. 그러나 나는 루이자가 죽어가며 당부했던 이야기를 어길 수 없었다.

"차가 너무 밀리네." 그가 기어를 내리며 말했다. "저 사람들은 모두 이 도시 어디에서 기름을 넣었을까? 병원까지 가려면 한참 걸리겠는걸."

피에트릭은 집에 돌아온 이후, 작은 것에도 참지 못하고 화를 낼 때가 많았다. 차가 많은 것보다 비가 내리는 것이 신경을 거슬렀나보다.

"서두를 필요 없잖아." 내가 말했다. "차에는 들것만 실려 있으니."

이제 비는 더 세게 내려서 와이퍼로는 역부족이었다. 폭포처럼 퍼부었다. 엄마는 비가 많이 내릴 때 그렇게 말하곤 했다. 아, 엄마.

우린 나디아의 동네로 접어들었다.

"걔네 집으로 가고 있어." 내가 말했다.

"나도 알아, 카샤. 내게도 눈이 있어."

"넌 '제고타'가 뭘 의미하는지 말해준 적이 없어. 내가 받았던 봉투에 있던 단어 말이야."

"유대인후원위원회라는 뜻이고, 나디아 엄마가 그 설립자 한 명을 알고 지냈어."

"넌 그들을 어디에 숨겨주었니?"

"말하기 곤란해."

"언제까지나 입 다물고 있을 수는 없어."

그는 기어를 내리고 시선을 도로에 고정시킨 채 운전에만 열중했다.

"그들은 다른 안전한 아파트에서 살았어." 이윽고 그가 말했다. "더 이상 안전하지 않을 때까지는 Z 약국의 지하층에서도 잠시 있었고. 우리가 체포되자……."

나디아의 옛 아파트가 가까워지자 속도를 늦췄다. 오렌지색 문이 빗속에서 반짝이고 있었다.

내가 그것을 먼저 보았다. 현관 계단에 젖은 털 무더기.

"피에트릭, 멈춰. 저기 펠카야."

"또?" 피에트릭이 말했다.

그는 급히 브레이크를 밟고는 차량 지붕 위의 경광등을 켜고 튕겨나가듯 내렸다. 나도 높은 앰뷸런스 좌석에서 최대한 빠르게 기어 나와 계단을 올라갔다. 비에 흠뻑 젖은 채 도어매트 위에 웅크린 펠카는 약간 당황한 표정이었다.

그 아파트에 새로 입주한 사람은 리스카라는 이름의 세련된 교사와 그 부인으로, 바르샤바가 폭격당할 때 피난했던 가족이었다. 그는 바코스키 부인의 사촌이었는데, 새 정부가 주택을 무료로 제공한다는 데 유혹되어 루블린으로 이사 왔다고 했다. 많은 폴란드 국민들은 새 정부에 대한 경계심으로 속히 귀국하지 않았으며 폴란드가 스탈린이 주장하는 자유와 독립을 이루지 못할 것이라 걱정하고 있었다. 그래서 주택이 무료로 제공되었지만 아직도 많은 사람들이 런던과 같은 해외에 머무르며 동향을 살폈다.

리스카 부부는 펠카가 현관 계단에 그렇게 자주 나타나는 이유를 이해했고 그럴 때마다 우리를 불렀다. 아빠는 펠카가 집 밖으로 나가지 못하게 애를 썼다. 문을 잠그거나, 펠카를 데려다 묶어놓기도 했지만 그럴 때마다 펠카는 탈출하려 발버둥쳤다. 우린 모두 펠카가 누굴 기다리는지 알았다.

펠카를 우리 차 쪽으로 오게 하려고 부르는 동안, 자동차들이 앰뷸런스 뒤에 멈춰 줄을 이루기 시작했다.

"이리 와, 멍멍아." 피에트릭이 최대한으로 달콤하게 말했지만, 펠카는 꿈쩍도 하지 않았다. "네가 앞을 들고 내가 뒤를 들어 옮기자." 그가 말했다.

우린 펠카를 앰뷸런스로 들어 날랐다. 다른 자동차 운전자들이 앰뷸런스가 환자 때문이 아니라 개 때문에 멈춰섰다는 것을 알게 되자 경적을 울려대기 시작했다.

우린 펠카를 앰뷸런스에 태워 둘 사이에 뉘고 두꺼운 수건으로 감싸주었다. 집에서 들고 올 때부터 펠카는 몸을 심하게 떨어서 물방울이 우리 얼굴에까지 튀었다. 나는 내 가운 앞에 묻은 얼룩들을 닦아냈다. 키스도 이처럼 많이 받았으면.

"나디아는 어딘가에 살아 있을 수도." 내가 말했다.

"펠카 귀 뒤를 말려. 그렇게 해주면 개가 좋아해."

"잡혀갔던 사람들이 지금도 돌아오고 있어."

"카샤, 그렇게 말하지 마. 진실을 얘기해야지. 나디아는 나치에게 살해당했어. 다른 사람들처럼."

"최소한 너희 엄마는 내일 추모 행사 대상에 포함돼 있어."

"엄마만이 아냐, 카샤. 이백 명이 대상이야. 단지 보여지기 위한 행사가 되고 있어. 가지 마."

"아빠 말로는 거기엔 NKVD 요원들도 있을 거래."

"그들이 날 어떻게 할 수 있어? 죽일 거야? 즉사시켜준다면 나도 환영이야."

"그들은 폴란드저항군(AK) 대원들을 찾고 있어. 지하 활동 간부가 있나 보는 거지."

"카샤, 난 붉은군대 소속이었어."

"그건 네가 원했던 것이 아니었……."

"그래서 당분간 내게 통행권이 생긴 거지."

"아빠가 말하길……."

"아빠 말은 그만해, 카샤. 넌 이제 네 스스로 생각할 수는 없니?"

내가 수건으로 배를 문질러주니 펠카는 등을 대고 누워 다리를 들어올렸다.

"그때 내가 네 안내자 역할을 하지 말걸 그랬어." 내가 말했다.

"넌 내가 매일 일만 하면서 살고 있다고 생각하는 거야? 내가 그렇게 끼고 살았던 내 여동생뿐만 아니라 날 무척이나 좋아해주셨던 네 엄마도 돌아가셨어, 카샤. 그리고 그놈들이 네게도 몹쓸 짓을 했고. 하지만 난 여기 살아 있고 건강해. 그럼 난 누구고, 어떤 사람이야? 가끔씩 난 생각해. 그때 네게 그 일을……."

그는 고개를 돌려 나를 바라보았다.

"……난 여기 있기 싫어."

나는 그의 얼굴을 살폈다. 진심으로 하는 말일까? 그는 시선을 돌려 도로 위에 고정시켰지만 나는 들을 수 있었다. 그때 네게 그 일을.

나는 좌석 위에 놓인 그의 손을 잡았다.

"그 얘긴 하지 마, 피에트릭. 그건 큰 죄야, 그리고."

그는 손을 빼냈다.

"신경 쓰지 마." 그가 두 손을 다시 핸들에 올려놓으며 말했다. 그는 생각에 잠긴 채 운전했다. "내가 한 말 잊어버려."

예전의 피에트릭을 일부나마 볼 수 있어 다행이었다. 그러나 흐린 날 구름 사이로 해가 보이듯, 피에트릭의 그런 모습도 나타날 때만큼이나 금방 사라져버렸다.

나는 루블린 성에서 열리는 추모 행사에 가지 말라는 피에트릭의 말을 듣지 않았다. 추방되기 전 나치에게 살해된 강제 노역자들을 기리기 위해 개최된 행사였다. 피에트릭의 엄마도 그 중 한 명이었다. 나는 바코스키 부인을 좋아했었고 그들을 애도해주어야 했다. 루블린 시민 모두가 그곳에 모인 것 같았다. 그리고 그날 형제나 자매 그리고 남편을 잃은 많은 가족들을 알게 되었다. 루블린의 모든 사람들이 그 집단 학살의 희생자들과 어떻게든 관계되어 있었다.

그날 나는 루블린 성의 성당에서부터 걸음을 시작했다. 엄마가 좋아하셨던 장소였는데, 저 아래로 군중들이 모여들었고, 나는 무릎을 꿇었다. 성당은 내가 몰래 가곤 하는 특별한 장소가 되었다. 기도하고 엄마와 이야기하면 따뜻해졌다. 아름다운 비잔틴 프레스코 그림들이 그때는 아직 완전히 드러나지 않았지만 고딕 양식 아치들 사이 높은 천장을 따라 그 일부를 볼 수 있었다. 나는 늘상 하듯이 아빠와 수산나 언니, 피에트릭을 위해 기도했다. 그리고 죽거나 사라진 영혼들을 위해서도. 나디아. 엄마.

나는 성당 창을 통해 모여드는 군중들이 성벽 바깥의 경사진 풀밭으로 흩어져 앉는 모습을 보았다. 폴란드 전역에서 사람들이 기도하기 위해 모였다. 성가대가 노래하는 동안 늙은이와 젊은이 할 것 없이 몇 명씩 무리를 이루고 가장 잘 보이는 앞자리를 차지하기 위해 다투기도 했다. 검은색 예복을 한 사제들이 모였다. 흰색 머릿수건을 쓴 도미니카회 수녀들은 큰 백조들 같았다. 루블린 가족들. 아빠와 마르타도 저기 어디에. 수산나 언니는 병원의 열린 창문을 통해 이 모든 것을 듣고 있을 것이다.

나는 불편한 다리 때문에 나선형 계단을 천천히 내려갔다. 미끄러운 돌계단을 아주 힘들게 걸어 마당으로 나왔다. 그곳은 우리가 체포된 다음 라벤스브뤼크로 이송되기 전에 모였던 곳이었다. 불과 5년 전에 이곳에 내가 엄마, 루이자, 그리고 수산나 언니와 함께 서 있었던가?

나는 군중들 사이를 지나 풀밭 기슭을 내려갔다. 아직은 따뜻한 가을이지만 그날은 유난히 추웠다. 꽃다발을 든 사람들이 많았다. 주로 금매화, 분홍색 개양귀비나 다른 야생

화들이었다. 나는 공터에 피어 있던 가을 데이지를 꺾어 젖은 헝겊으로 감쌌다. 장갑 낀 손으로 들었지만 찬물로 손이 얼얼해졌다.

다른 한 손에 입김을 불면서 군중들 속에 피에트릭이 있는지 둘러보았다. 나는 장갑을 양손에 끼지 않았다. 병원에서 죽어가던 한 여성으로부터 수산나 언니가 선물받은 장갑이었는데, 나와 언니가 나눠 가졌다. 내가 오른쪽을 언니가 왼쪽을.

거대한 성채 옆 경사면 밑에 삼백 명이 넘는 사람이 묻혀 있다는 사실이 믿기지 않았다. 시내 사람들이 희생자들을 서둘러 매장했던 집단 무덤 아래로 가족들이 서 있었다. 누군가 기슭 가운데 십자가를 세우자 사제 여섯 명이 그 아래에 섰다.

사제들은 무덤 위치에 축복을 내렸고 나는 피에트릭을 찾아 군중들을 헤치며 걸었다. 그를 포기해야 하나? 여자로서 그렇게 많이 거부당해도 받아들일 수 있을까?

나는 한쪽 귀퉁이에 모여 있는 수녀들에게 다가갔다. 기도용 초와 카드를 손에 들었으며, 팔에 화환을 걸친 경우도 많았다. 나는 그들 옆에 떨어져 서 있는 피에트릭을 발견했다. 그는 혼자 등을 꼿꼿이 한 채 손은 유리 공장 작업복 주머니에 깊이 넣고 눈은 행사를 바라보고 있었다. 추모자들이 놓아둔 꽃들이 거대한 언덕을 이루었고 그 가장자리 근처에 그가 있었다. 색색의 꽃으로 언덕은 점점 더 높아졌다. 내가 그를 향해 경사를 내려가며 걸음을 옮길 때마다 통증이 다리를 찔렀다.

수녀들 사이를 지나갈 때, 그들의 검은 옷과 허리에 두른 묵주의 구슬들이 바다처럼 따뜻하게 출렁여서 잠시 걸음을 멈추었다. 그리고 수녀들 틈에서 빠져나와 피에트릭을 향해 걸어갔지만 그는 아직 내가 다가오는 걸 못 보았는지 아무런 신호가 없었다. 더 가까이 가자 눈 주위가 벌겋게 얼룩진 그의 얼굴이 보였다. 나는 더 가까이 다가가 그의 옆에 섰다. 나는 그의 맨손을 잡고 그 위에 뜨거운 입김을 불어주었다.

고개를 돌려 나를 바라보는 피에트릭의 속눈썹에 눈물이 맺혀 있었다. 나는 꽃 무더기로 다가가서 데이지꽃을 그 위에 던진 후 다시 그에게 돌아왔다.

이 자리에 계속 있어야 할까? 애도를 전하는 꽃도 남겼고. 내가 여기 온 목적이었다. 무엇보다도 그는 내게 오지 말라고 했으니.

피에트릭에게서 아무런 반응이 없자 나는 돌아가려 몸을 돌렸다. 그때 내 팔에 그의 손이 느껴졌다. 그의 손가락들이 내 손목을 감는 것을 보면서도 나는 그것을 거의 믿을 수 없었다. 그는 자기 옆으로 나를 당겼다.

'자부심'이라는 단어는 흔한 용어지만 그날 하늘로 울리

는 합창을 들으며 내가 느낀 감정이 바로 그것이었다. 피에
트릭은 그러한 자부심을 나와 함께 나누길 원했다. 좋은 것
이든 나쁜 것이든.

그는 내게 손을 뻗어 자신의 따뜻한 손가락으로 내 손목
을 감싸서 입술로 가져가 키스를 하고는 그의 주머니에 넣
었다. 주머니 속은 따뜻했다.

33장

카샤, 1946년

하객들이 군대처럼 밀어닥쳤다. 하지만 히틀러의 전격
작전처럼 조직적인 기습은 아니었다. 그들은 꽃으로 장식
된 옷을 입고 멋진 신발을 신었으며, 준비된 솥이나 오븐, 접
시에서는 아직 김이 피어오르고 있었다. 마르타는 장군처
럼 우체국에서의 행사를 지휘해 결혼 파티를 여섯 번 정도
해도 될 만한 양의 파이와 수프, 스튜 등을 만들었다.

우체국에서 어떻게 결혼 파티를? 그렇지만 그것은 우리
목적에 잘 맞았다. 공간이 확 트인 데다 천장이 높아 일석이
조였다. 편지도 찾고 신부와 춤도 추는 것이다. 신부와 춤을
출 뿐만 아니라 손님들이 내 드레스에 돈을 꽂는 의식도 가
능했다. 나는 연분홍색 드레스를 입었는데, 내가 고른 것은
아니고 마르타가 자신의 재봉틀로 직접 만든 것이다. 그 솜
씨가 나를 놀라게 했다. 나는 흰색을 원했지만 아빠를 봐서

라도 이 드레스를 바꿀 수는 없었다. 나는 얼른 이 모든 일이 끝나고 피에트릭과 단둘이 있기만을 원했다.

결혼식 날 아침은 순탄치 않았다. 먼저, 전날 펠카가 죽었다는 소식을 전하는 리스카 부부의 전화를 받았다. 펠카가 현관 계단에서 마지막을 보낸 것이다. 우리는 집 뒷마당에 펠카를 묻어주었다. 피에트릭이 삽으로 땅을 파는 동안 수산나 언니와 아빠가 옆에서 지켜보았고, 나는 나디아의 담요로 펠카를 감쌌다. 오래전 내가 펠카를 집으로 데려올 때 사용했던 것이다.

펠카는 나와 달리 나디아의 진정한 친구로 끝까지 그녀를 기다렸다는 생각을 떨칠 수 없었다. 나는 살았고, 결혼식을 계획하는 내내 나디아가 자리에 없을 것이라는 생각은 거의 하지 않았다. 나는 그냥 친구였을 뿐이다.

또 한 가지, 신부가 어머니로부터 축복을 받는 것. 폴란드의 결혼식에서 이런 축복은 매우 중요하다. 때문에 신부 어머니가 돌아가셨다면 결혼식이 열리는 교회로 가기 전 어머니의 묘지를 먼저 찾는다. 물론 우리는 엄마의 재가 뿌려졌을 라벤스브뤼크를 방문할 수 없었다. 마르타는 정성스레 예식을 준비했지만, 나는 엄마 대신 축복해줄 사람으로 수산나 언니를 골랐다. 그러자 마르타의 얼굴이 벌겋게 달아올랐다. 결국 내가 양보해 마르타로 결정했지만, 쉽지 않은 일이었다. 수산나 언니는 그녀보다 먼저 내 삶에 들어왔고, 앞으로도 늘 함께할 사람이니.

교회에서의 예식은 짧았다. 아직 자유선거가 실시되진 않았고 스탈린주의 당국이 공식적으로 통치하는 것은 아니었다. 하지만 그즈음에는 모스크바의 폴란드 노동당이 더 견고해지고 있었다. 그들은 인민의 집단적 필요와 무관한 것이라면 어떤 것이든 억압했는데, 결혼식도 그중 하나였다. 그래서 사람들은 너무 거창해보이는 결혼식에 참석해 그들의 눈 밖에 나는 것을 두려워했다. 그 결과, 간호사 친구 중 세 명만이 결혼식에 참석했다. 자신에게 불이익이 생길 수도 있는 것을 감수하고 용기를 낸 행동이었다. 피에트릭은 지하 활동에서 손을 뗐지만 그의 친구들 몇 명은 아직도 숲속에 숨어 지냈다. 우리는 모두 조심했다. 폴란드저항군AK 활동을 했던 사람들의 무덤에 꽃을 놓는 것만으로도 체포 사유가 되었기 때문이다.

그렇지만 우체국은 약간 사적인 장소였기 때문에 하객들은 축하 파티를 크게 걱정하지 않고 즐겼다. 내가 도착하자마자 하객들이 나를 둘러싸고는 내 드레스에 종이돈을 꽂았다. 내가 가장 좋아하는 결혼식 전통이었다. 마르타와 그녀 친구들은 어디서 이런 음식을 준비했을까? 얇게 썬 고기, 소시지, 샐러드. 트리 모양 케이크와 과자로 만든 천사 날개까지! 이런 음식들은 암시장에서 구했을 것이다.

"이리 와. 오체피니 할 시간이다." 마르타가 말했다.

오체피니는 신부가 면사포를 벗고 대신에 모자를 써서 결혼했음을 공식적으로 알리는 의식이다. 먼저, 아직 결혼하지 않은 처녀들이 신부 주위에 둘러서서 면사포를 벗기고, 다음에는 결혼한 여자들이 신부를 둘러싸고 모자를 씌운다.

마르타가 머리 위로 손을 들어 손뼉을 치자 처녀들이 주위로 모였다.

"수산나, 면사포를 벗겨."

"언니도 어떻게 하는지 잘 알아요, 마르타." 내가 말했다.

악단이 연주하고 젊은 여자들이 손에 손을 잡으며 내 주위에 원을 이루고, 언니는 피에트릭 엄마의 면사포에서 헤어핀을 뽑았다. 오래 서 있었던 탓에 불편한 다리에 통증이 생겼지만, 벽에 기댄 접이식 의자에 줄지어 앉은 늙은 여자들 틈에 가서 같이 앉아 있을 순 없었다. 나는 어릴 적부터 이런 결혼 파티를 꿈꾸어왔다.

수산나 언니가 내게 면사포를 전해주고는 원을 이룬 여자들에 섞여들었다. 내가 한 손으로 눈을 가리고 다른 손으로 면사포를 던지자 아주 정확하게 언니의 손 안으로 떨어졌다. 하느님의 뜻으로, 다음에 결혼할 차례는 언니였다.

"이제, 결혼한 여자분들 모이세요." 마르타가 사람들을 향해 불렀다.

마르타는 흰 모자를 손에 들었다. 피에트릭은 어디에 있지? 아무 데서도 보이지 않았다. "누가 모자를 씌워줄 거죠?" 내가 물었다.

"내가 할 거야." 마르타가 말했다.

"결혼한 여자가 해야 하는 거잖아요." 결혼한 여자들이 내 주위로 모여 서로 손잡고 원을 이루었다.

마르타가 가까이 다가왔다. "카샤, 그건 낡은 풍습일 뿐이란다."

기혼 여성들이 마르타와 나를 둘러싸고 음악에 맞춰 둥글게 돌기 시작했다. 바이올렛 향기와 무 수프 냄새가 진하게 풍겼다. 나는 아무렇게나 손을 뻗어서 손에 잡힌 무두장이 아내를 원 가운데로 끌어당겼다. "비즈노프스키 아주머니, 제게 모자를 씌워주세요."

마르타가 내 손을 잡았다. "카샤. 내가 하도록 해주면 안 되겠니?"

그녀 눈에서 흐르는 눈물이 내 마음을 풀어놓았다. 그녀는 무엇보다 내게 잘해주었다. 그녀 덕분에 피에트릭과 수산나 언니 그리고 내가 건강을 되찾을 수 있었다. 나는 마르타가 내게 모자를 씌우도록 했고 그녀는 함박웃음을 지었다. 아마 누구도 이때의 마르타처럼 행복한 사람을 본 적이 없을 것이다.

나는 드레스의 종이돈을 펄럭이며 원을 뚫고 걸어나갔다. 피에트릭은 어디에? 그는 그런 식으로 하루 종일 고요했다. 나는 아빠 친구 한 명이 내 드레스에 즈워티 한 장을 또 꽂으려 해 그를 찾는 발걸음을 멈추었다.

피에트릭은 아빠 사무실에 혼자 있었다. 오래된 가죽 의자에 깊숙이 파묻혀 손을 무릎 위에 올려놓은 모습이었다. 전등은 꺼져서 가로등의 옅은 불빛이 책상 위 액자 유리에 반사되었다. 방 안에서 나는 눈을 반쯤 감았다. 액자 속에는 아빠가 좋아하는 그림. 아빠가 양팔로 수산나 언니와 나를 안고 옆에 엄마가 서 있는.

"와서 함께 파티하자." 나는 피에트릭 머리에서 곡식 낱알을 털어냈다. 우리가 교회를 나올 때 하객들이 축하하는 뜻으로 던졌던 것들이 아직 남아 있었다. 그 낱알들은 오래전 그날 밤 아빠가 땅에 파묻었던 것이었다. 낱알을 던지는 풍습을 지키지 못하는 경우도 있었기 때문에, 결혼식이 주목받게 될 위험에도 불구하고 나는 행복했다.

나는 피에트릭 옆에 무릎으로 앉았다.

"넌 아무것도 먹지 않았어. 고기 스튜는 거의 안 남았어도 네가 좋아하는 소시지를 많이 가져왔어. 그리고 이제 하객들이 춤출 시간이야."

"금방 갈게, 카샤."

피에트릭은 조용한 사람이었다. 하지만 그렇게 음울한 적은 없었다.

"사람들이 신랑 어디 갔냐며 찾고 있어." 내가 말했다.

그는 얼굴에 그림자를 드리운 채 한참 동안 말이 없었다. "카샤, 내가 얼마나 비겁자인지 알아? 내가 여기서 포식하고 있는 동안 내 옛날 지하 활동 동지들은 숲에 숨어 풀을 뜯어먹고 있어."

다른 방에서 음악 소리가 최고조에 달했다.

"아빠가 사위를 보호하려는 게 네 잘못은 아니잖아. 우리도 나름대로 어려움이 있어, 너도 알겠지만."

"잠시 생각 중이야. 내 아버지가 여기에 계셨다면 어떻게 하셨을까. 그분은 비겁자가 아니었어."

피에트릭이 말한 적이 없었지만, 카틴 숲에 대해 무성한 소문이 나돌았다. 그리고 러시아인들은 나치를 비난하지만 그 숲에서 폴란드 지식인 수천 명을 살해한 범인이 러시아 내무인민위원회NKVD라는 것을 우리 모두 알고 있었다. 바코스키 대령도 그렇게 처형당한 사람들 중 한 명일 가능성이 컸다.

"무슨 얘길 하는 거야?"

나는 내 머리를 그의 무릎 위에 올렸다. 그의 손에서 차고 단단한 어떤 것이 느껴졌다. 그가 손을 빼내자 약하게 반사되는 은색 빛을 보았다.

"아빠 총?" 내가 말했다. "너 혹시."

"이걸 쥐고 있으면 조금 편안해져." 피에트릭이 말했다.

나는 그의 손에서 총을 집어들었다.

"돌려줘." 피에트릭이 말했다. "신부가 없어져선 안 돼."

묵직하고 매끈한 총의 느낌만으로 몸 전체가 싸늘해졌다. "사람들이 널 보고싶어 해." 내가 말했다.

그는 총을 되돌려받으려 하지는 않았다.

나는 아빠 책상 서랍 안에 총을 넣었다.

"아, 피에트릭." 나는 그 곁에 무릎걸음으로 다가갔다.

우리는 깜깜한 그곳에 한동안 함께 있으며 하객들이 악단의 '스토 라트Sto Lat' 연주에 맞춰 부르는 노래를 들었다. 신랑 신부가 백년 동안 행복하기를.

34장

헤르타, 1947년

뉘른베르크 의사재판은 시작부터 끝까지 광대극이었고, 그 재판의 트라우마로 인해 나는 심각한 기관지염에 시달려야 했다. 기다림, 엄청난 양의 서류들. 훌륭한 독일인을 지키기 위해서는 태워버렸어야 할 서류였다. 백삼십구 일 동안 진행된 재판에는 여든다섯 명의 증인, 그리고 피고와의 끝없는 대질 심문이 있었다.

닥터 게브하르트 한 사람의 증언만 사흘이 걸렸으며, 그것은 특히 지켜보기 어려웠다. 그는 수술에 대해 상세히 설명하면서 프리츠와 나를 끌어들였다. 그는 수술이 해가 없다는 것을 보여주기 위해 동일한 수술을 그 자신에게 시술해보자고 제안했지만 거부당했다.

그리고 나는 내 변호사 알프레드 세이들에게 빈츠와 마샬이 함부르크에서 열린 라벤스브뤼크 재판에서 어떤 판결을 받았는지 물어보고는 후회했다. 내가 증언하는 바로 그날 판결이 있었고, 그의 대답은 증언대에 서는 것을 더 두렵게 만들 뿐이었다.

"엘리자베스 마샬을 가장 먼저 데려가고." 알프레드가 말했다. "그다음에는 도로시 빈츠를. 그리고 마지막에는 빌머 하트만을 데려갔습니다. 내 생각에 레이디 퍼스트인 것 같습니다."

그가 보여주는 신문 사진에 순간 복부 근육이 수축되었다. 손이 뒤로 묶인 빌머. 5번 척추가 부러지고 발은 공중에 매달려 있었다. 아름다운 신발도. 그는 교수대에서 잘 낙하되었다. 왼쪽 턱밑의 올가미 매듭이 제2 척추골을 부러뜨렸고 이것이 척수를 끊었다. 다른 사람들 사진도 있었다. 모두 사냥꾼의 덫에 걸린 오리처럼 매달린 모습이었다. 나는 공포에 휩싸여 손을 떨었다. 그들 중 많은 사람들이 교수대로 열세 걸음 올라가기 전에 종교에 귀의했다. 그들 모두 이름 없는 무덤에 매장되었다.

그날의 법정은 내게 칼바람이었다. 먼저, 라벤스브뤼크의 래빗 한 명이 증언대에 섰다.

"닥터 헤르타 외버호이저를 알아보시겠습니까?" 알렉산더 하디 검사보가 물었다. 그는 머리가 벗어졌지만 상당히 매력적인 남자였다.

그 래빗이 나를 가리켰다. 어떻게 나를 알 수 있나? 나는 그들에 대한 기억이 없는데, 그들은 나를 어떻게 기억할까? 내 이름을 알았을까? 우린 이름이 알려지지 않도록 조심했었다. 알렉산더는 폴란드인들이 나를 폴란드 법정에 세우기 위해 송환을 요구하고 있다고 내게 알려주었다. 나 혼자만. 다른 사람들은 그렇게 나쁘지 않았다는 것일까? 알프레드는 이 요구에 반대했고, 관철시켰다.

곧 내 차례가 되었다.

"헤르타 외버호이저의 증언을 신청합니다." 하디가 말했다.

프리츠는 내게 힘내라는 표정을 지어 보였다. 나는 심호흡을 했다. 피가 머릿속에서 쾅쾅거렸다. 나는 증언대로 갔다. 앞이 흐릿했다. 엄마가 방청석에 있는지 둘러보았다.

"외버호이저, 당신은 어떻게 맨정신으로 설폰아마이드 실험에 참여했습니까?" 하디가 물었다.

"그 죄수들은 사형 선고를 받은 폴란드 여성들이었습니다." 내가 말했다. "그들은 어떡하든 죽게 될 사람들이었습니다. 그 연구는 독일 군인들에게 도움이 되었습니다. 저는 독일에 헌신했습니다."

엄마가 손가락을 입술에 댄 채 방청석에 앉아 있었다. 군터는 보이지 않았다.

하디는 내게 서류 한 뭉치를 흔들었다. "실험 대상이 된 후 총살당하거나 살해된 사람이 있습니까?"

"예, 하지만 그들은 정치범들로……." 내 앞 증언대의 붉은색 전등에 불이 들어왔다. 통역들이 따라잡기 어려워하고 있었다. 나는 말하는 속도를 늦췄다. "그들은…… 정치범들로서…… 사형 선고를…… 받은 자들이었습니다."

"독극물 주사와 관련한 당신의 진술서에 의하면, 당신은 다섯 번 내지 여섯 번 독극물을 주사했습니다. 맞습니까?"

내가 왜 그것을 인정하는 진술을 했을까? 통역 말을 알아듣지 못하는 체할 수도 있었을 텐데.

"아닙니다." 내가 말했다.

"그렇다면, 당신은 주사를 했고, 그 주사 이후 사람들이 죽었습니다. 그것도 아닙니까?"

"맞습니다. 하지만 앞선 조사에서 이미 말했던 것처럼, 그것은 죽어가는 환자들에게 의학적 도움을 주는 문제였습니다."

"그리고 이러한 의학적 도움이 사망을 초래했습니다. 아닙니까?" 하디가 물었다.

나는 허벅지에 놓인 내 손에 시선을 고정했다. "아닙니다."

"저는 이렇게 물었습니다. '그리고 이러한 도움이 사망을 초래했습니다. 아닙니까?'" 하디가 말했다.

내가 손을 내려다보고 있는 동안 심장이 쿵쾅거렸다. "제가 말했던 것처럼, 그 환자들은 죽어가는 사람들이었습니다."

"미스 외버호이저, 당신은 상이나 훈장을 받은 적이 있습니까?"

"제 기억이 정확하다면 전쟁공로훈장을 받았습니다."

"그러면 당신이 그 훈장을 받은 이유는 무엇입니까?"

"저도 모릅니다."

하디는 연단에 기댔다. "설폰아마이드 실험에 참가했기 때문이 아닙니까?"

"그건 분명히 아닙니다."

"재판장님, 저는 더 이상 질문 없습니다."

우리가 추궁당하는 것과 비슷한 실험을 미국도 했다는 증거가 제시되어, 미국인 재판관들에게 혼란을 주긴 했지만 결국은, 그 실험의 대상이 자발적이었느냐의 문제가 판결의 잣대가 되었다. 내가 할 수 있는 것은 감옥 내 운동장에서 잡초를 관찰하면서 기다리는 것뿐이었다.

프리츠는 재판을 견디지 못하는 것 같았다. 어떤 의사들은 대수롭지 않은 듯 행동하며 유죄 평결을 면해볼 방법을 찾았지만, 프리츠는 거의 절망했다. 법정에서 우린 대화가 금지되었지만, 엘리베이터에서 만났을 때 내게 한 번 말한 적이 있었다.

"나도 교수형에 처해질 것 같아." 그가 말했다. "난 이제 끝났어."

프리츠는 의사심판 피고들 중 유일하게 공개적으로 참회했다. 그것을 다른 의사들이 모를 리 없었지만, 그들은 모두 재판이 끝날 때까지 굽히지 않았다.

1947년 8월 20일 의사들에 대한 선고가 있었다. 나는 보 칼라가 달린 검은색 긴 코트를 입었다. 법정에서 제공하는 옷이었다. 대법정에서 한 번에 한 사람씩 동료 의사들에 대해 선고가 내려질 때마다 내 심장은 망치질했다. 나는 목재 법정문 뒤 복도에서 순서를 기다렸다. 미국인 경비원이 말없이 내 옆에 서 있었다. 나는 영어를 이해했기에 닥터 게브하르트의 운명을 알아들었다.

"닥터 칼 게브하르트, 본 제1 군사법정은 피고에게 적용된 반인륜적 범죄와 전쟁 범죄, 그리고 국제 군사법정이 범죄로 선언한 조직에 참여한 혐의를 유죄로 인정한다. 피고의 범죄 행위에 대해 본 제1 군사법정은 다음과 같이 선고한다. 피고 칼 게브하르트를 교수형에 처한다."

점점 더 숨쉬기가 힘들어졌다. 내 차례가 되고 문이 열렸다. 나는 법정으로 걸어들어가 통역 헤드폰을 착용했다. 법정 안은 방청객으로 꽉 찬 흥분된 분위기였다. 나는 사람들 속에 엄마가 있는지 찾았다.

"헤르타 외버호이저, 본 제1 군사법정은 피고에게 적용된 전쟁 범죄 및 반인륜적 범죄 혐의를 유죄로 인정한다."

통역 헤드폰에서 '슐디히schuldig'라는 단어가 들리자 나는 난간을 잡았다.

유죄.

그다음, 선고가 있었다. 나는 명한 상태로 들었다. "피고의 범죄 행위에 대해 본 제1 군사법정은 다음과 같이 선고한다. 피고 헤르타 외버호이저를 감옥이나 그에 해당하는 구금시설에서 20년 징역형에 처한다."

나는 애를 써서 그 선고에 어떤 반응도 나타내지 않았다. 프리츠는 종신형을 선고받았으며, 게브하르트와 함께 교수대에 서게 된 의사들도 많았다. 내가 풀려날 때는 늙어 있을 것이다. 일 분 사십 초 동안의 판결이 나의 일생을 앗아갔다.

1948년 6월 2일, 닥터 게브하르트는 감옥 내 체육관에 마련된 이동식 교수대 세 개 중 하나에 목이 매달렸다. 나는 신문에서 그날 사용된 올가미가 부실해서 몇몇 사형수들은 거의 십 분 동안 죽지 않았다는 기사를 읽었다. 미국인들은 사형도 제대로 집행하지 못했다. 나는 총통이 스스로 목숨을 끊어서 그렇게 구차스러운 모습을 보지 않아도 된 것이 기뻤다. 나는 곧 바이에른 란츠베르크의 제1 전범교도소에 수감되었다. 형의 시작이었다. 긴 시간 동안 의사 생활을 하지 못한다는 생각이 나를 비참하게 만들었지만, 나는 석방을 위해 편지 쓰기를 시작했다. 스톡시 시장이 첫 수신인이었다.

35장

카샤, 1947년

1947년 3월 25일 수요일은 거의 하루 종일 비명 소리를 들었다. 루블린 인민병원 간호사들은 그런 비명을 듣는 걸 좋아했는데, 그것은 건강한 산모를 의미했기 때문이다. 소리 없는 출산은 나쁜 경우가 많았다. 나 자신이 분만실 간호사여서 잘 안다. 나는 내 아기의 폐 기능이 활발해 매우 기뻤다. 그간 거꾸로 나오는 아기나 청색증 아기처럼 상태가 금방 나빠지는 경우를 여럿 보았다. 의사들은 (수산나 언니를 포함해서) 모두 유능했지만, 콧노래는 분만실 간호사들의 몫이었다. 내 경우는 운이 좋아서 정상 분만이 가능했고 진통제 등의 약물을 아주 잠깐만 사용해도 되었다.

피에트릭이 침대 옆에 서서 포대기에 싸인 아이를 팔로 안았고, 병동 간호사들이 주위로 모여들었다. 그는 공장 작업복 위에 병원에서 제공하는 흰 가운을 걸치고 딸을 아주 자연스럽게 안았다. 다른 신참 아빠들처럼 놀라거나 몸이 굳지 않았다. 간호사들은 아주 친절했지만 나는 아기와 단둘이 남아 우리의 딸을 좀 더 살펴보고 싶었다.

"아기를 이리 줘, 피에트릭." 내가 쉰 목소리로 말했다.

피에트릭은 아기를 내 팔 위에 올려놓았다. 병동이 넓어서 (50병상이 넘었다) 실내 온도가 높았기 때문에 나는 곧 졸기 시작했다. 병동 감독은 바람이 들어오는 창문에서 멀찍이 떨어진 라디에이터 옆 가장 좋은 침대 하나를 날 위해 남겨두었다. 나는 아기의 새큼달큼한 냄새를 맡으며 머리 위 숨구멍이 규칙적으로 움직이는 것을 지켜보았다. 미켈스키 부인의 아기처럼 금발이었다. 그 아이 야고다가 살았다면 지금 몇 살일까? 여덟 살? 우리 아기 이름을 야고다로 지어야 할까? 그러면 너무 슬플 것이다. 이렌카라는 이름이 좋을 것 같다.

희망.

피에트릭은 할리나란 이름을 추천했다. 엄마가 그렇게 짓길 원했을 것이라고 주장했다. 그렇지만 돌아가신 엄마 이름을 하루에도 수없이 여러 번 불러야 하는 것이 내게 고통이 될 수 있다는 생각은 왜 하지 못할까?

면회 시간을 알리는 벨이 울리자 간호사들은 흩어졌다. 마르타가 가장 먼저 왔다. 그녀는 한 손엔 파츠키(편집자註 — 폴란드식 도넛) 접시를, 다른 한 손엔 냅킨을 들었다.

"선물을 가져왔어." 그녀가 말했다. "산모에게 파츠키를?" 아빠가 등 뒤로 숨기고 있던 마르타의 손가방을 들어 올렸다.

"아녜요. 괜찮아요." 내가 말했다. 나는 내 자신이 파츠키처럼 둥글넙적해진 느낌이 들었다. 빨리 수산나 언니가 와서 마르타를 돌려보내야 할 텐데. 언니는 내 분만을 도왔지만 골절 환자에게 붙들려 있었다.

마르타는 설탕이 뿌려진 파츠키를 냅킨으로 싸서 내 옆에 놓았다. "지금은 살 뺄 타이밍이 아니니까."

나는 단것을 먹지 않으려 했는데, 임신 기간에 붙은 살을 이제는 빼야 할 뿐 아니라 왼쪽 송곳니에 충치도 있었기 때문이다. 라벤스브뤼크의 흔적인 그 충치는 단것이 들어가면 몹시 쑤셨다.

아빠가 내 손과 이마에 키스했다. 그리고 아기에게도. "카샤, 좀 어떠니?"

피에트릭이 내 팔에서 애기를 받아들자, 몸이 서늘해지는 기분이었다. 그는 아빠에게 아기를 건넸다. 마르타의 손가방은 여전히 아빠 팔에 들려 있었다.

"우린 아기 이름을 할리나로 지을까 생각 중이에요." 피에트릭이 말했다.

"난 이렌카 같은 이름이 좋은데." 내가 말했다. "희망이라는 뜻이야."

"그래, 할리나로 하자." 아빠가 말했다. "얼마나 예쁜 이름이니."

아빠 눈에 눈물이 비쳤던가?

"아기가 피에트릭 널 좋아하는구나." 마르타가 말했다. "세례는 집에서 받게 해야지? 성당에서 받게 할 생각을 해선 안 돼."

그녀 말은 옳았다. 폴란드 노동당은 세례식이나 결혼식 같은 종교적 행사를 단순히 반대하는 것으로 그치지 않았다. 복종하지 않는 사람들에게는 공개적으로 비판하고 많은 불이익을 주었다. 마르타와 아빠도 아직 결혼식을 올리지 않았다. 그렇지만 비밀리에 결혼식을 주재해주는 사제들도 많았다.

마르타가 아빠 팔에서 아기를 받아들었다. "카샤, 집에 오면 불편한 다리 때문에 네가 많이 힘들 거야. 아기는 내가 봐줄게."

마르타가 아기를 어르는 모습을 보자 내 마음 깊은 곳에 있던 아픔이 목까지 올라왔다. 이 자리에 엄마는 왜 계시지 않는 걸까? 엄마는 아기를 안고 병동을 돌아다니며 여기저기 자랑을 했을 것이다. 엄마는 내 아기 때의 이야기를 들려주시며 우리를 웃게 만들었을 것이다.

그러자 내 얼굴이 눈물로 덮였다. 깊은 바닷속으로 가라앉는 느낌이었다.

"아기를 이리 주세요."

갑자기 모두 돌아갔으면 하는 생각이 들었다. 피에트릭까지. 엄마가 아니면 아무도 필요치 않았다.

피에트릭이 마르타에게서 아기를 받아 내 팔에 눕혔다. 그 순간 마르타의 표정에는 아픔이 깃들었다.

"카샤는 좀 쉬어야 해요." 그가 말했다.

마르타는 가져온 파츠키 접시를 집었다. "내일 만두를 만들어 올게."

"아뇨, 괜찮아요." 내가 말했다. "여기서 잘 먹고 있어요."

그들이 떠나고 피에트릭이 공장으로 돌아가자 아기와 나는 잠속에서 오락가락했다. 라디에이터에서 수증기가 뿜어져나오는 소리에 잠에서 깨어났다. 그러고는 라벤스브뤼크로 가는 기차에서부터 떠올려보기 시작했다. 플랫폼으로 들어갈 때 기차의 기적 소리는 비명이었다. 심장이 떨리기 시작했지만 아기를 보자 잠잠해졌다. 아기는 내 팔에 안겨 있었다.

할리나? 아기에게 엄마의 이름을 붙여야 할까? 지금도 엄마 그림을 볼 때마다 눈물이 맺혔다. 혹시라도, 아기가 이름 때문에 엄마처럼 비극적 길을 가게 되지는 않을까? 아름답지만 짧게 끝나는 삶? 온몸에 전율이 일었다. 이상한 일이었다.

피에트릭과 아빠가 아기를 할리나로 부르기 시작하자

나도 체념하고 그렇게 부르게 되었다. 무엇보다 내가 좀 더 성숙해질 필요가 있었다. 나도 이제 더 이상 아이가 아니라 책임을 가진 엄마이므로. 그리고 사람들이 모두 그 이름이 예쁘고, 아기에게도 잘 어울린다고 말했다. 이름으로 엄마를 기릴 수 있다고 생각하니 엄마도 기뻐하실 것 같았다.

그렇지만 아기 이름을 희망으로 지어야 했다는 생각을 완전히 떨칠 수는 없었다.

36장
캐롤라인, 1946~1947년

아이를 찾아 부모를 주선한 다음, 나는 최대한 폴을 피하며 파리에 머물렀다. 그는 지금 아버지이며 나는 그의 가정에 금이 가길 원하지 않았다. 그들이 루앙의 레나 집에 머물렀기 때문에 그를 피하기란 쉬웠다.

상처받은 영혼을 달래는 데 사랑의 도시 파리보다 더 나은 곳은 없을 거라 여길 수도 있다. 하지만 전쟁이 끝난 이듬해, 공원의 모든 벤치는 드러내놓고 키스하는 연인들로 가득했으며, 개중에는 아침 일찍부터 잃어버린 나의 사랑을 생생히 떠오르게 하는 커플들도 있었다. 미국에서 온 소식도 우울했다. 로저는 엘리베이터 보이 커디가 태평양전쟁에서 전사했다는 편지를 보내왔다.

나는 거의 약물 중독자처럼 변했다. 폴과 헤어진 현실은 지옥 같았다. 잠을 이루지 못했고, 식욕도 없었다. 왜 나는 좀 더 높은 목표로 향하지 못하고 있나? 결혼하지 않고 남은 인생을 홀로 살아가면 될 것을. 더 나쁜 일을 겪은 사람들도 많다.

폴의 편지를 편지함에 가둬버려도 도움이 되지 않았다. 엄마는 편지를 모두 거실의 바구니에 던져넣었다. 커다란 한숨 소리와 함께. 나는 폴의 필체를 그리워하며 편지를 불빛에 비춰본 적도 있었지만 읽지는 않았다. 그러면 내 고통만 연장될 것이다.

파리가 나를 속인 것 같은 느낌이었다. 나와 파리가 모두 크게 두드려 맞았지만 파리만 기력을 차려 폐허 조각들을 깨끗이 하고 다시 쌓아올려 회복해가는 느낌. 파리의 패션 산업만 해도 그렇다. 대규모 패션쇼가 열렸고, 잡지에서는 파괴된 건물을 배경으로 한 사진을 싣고 있었다. 나는 눈물만 흘리는 병든 닭이었고, 벌레 먹은 사과 몇 개만 올려놓고 파는 늙은 과일 장수였다.

몇 달이 흘렀다. 11월의 어느 날 아침 나는 이제 일에만 몰두하고 폴 생각은 하지 않기로 스스로에게 맹세했다. 새로 온 편지는 없었다. 다행히 파리는 복구가 한창이었기 때문에, 나는 이곳에서 해야 할 일이 많았다. 다른 사람들의 불행에 관심을 갖는 것은 나의 어려움을 잊는 가장 좋은 방법이 되었다. 바이런도 "바쁜 사람은 눈물 흘릴 시간이 없다"고 하지 않았는가.

휘발유는 아직 공급이 부족했기 때문에 파리지앵들은 어디에서나 자전거를 이용했다. 번듯한 식품은 물론이고 접시, 성냥, 신발 가죽과 같은 것들도 부족했다. 노동자들은 앵발리드 광장에서도 말과 쟁기를 이용해 콩이나 감자를 재배했다. 하지만 계란은 거의 없었고, 음식이 조금이라도 있다는 소문이 들리면 빵집과 정육점 앞에 사람들은 길게 줄을 섰다.

엄마는 군대 우체국 상점에 근무하는 친구로부터 K-레이션의 공급을 확보해 우리 식단을 보충할 수 있었다. 사각형의 K-레이션 박스는 미국인 아침 식사의 축소판이었다. 네모난 햄과 달걀, 네스카페 커피, 셀로판 포장된 크래커, 리글리 껌, 그리고 체스터필드 담배 한 갑이 들어 있었다. 이렇게 부실한 아침 식사로도 군인들이 전투를 하고 살아남는 것은 기적이었다. 하지만 당시는 모든 음식이 귀중했다. 엄마는 레지스탕스 활동 억류자 및 귀환자 전국연합 ADIR(National Association of Deportees and Internees of the Resistance)을 위해 활동했다. 나치 강제 수용소에 억류되었다 살아 돌아온 여성 귀환자를 돕는 새로운 조직이었다. 이들 '운 좋은' 여성들은 모든 것을 잃은 경우가 많았다. 남편과 아이, 그리고 집.

그러나 더 큰 문제는 프랑스 정부가 남성 귀환자들, 특히 전쟁에서 살아 돌아온 군인들에게만 관심을 가진다는 것이었다. 돌아온 여성들은 뒷전이었다.

나는 여기저기서 봉사 활동을 했다. 파리의 많은 아이들에게 외투가 없었기 때문에, 르봉 마르셰 백화점에 부탁해 출입문 옆에다 기부 코너를 설치할 수 있게 허락받았다. 백화점 측에서는 장식물을 치운 다음 외투 옷걸이대와 테이블을 설치해주었다. 엄마와 나는 기증받은 아동 외투를 사이즈별로 걸었다. 우리는 기부받은 옷가지를 세탁해 다시 나눠주었는데, 부모들은 진열된 외투들을 원하는 사이즈에 맞게 골라 구매할 수 있었다. 르봉 마르셰는 우리의 활동에 대해 광고를 해주기까지 했다. 신문 광고 하단에 엄마와 나의 작고 희미한 사진이 실렸다.

우리는 11월의 화창한 날을 오픈 일로 선택했다. 파리 시민이 모두 밖으로 나와, 다가오는 시즌에 맞춰 상점들이 어떤 패션을 준비했는지 구경하는 때였다. 디오르는 혁명적인 뉴룩을 선보였다. 잘록한 허리, 풍성한 스커트. 파리 시민들은 그가 다음에는 무엇을 유행시킬지에 대해 웅성거렸다. 그날은 잘 풀릴 것 같은 느낌이었다. 공기 중에서 군밤 냄새가 풍겼고 인근 공원에서는 홀로 선 연주자가 '지나가는 거룻배'를 경쾌한 버전으로 부르고 있었다.

곧 사람들이 줄을 서서 모여들기 시작했다. 엄마는 일을 내게 맡겼다. 2차 대전 후 프랑스 봉사 활동계에서 이미 최고의 위치에 오른 엄마는 시내 다른 곳의 수프 제공 활동을 감독하러 가야 했기 때문이었다. 그리고 나는 아이들에게 맞는 외투를 아주 잘 골랐다. 핵심은 색상이었다. 무엇보다 여기는 파리였다. 창백한 아이에게 노란색 외투를 입히는 것은 안 입는 것보다 못한 것이었다.

오전 중간쯤에 외투 교환이 꽉 찼으며, 나는 아직 내 레이션 박스를 열지도 못한 상태였다. 레이션 박스를 집으려 하는데 나이 든 여성 한 명이 내게 다가왔다.

"마드모아젤, 미안합니다만 날 좀 도와줄 수 있겠어요?"

앙상한 몸이었지만 모직 스커트에 카디건, 그리고 하얀 장갑의 우아한 차림이었다. 옅은 핑크색 에르메스 사우무르 스카프에 남양진주가 박힌 브로치를 착용했다. 힘든 상황에서도, 혹은 힘든 상황 그 자체 때문에 파리의 여성들은 예기치 않은 형식을 선보였다. 지나친 단순함을 소심하다고 보는 패션계의 전통을 재현하곤 했다. 그 부인은 한 손에 흰색 종이 꾸러미를 쥐고, 손목에는 등나무 지팡이 손잡이를 받쳤다. 다른 손으로는 흑단색 푸들의 목 끈을 잡고 있었다. 야위었지만 손질이 잘되어 주인처럼 멋진 동물이었다.

"외투 한 벌을 가져왔다오." 그녀가 말했다.

내가 꾸러미를 받아 셀로판 테이프를 뜯으니 장미와 라벤더 향이 나는 외투가 나왔다. 그날 나는 예쁜 옷을 많이 보왔다. 손으로 꽃을 수놓거나 에나멜 단추를 달고, 토끼털로 안감을 한 옷들도 있었다. 하지만 이 외투는 무엇과도 달랐다. 캐시미어? 푸른 색상에 놀랄 만큼 무거웠지만 부드러웠고 안감은 흰 새틴이었다.

"부인, 기부해주셔서 고맙습니다. 여기서 한 벌 골라보세요. 좋은 외투가 많이 있습니다만 이 옷처럼 멋지지는 않을 것 같네요."

"거위털 안감이지요. 손녀에게 입히려고 만들었는데, 그러지 못했다오."

"선반에 기대시죠. 지금은 손녀 사이즈가 어떻게 됩니까?"

부인이 손으로 개의 목을 쓰다듬었다. 자세히 살펴보니, 부인의 카디건 단추는 잘못 채워져 스웨터가 틀어졌고, 보석 브로치에는 다이아몬드가 빠져 있었다. 팔았을까 아니면 잃어버렸을까?

"아이는 갔다오. 몇 년 전에, 개 엄마와 오빠도 함께. 내 딸애와 우리 집 하녀 한 명이 창고에서 유인물을 인쇄했어."

지하 활동이다.

"어쩌나…… 안타까워라." 나는 눈앞이 흐려졌다. 자신의 감정도 통제 못하면서 어떻게 다른 사람들을 위로할 수 있을지.

"난 그 애가 집에 돌아올 거라 생각했었지. 하지만 오히려

나를 데려가더군. 상상이나 할 수 있겠소. 늙은 여자가 어디에 쓸 데가 있다고? 우리 집 집사가 내가 없는 동안 내 개를 생테티엔에 데려가 보살폈소. 이 개가 지금은 내 가족이지요." 부인은 더 이상 말을 잇지 못하겠는지 머리를 흔들었다. "누군가 이 외투를 입을 수 있겠지?"

나는 외투를 포장했다. "고맙습니다, 부인. 좋은 가정에서 유용하게 쓰일 수 있게 하겠습니다. 안에 뜨거운 커피가 있어요."

부인이 자신의 손을 한참 동안 내 손 위에 올려놓았다. 장갑이 따뜻하고 부드러웠다. "고마워요."

나는 주머니에서 카드를 꺼냈다. "제 어머니가 지원하고 있는 자선단체 ADIR의 카드예요. 귀환한 여성들, 그러니까 수용소에 갇혔다 돌아온 여성들을 돕는 곳이죠. 귀환한 사람들 스스로 운영하고 그들 중 한 명의 아파트에 본부가 있고요. 뤽상부르 공원 근처에."

"고마워요, 마드모아젤." 그녀가 카드를 받아 돌아섰다.

"부인, 잠깐만요." 나는 테이블 아래에서 K-레이션 박스를 꺼냈다. "전 하나 더 있으니 가져가실래요?"

그녀가 박스를 보며 말했다. "난 괜찮아요. 다른 사람에게 주세요."

"가져가세요."

"그럼, 내 이웃에게 주지요."

나는 미소를 지었다. "이웃에게. 좋습니다. 잘 이용된다니 기쁩니다."

그녀는 박스를 팔 밑에 끼고 바깥으로 나가더니 사람들 속으로 사라졌다.

그날 오후에는 이와 비슷한 일들이 많이 있었다. 그날이 끝날 때쯤, 나는 조금 쉬려고 했지만 사람들은 더 많아졌다. 그리고 기온도 떨어져서 외투를 입지 않은 게 자꾸 거슬렸다. 엄마의 실수인지, 우리 외투를 기부함에 넣어 가져가버렸기 때문에 나는 입을 외투가 없었다. 바람이 불어 목재 옷걸이에 걸린 외투들이 펄럭였다.

나는 재킷 한 벌을 꺼내려 하다 멈칫했다. 사람들 속에 있어도 내가 폴을 놓칠 리 없다. 키가 커서 돋보이는 모습으로 그는 내 쪽으로 오고 있었다. 나의 본능은 사람들 속으로 섞여들어 그를 피해야 한다고 했지만, 그는 내가 여기 있다고는 생각도 못 할 것이다. 나는 그가 다른 쪽을 향해 갈 것이라 생각했다. 그는 자신의 새 삶에 적응해 나를 잊어버렸으리라.

그가 가까이 다가오자 가지색 벨벳 재킷을 입은 그의 아름다운 모습이 더 뚜렷이 보였다. 그는 잘 쉰 것 같았다. 아직 홀쭉했지만 살이 제법 붙어 있었다.

폴은 사람들과 부딪히면서 내게로 걸어와 작은 트위드 코트를 내밀었다. 가슴께에 삼색 리본이 달린 황토색 옷이었다. 나는 그에게 닿지 않으려 조심하며 받아들였다. 닿기만 하면 모든 게 옛날로 돌아가 또 앓게 될 것이라 생각했다. 예전보다 더 아플 수도 있었다.

"날 기억하겠어요?" 그가 물었다.

그의 주방 테이블에서 마지막으로 그를 본 지 2년이 지났다.

"기부해주셔서 감사해요. 여기서 한번 골라보세요."

파스칼린Pascaline의 코트일 것이다. 분명했다. 얇고 가벼웠다. 모와 면이 섞였을까? 소맷자락을 두 번 접었던 자국이 검은 선으로 남았고, 트위드 실밥 위로 작은 천 조각을 덧대어서 정성껏 바느질한 부분도 보였다. 레나의 솜씨였다.

"캐롤라인, 당신께 말을 걸어 미안해요. 당신은 말하고 싶지 않은 게 분명한데."

"여기에 좋은 외투가 많이 준비되어 있습니다."

"날 쳐다봐줄 수는 없겠소?" 그는 다른 한 손으로 입술을 매만졌다. 신경이 날카로워졌나? 그런 모습은 처음이었다. 재킷 팔꿈치의 벨벳이 해져 있었다. 레나가 수선해주지 않았구나.

폴이 내 팔을 잡았다. "캐롤, 당신 없는 시간이 지옥 같았어요."

나는 옆으로 물러났다. 그가 꾸며대고 있는 것일까? 그는 좋아보였다.

"아무 외투나 고르셔도 됩니다……."

나는 왜 계속해서 외투에 대해 주절거리고 있나?

폴이 가까이 다가왔다. "캐롤라인, 난 지금 힘들어요."

그가 꾸며대는 것이라면 연극이 천직이었다. 그는 최근 잠을 거의 잘 수 없었던 게 분명하다. 그래도 나는 돌아서서 외투들이 바람에 흐트러지지 않도록 점검했다.

폴이 내 팔목을 잡고 자신을 향해 돌려세웠다. "내 편지를 읽어보기나 했소?"

나는 팔을 흔들어 빼냈다. "난 바빠요. 엄마가 옷을 삶고 있는 아파트에도 가봐야 하고."

"당신이 편지를 읽어봤다면 알았을 텐데."

"지금 엄마가 혼자서 끓는 물에 옷을 힘들게 휘젓고 있어요."

나는 돌아서서 외투들을 정리했다. 그가 따라왔다.

"그래서 이렇게 하는 거요? 우리가 언제 다시 만날 수 있을지." 그가 잠시 목을 빼고 섰다.

비참한 표정이었다. 면도를 하지 않아 꺼칠한, 그러나 사랑스러운 비참함이었다. 나는 얇은 핑크색 외투의 단추를 채웠다.

폴이 뒤로 물러섰다. "당신이 여기 있는 것을 알았을 때 나는 당신을 만나야겠다고 마음먹었어요. 루앙에서부터 차를 얻어 타거나 하면서, 온갖 수단을 써서 이곳에 왔지."

"다른 사람이 있어요? 난 당신이 어떤 남자와 함께 있다고 들어서."

"뭐라고요?"

"카페 조지에서 손을 잡고 있었다고. 캐롤라인, 당신은 유명인이에요. 그래서 떠도는 말이 많아요. 당신이 나한테 설명해줘야 해요."

"엄마의 추종자들 중 한 명과 식사를 한 적이 있긴 하죠. 아미앵에서 온, 나보다 스무 살이나 많고 턱수염이 있는 남자였어요. 엄마가 상대를 거의 안 해줘서 실망한 상태였고, 식사 시간 거의 절반 동안 내 손을 잡고 갖가지 변명을 늘어놓으며 비시수아즈 수프도 못 먹게 한 사람이었죠."

"캐롤라인, 당신은 어찌 그렇게 감정도 없는지."

"감정이 없다고요?"

"나는 지금까지 일도 못하고 있는데, 당신은 봉사 활동도 하면서 나 같은 건 안중에도 없었소."

봉사 활동? 추운 날씨에도 불구하고 나는 아일랜드인 특유의 기질이 내 속에서 뜨겁게 솟아나는 느낌이었다. 그를 향해 돌아섰다.

"당신이 아이를 가지려 마음먹었을 때, 그때 당신에게는 감정이 있기나 했나요?"내가 말했다.

"당신은 내가 결혼한 사람이란 걸 알았잖소."

"말도 안 돼요, 폴. 아이들이 일을 복잡하게 만든다고 당

신이 말했던 것 기억해요? 배우의 삶에 아이가 끼어들 자리
는 없다면서."

"그런데 이렇게 돼버렸네요. 어른들은 아이들과 소통해
야 하지. 자신의 삶을 망치는 게 아닌 한."

"망치다뇨? 정말? 내가 알지도 못하는 아이를 위해 나 자
신의 행복까지 포기하는 게 망치는 일이에요? 매일 아침 일
어나서 당신과 당신 가족은 함께 있고, 나는 혼자라는 걸 생
각하는 게 어떤지 알기나 해요? 나도 감정이 있는 사람이라
고요."

그가 재킷을 벗어 내게 둘러줄 때 나는 스스로 떨고 있는
것을 알았다.

"캐롤라인, 이성을 찾읍시다. 언제 우리가 다시 이렇게
함께하겠소?"

"정말 그렇죠." 셔츠 차림의 그에게 내가 말했다. "당신은
파리에 남겨진 유일한 남자일 거예요."

그가 웃으며 나를 가까이 당겼다. "당신이 그리워요, 캐
롤." 그의 향기가 우리 주위를 짙게 감쌌다. 그의 재킷 속에
웅크린 나의 등을 그가 안으며 손에 깍지를 꼈다. 그가 내 뺨
에 자신의 입술을 문질렀다.

"가서 뭘 좀 먹읍시다." 그가 말했다. "밴드 소리가 이렇
게 시끄러운 와중에도 내 위장이 쪼르륵거리는 소리가 들
리는 것 같군요. 친구 한 명이 라틴 쿼터에 가게를 가지고 있

는데, 당신이 좋아할 만한 곳이에요. 사과 타르트를 만들죠. 신선한 크림도 발라서."

둘이 함께 레스토랑 부스에 들어가 다른 많은 연인들처럼 가죽 의자에 서로 몸을 붙이고 앉는다면 얼마나 좋을까. 주문은 가볍게 할 수도 있지만 따뜻한 빵과 와인은 꼭 포함될 것이다. 우린 모든 이야기를 나눈다. 신선한 크림은 어디것이 가장 맛있을까? 프랑스 남동부 아니면 남서부? 그가 해야 하는 새 연극은? 그가 나를 얼마나 많이 사랑하는지 이야기한다. 하지만 그다음에는? 그는 자기 집으로 가고 나는 전보다 더 나빠진다.

"나는 뉴욕에 갈 거예요." 폴이 말했다. 그의 부드러운 입술이 내 귀에 닿았다. "그땐 이전과 같아질 거고."

그의 가슴이 느껴졌다. 우리 사이에는 내 실크 드레스와 그의 면 셔츠뿐이었다.

"폴, 당신은 여길 떠날 수 없어요."

그에게 가정이 없다 해도 전과 같을 순 없었다. 세상은 그만큼 달라졌다.

폴은 다시 서서 내 팔을 잡고는 미소 지었다. 가장 위험한 미소였다.

"난 뉴욕으로 돌아가야 해요. 브로드웨이가 다시 일어나고 있는 걸 당신도 알잖아요."

바람이 내 스커트를 부풀게 해서 나는 팔을 빼내며 몸을 떨었다. 그가 자신이 안게 된 새로운 책임에서 도피하기 위해 날 이용하는 것은 아닐까? 그는 나를 원하는 것일까, 아니면 단지 가정생활에서 해방되려는 것일까?

"캐롤, 그러니까 우린 함께 뭘 할 수 있을 거요. 난 셰익스피어가 어떨까 생각하는데, 저녁 먹으며 얘기해봅시다."

손에 차가운 빗방울이 닿았다. 외투들을 상점 처마 밑으로 옮겨야 했다.

"폴, 당신은 가족에게 돌아가야 해요."

폴이 뒤로 걸었다. "당신 화가 났군."

"당신은 아버지예요."

"그렇지만 당신을 사랑하고 있소."

"당신 딸을 사랑하세요. 그렇지 않으면 난 당신에게 아무것도 아닌 게 돼요. 그렇게 하는 게 얼마나 의미 있는 일인지 금방 알게 될 거예요." 나는 그의 옷자락을 만졌다. "어렵지 않을 거예요. 가족과 함께해요. 아이가 밤에 깨어나 무서워하거나 학교에서 다치면……."

"레나가 나와 함께 있길 원하지 않소."

"당신 딸은 그렇지 않아요. 아이는 당신이 배에서 노 젓는 기술을 가르쳐주고 공원에 함께 가길 원할 거예요. 당신은 자신의 사랑이 얼마나 힘이 있는지 몰라요. 당신이 사랑해주지 않으면 아이는 자신을 사랑하는 첫 번째 남자에게 무조건 빠져버리게 되겠죠. 그 남자가 아이를 깨트려버릴 수도 있는데."

"우리가 함께한 모든 것을 왜 포기해야 하지? 그건 바보 같은 일이에요. 당신의 윤리관은 고리타분하군."

"난 청교도예요." 내가 말했다.

"난 그렇게 할 수 있다고 생각 안 해."

"당신은 할 수 있어요. 할수록 쉬워질 거고요."

난 하얀 포장을 내밀었다.

"멋진 코트예요." 내가 말했다. "약간 크겠지만 아이는 자라니까요."

"캐롤, 그래도 난 당신을 사랑해. 그리고 난 너무 고집이세요, 당신도 알겠지만."

"아이를 사랑하세요, 폴. 당신을 위해 그러지 않겠다면, 날 위해 그렇게 하세요."

"당신은 어느 날 아침 일어나 자신이 얼마나 큰 실수를 했는지 깨닫게 될 거요."

웃음이 나오려 했다. 이미 매일 아침 그러고 있으니.

폴이 한참 동안 나를 바라보더니 외투를 벗어 내 어깨에 둘러주었다. 그는 흰색 셔츠 차림이 되었다. 낡아서 이곳저곳 해진 옷이었다. 전쟁 전에 입던 셔츠일 것이다. 옷이 약간 처진 듯 했지만 그 옷을 입은 폴의 모습은 주위 다른 여자들의 시선을 끌기에 충분했다.

"이 옷은 늘 당신에게 더 잘 어울리는 것 같아요." 그가 말했다.

외투의 새틴 안감이 피부에 닿는 느낌이 좋았다. 아직도 그의 체온이 온기로 남아 있었다.

폴은 내 양 뺨에다 키스하고 흰 꾸러미를 들었다. 나는 손가락으로 벨벳 포켓의 덮개를 만졌다. 고양이 귀처럼 부드러웠다.

나는 고개를 들어, 폴이 사람들 속으로 멀어져가는 아름다운 뒷모습을 잠깐 쳐다보고는 몸을 돌려 비를 피해 선반을 밀었다.

그 이후 몇 달 동안 폴은 여러 차례 편지를 보내왔으나, 나는 모든 신경을 봉사 활동에만 몰두하려 했다. 그래도 내게는 엄마가 있었다. 나와 영원히 함께할 수는 없겠지. 우리 생활은 일상으로 축소되었다. 비슷한 나이의 보통 사람들이 집에서 하는 일들이다. 엄마 친구들과의 다과, 허리와 어깨 통증에 대한 이야기, 로저가 시킨 대사관 일, 그리고 교회 합창단 공연.

오늘과 내일이 다르지 않은 창백한 날들이었다. 그러던 어느 날 아침 엄마 친구가 집을 방문한 것이 계기였다. 애니스 포스텔-비네라는 이름의 엄마 친구는 전쟁 중에 프랑스 지하 활동을 하다 체포되어 라벤스브뤼크 강제 수용소에 갇혀 있었다. 애니스와 동료들은 ADIR을 설립했다고 한다. 엄마는 내가 자세히 물어도 제대로 대답을 해주지 않았다. 다만 애니스가 헌 옷이나 캔 식품을 얻으러 우리 아파트에 온다는 것을 나는 알고 있었다.

벨이 울렸을 때 엄마는 어디서 난 것인지 빨간 체크 무늬 옷을 입고 있었다. 파리지앵들이 저 옷은 과연 어느 범주에 넣어야 하나 고민할 만한. 엄마는 애니스를 데리고 들어왔다. 그녀 뒤로 두 명의 남자가 들것을 들고 따랐는데 담요로 싼 한 여성이 누워 있었다.

"이게 무슨 일이죠?" 내가 말했다.

애니스는 아름답고 차분해보이는 여자였는데 거실의 오뷔송 융단 위에 붙박인 듯 서서 손가락으로 풍성한 머리카락을 쓸었다.

"안녕, 미스 패리디. 이 여자를 어디로 데리고 갈까?"

나는 뒷걸음질쳤다. "이 여자를 여기에 둔다고요? 우린 아무 말도 못 들었는데."

엄마가 들것으로 다가갔다. "애니스가 이 폴란드인 친구를 도와달라고 하는데." 엄마가 내게 말했다. "애니스, 이 여자가 의식을 잃었나?"

애니스가 담요에 싸인 여자의 다리에 손을 얹었다. "깊이 잠들었어. 방금 바르샤바에서 날아왔거든."

"병원에 가야 하지 않을까요?" 내가 말했다.

"이름은 재니나 그라보프스키. 라벤스브뤼크 강제 수용소에서 알게 된 사람이야. 나치 의사가 강제로 수술했어." 애니스가 여자의 이마에 손을 올렸다. "드러내놓고 치료할 수가 없는 상황이야. 폴란드 당국이 모르게 데려와서 그래."

우리가 병든 폴란드인 망명객을 받아들이는 것인가?

"바르샤바에서는 도움을 안 주나요?"

"바르샤바는 대부분 폐허로 변했어, 패리디. 그곳의 의료 체계는 엉망인 상태고, 항생제도 부족해."

애니스가 담요를 들어 여자의 다리를 내보였다. 거즈 아래로 심한 감염이 진행되고 있었다.

"당장 내 방으로 데려가." 엄마가 말했다. "나는 깨끗한 붕대를 찾아볼게요."

마침내 엄마는 남북전쟁 때 울시 할머니가 펼쳤던 간호 장면을 재현하게 되었다. "우리 집 주치의를 부르자."

나는 한 손을 들것에 가져갔다. "잠깐. BBC 방송에서 들으니, 독일에서 배상금을 준다고 하던데."

"그런 건 없어, 패리디. 독일은 공산주의 폴란드를 국가로 인정하지 않기로 했거든. 소련의 일부로 간주하는 거지."

"멍청한 놈들."

"재니나는 아주 착한 사람이야. 전에 자기 생명을 구할 수도 있는 약을 내게 줬거든. 그래서 내가 지금 이 자리에 있을 수 있는 거고. 이 사람은 오늘 아침에 네가 평생 동안 겪은 것보다 더 많은 고통을 겪었어. 어쩌면 죽어가고 있는지도 모르지."

나는 남자들에게 들것을 들고 오라고 손짓했다. "우리가 이분을 보살필게요." 내가 말했다.

"고마워."

나는 창가로 걸어갔다. "제 침대에 누이세요. 왼쪽 첫 번째 문입니다."

남자들이 들것을 들고 거실을 지나 내 침실로 갔다. 엄마는 그 뒤를 따랐다. 재니나 다리의 피가 담요에 스며든 것이 보였다. 이제부터 우리는 어떻게 해야 할까?

"우린 최선을 다할 거예요." 내가 말했다.

애니스가 문으로 걸어갔다. "네가 도와줄 거라고 네 엄마가 말씀하시더구나." 그녀가 돌아서더니 미소를 보였다. 좋다. 해보자. 그녀가 있던 곳에는 이와 같은 사람이 예순두 명이나 더 있었다.

37장

카샤, 1957년

마지막 간호 당번을 마친 어느 날 밤, 주간 보호센터에서 할리나를 데려왔다. 정부가 운영하는 많은 아동보육센터들 중 한 곳에 설치된 시설이었다. 당시 루블린에서 부모 모두가 일하는 아동은 누구나 아동 보육시설에서 돌봤는데, 그곳에서 학령기 아동들은 기초 수학과 읽기, 그리고 공산당 선전을 배우며 지냈다. 나는 공산당에 징발된 칙칙한 주거단지에 위치한 우리 센터로 걸어갔다. 베이지색에 특징이라곤 없는 건물에서는 감자와 양배추 굽는 냄새가 풍겼다. 라벤스브뤼크를 떠난 지 12년이 되었지만 여전히 참기 어려운 냄새였다. 하지만 비용은 모두 정부가 지불했다.

학과가 끝나길 기다리면서 나는 벽에 기대 내 불편한 다리에 실리는 무게를 줄였다. 그리고 스칼라 신부님과 함께 구상했던 계획의 결과물인 나의 새 팔찌에 대해 생각했다.

신부님은 아빠의 가까운 친구로 우리 교구의 사제였지만 지금은 은퇴하신 분이다. 나는 내가 감당하기 어려운 엄마로서의 일에 대해 신부님께 조언을 구했었다. 수산나 언니가 강력하게 권해서였다. 육아와 일 그리고 아내의 역할을 병행하려니 지치고 차분함을 잃을 때가 점점 많아졌다. 스칼라 신부님은 기도를 하는 외에도 내 손목에 고무 밴드를 차고 있다가 마음의 평정이 필요하다고 느낄 때마다 튕겨 보길 권했다. 나는 붉은색의 굵직한 밴드를 손목에 찼고 매일 튕기는 것으로 좋은 효과를 보았다. 주말쯤에는 내 손목이 고무 밴드에 맞아 벌게졌다.

아이들이 부모에게 달려가자 "뛰면 안 돼요" 학급 담임인 진다 동지가 소리쳤다. 할리나는 엄마를 닮은 금발이었고 다른 아이들보다 키가 거의 한 뼘이나 컸다.

아이들 무리 속에서 딸을 찾기란 쉬웠다. 열 살인 할리나는 구구단을 외우지 못해 낙제를 해 또래들보다 1년이 늦었다. 얼마나 사랑스런 아이인지. 내가 살아온 모든 날들에 대해 신이 내려준 보상 같았다. 아이들은 부모를 만나 반가운 인사를 나누었다. 할리나는 내 손을 잡고 뺨에다 의례적인 키스를 했다. 몸 전체에서 사랑스러운 향기가 났다. 비누와 상쾌한 공기 냄새.

"엄마 안녕." 할리나가 말했다.

진다 동지는 미소를 지으며, 아이들에게 잘했다고 칭찬

하고는 다른 아이들을 모으기 위해 돌아섰다.

"엄마한테 진짜 키스를 해주지 않겠니?" 내가 말했다.

딸은 내게 작은 손을 내밀었다. "그렇게 하면 안 되는 것 알잖아요."

우린 문으로 걸어갔다. 이런 것도 딸에겐 매우 심각한 일인가보다!

"오늘 재미있었니?"

"다른 날이나 똑같았어요." 할리나가 말했다.

"오늘 쉬는 시간은 좋았니?" 탁아소에서 아이들은 먹고, 쉬고, 그리고 화장실 이용까지 시간에 맞춰 하도록 배웠다.

"쉬는 척만 했어요." 할리나가 말했다.

1950년대까지, 모스크바 대리인이라 할 수 있는 폴란드 통일노동자당PZPR이 모든 권력을 장악했다. 스탈린은 사망했지만 그의 정책은 계속되고 있었다. 그는 동유럽 국가의 자유선거를 보장하고 민주주의 국가로 운영되도록 지원하겠다고 얄타에서 동맹국들에게 약속했었다. 하지만 이를 지키지 않고 동유럽 각국에 공산당 정부를 세웠으며 폴란드도 예외가 아니었다. 선거는 조작되었고 독립된 정당도 없었다. 공산당에 대해 비판은 허용되지 않았다.

모든 정책은 인민의 집단적 요구에 근거했다. 나는 새로운 국영병원의 외상 담당 간호사로 다시 배치되었으며, 피에트릭은 루블린 외곽의 공장에 배치되어 매일 버스로 출

퇴근했다.

"네 선생님이랑 얘기 좀 해야겠다." 내가 말했다. "선생님 은 네가 편히 잠잘 수 있게 해주셔야 해." 아침 5시에 데려다 주고 저녁 7시에 데려오기 때문에 아이에게는 낮 동안의 휴 식이 필요했다.

"엄마 안 돼. 난 아기가 아니에요. 그리고 엄마가 뭐라 하 면 진다 선생님이 날 점심 식사 줄 맨 끝에 세워버릴지 몰라 요. 또, 난 괜찮아요. 그 시간 동안 이번 주말에 뭘 그릴까 생 각할 수 있으니."

빵 배급 줄을 지나 그 애를 따라가는 동안 내 다리는 불에 타는 듯했다.

"할리나, 우린 물감이 없어."

"할머니 그림 붓은 있잖아요."

"수학 수업은 어땠니?"

"진다 선생님이 플래시 카드를 만들었어요. 엄마 나이가 될 때까지 수학을 해야 하는 게 아닐까. 난 구구단이 싫어 요."

"엄마는 간호사 일을 하면서 매일 수학을 사용하고 있단 다."

"마르타 할머니가 내 영명축일에 물감을 사주시겠다고 했어요."

"배치 시험이 언제니?" 내가 물었다.

"몰라요." 할리나가 대답했다. 딸애는 길에서 막대기를 하나 주워들고는 끌면서 길 옆의 먼지에다 줄을 그렸다.

"진다 동지가 널 푸른색 조에 넣어주신대?"

"네." 할리나가 말했다.

"아무 문제 없이?"

"네, 예수가 죽음에서 부활했다는 증거가 없다고 말했더니, 내가 하고 싶은 건 뭐든 해도 된다고 했어요."

나는 종아리 통증을 가라앉히기 위해 잠깐 걸음을 멈췄다.

"누가 네게 그런 말을 했니?" 내가 물었다.

"몰라요." 딸이 어깨를 으쓱하며 말했다.

약간 충격을 받은 나는 진다 동지와 논의하는 것은 다음에 하기로 했다. 학교에서 종교는 금지 대상이었다. 미사에도 조심스럽게 참석해야 할 정도로 종교는 나쁜 것으로 치부되었다. 성당에 갈 때마다 개인 기록에 검은 표시가 더해졌다. 그런 일을 신고해 당국으로부터 돈을 받은 사람들도 있었다.

아동 보육시설은 우리 아파트에서 걸어서 이십 분 거리에 있었다. 하루 종일 서서 환자를 돌보느라 다리가 아팠지만 걸어갈 수 있는 거리에 보육시설이 있어 운이 좋은 편이었다. 시 외곽에 집이 배정되어 주말에만 아이를 보러 가야 하는 간호사들도 많았다.

아빠가 아직 우체국에서 일하시고, 우리 아파트에 모든 식구가 함께 살 수 있는 것도 행운이었다. 나와 피에트릭 그리고 할리나는 예전의 내 침실을 썼으며, 수산나 언니도 예전에 쓰던 작은 방을 그대로 사용했다. 침대 하나만 들어갈 크기였다. 나는 신경 쓰지 않으려 했지만 아빠와 마르타는 전에 아빠 엄마가 함께했던 방에서 잠을 잔다.

현관문을 열자 버터 냄새가 풍겼다. 마르타가 또 콜라츠키를 만들고 있었다. 할리나가 좋아하는 과자였다.

할리나가 마르타에게 달려갔다. "할머니!"

"오냐, 예쁜 내 새끼." 마르타가 스토브에서 돌아서서 양팔로 할리나를 안으며 말했다.

"내 물감 샀어요?" 할리나가 물었다.

"할리나." 내가 말했다. "그렇게 떼쓰면 안 돼."

"괜찮다." 마르타가 할리나를 식탁에 앉히고 살구 콜라츠키 접시를 올려놓으며 말했다. "애들은 다 그런 거야."

"그래도 예의를 차릴 줄 알아야지." 내가 말했다.

나는 짧은 복도를 걸어 내 방으로 갔다. 걸음을 옮길 때마다 종아리를 뜨거운 바늘로 찌르는 것 같았다. 예전의 내 침대는 한쪽으로 밀어두었고, 할리나의 작은 침대가 다른 벽을 따라 놓였다. 나는 대부분의 밤을 그 침대에서 할리나와 함께 잤다. 피에트릭과 내가 따로 자기 시작했던 때가 언제였더라? 피에트릭은 아직 회색 작업복 차림으로 앉아서 책을 읽고 있었다. 그는 루블린 변두리에 새로 조성된 헬레노 단지의 루브갈 여성복 공장에 배치되어 일해왔다. 그 공장에는 자체 부설 학교와 사택이 있어 우린 대기자 명단에 이름을 올려놓았다.

이상하게도 나는 그 작업복이 좋았다. 그는 어디서나 작업복이 잘 어울렸다. 그는 어깨가 넓고 다리가 길다.

"뭘 읽고 있어?" 내가 물었다. 나는 다리가 아팠고, 무엇보다도 침대에 드러눕고 싶었다.

피에트릭은 대답이 없었다. 갈색 종이로 쌌지만, 금서 중하나인 『닥터 지바고』였다. 그의 친구 알렉산더가 헨리 소로의 책 『시민 불복종』을 읽었다는 이유로 어딘가로 잡혀갔기 때문에 피에트릭은 장소를 가려가며 읽었다.

나는 침대 위에 내 가방을 던졌다. "일은 어땠어?"

"오늘 심반스키가 잡혀갔어. 할당량을 끝내지 못했다는 이유로 자기 작업대에서 곧바로 잡혔어. 그가 보드카 한 병을 주었지만 데려갔어."

"우린 최선을 다해야만 해."

"3차 대전이라도 일어났으면 좋겠어."

나는 유니폼을 벗고 슬립만 걸친 차림이 되었다. 그가 한때 내 모습이 마이어나 로이 같다고 했던 옷이다. "할리나가 수학 시험 공부를 해야 하는데, 도와줄 수 있어?"

피에트릭은 책에서 눈을 떼지 않았다. "수학 점수가 어떻든 무슨 문제가 돼? 결국은 내 옆 조립 라인에 오게 될걸."

"의학 공부를 할 수도 있잖아."

"알아서 하겠지." 피에트릭은 읽던 페이지 모서리를 접었다. "그리고 담임 선생님을 너무 졸라대지 마."

갑자기 방이 좁아졌다. 나는 팔목의 고무 밴드를 튕겼다. 고무 밴드가 내 팔목 안쪽을 때렸지만 계속해서 화가 쌓였다.

"난 아무에게도 졸라대지 않아." 내가 말했다.

"그들은 비밀리에 명단을 작성해. 장인어른도 당신을 빼줄 수 없을 거야. 크렘린과 아무리 가까워도 할 수 없는 일이야."

나는 피에트릭의 팔을 잡았다. "당신이 이해해줘. 우리 아이의 삶에 대해 이야기하고 싶어. 이야기할 시간을 내봐. 나 혼자서는……."

"카샤, 목소리 낮춰." 피에트릭은 책을 침대에 던지고는 문으로 걸어갔다. "마르타가 우리 일을 많이 알고 있어."

방을 나가는 그의 뒤에서 문이 닫혔다. 그는 자신의 작은 반항을 즐겼다. 고무 밴드가 도움이 되지 않아 나는 분노와 싸우기 위해 폐를 공기로 가득 채웠다.

수산나 언니가 근무를 끝내고 돌아오자 나는 내 상태를 얼른 바꾸었다. 침실에서 나온 언니가 할리나 머리에 키스하며 접시에서 콜라츠키 몇 개를 슬쩍하는 모습을 보았다.

"오늘은 제대로 먹었어?" 내가 수산나 언니에게 물었다.

"그게 언니한테 하는 인사야?" 언니가 어색하게 미소 지으며 말했다. 눈 밑에 검은 얼룩이 보였다.

"병원 일은 어땠어?" 마르타가 물었다.

"괜찮았어요." 언니가 답했다. "새 병상이 열 개 더 생길 것 같아요."

"좋은 일이야?" 내가 물었다.

"같은 월급에 일을 더 하는 거지." 피에트릭이 말했다.

할리나 접시 옆에 놓인 물감 통이 눈에 띄었다. 예쁜 영국제다.

"저 물감은 어디서 났어?" 목소리를 고르게 하려 애쓰며 내가 물었다. 상점에서 구입한 것은 분명 아니다. 개인 소유 소매상은 모두 없어졌고 국영 상점은 외국 상품을 팔지 않았다. 암시장 물감이었다.

"친구가 구해줬단다." 마르타가 말했다. "영명축일 선물을 미리 주는 거야."

"나는 아이에게 물감이 없을 거라고 했는데." 내가 말했다.

"그냥 둬." 피에트릭이 말했다.

나는 눈을 감고 공기를 한껏 들이마셨다. "할리나, 그 물감 내게 줘."

"카샤." 수산나 언니가 손을 내 어깨에 올리며 말했다. 나는 손을 떨쳐냈다. 할리나 접시 아래에서 담비털 그림 붓 끝이 보였다.

"저건 어디서 구했어?" 거의 숨을 쉬지 못한 채로 내가 말했다.

"마르타 할머니가 줬어." 할리나가 말했다.

마르타가 내게 다가왔다. "얘는 재능이 있단다."

"붓 이리 줘, 할리나." 내가 손바닥을 내밀며 말했다.

할리나는 손으로 물감과 붓을 쥐고는 다리 사이로 넣었다.

"얼른 이리 줘." 내가 가까이 다가가며 말했다.

"내버려둬." 피에트릭이 말했다.

귓속으로 피가 몰려들었고 심장은 가슴을 두드려댔다. 할리나는 가만히 섰다가 마르타에게 달려갔다. 물감과 그림 붓을 손에 쥔 채로.

"이리 달란 말이야." 내가 따라가며 말했다.

"내가 잘못했다." 마르타가 말하며 한 팔로 내 딸을 감쌌다.

나는 그림 붓을 뺏으려 했다.

"안 돼." 할리나가 뒤로 빼냈다.

"난 네 엄마야. 넌 내 말을 들어야 해. 진다 동지나 마르타 할머니가 아니라 내 말을."

할리나는 그대로 서서 물감과 그림 붓을 가슴에 붙였다.

"안 돼." 할리나가 말했다.

"얘는." 마르타가 말을 시작했다.

"이 일에 상관 마세요. 내가 내 아이에게 말하게 내버려두시겠어요?" 나는 팔을 내밀었다. "물감 이리 줘, 할리나."

"절대로 못 줘." 할리나가 내 눈을 똑바로 쳐다보며 단호히 말했다.

결과를 생각하기도 전에 손이 먼저 나가서 아이의 뺨을 때렸다. 그리고 내 손이 아이의 뺨에서 떠나자마자 내 행동을 돌이키고 싶었다. 하지만 이미 엎질러진 물이었다.

"카샤!" 피에트릭의 목소리에는 비난보다는 실망이 더 많이 묻어있었다.

할리나는 울지도 않고 그림 붓과 물감을 자기 옆의 바닥에 내려놓기만 했다. 나는 검은색 그림 붓을 집어 한 손으로 그 끝을 잡고 주방 의자 뒤에다 내려쳤다. 만족스러운 소리가 나면서 두 조각이 났다.

방으로 돌아와서는 부끄러움에 몸을 떨었다. 그리고 작은방 안에 서서 할리나와 내가 같이 썼던 침대를 보았다. 아이의 뚱보 곰 인형은 베개에 기대 앉아 있었다. 나는 침대에 누워 곰 인형을 가슴에 안아보았다. 할리나 냄새. 달콤하고 착한. 이제 나는 어떤 엄마가 되어버렸을까?

얼마 있지 않아 방문이 열리며 마르타가 들어왔다. 나는 신음 소릴 내면서 앉았다.

마르타는 문을 닫았다. "넌 내가 보기 싫은지 모르지만, 나 외엔 아무도 들어오지 않을 게다."

"이를 어쩌죠, 마르타…… 이건 정말 잘못……."

"난 너를 지금까지 12년 동안 지켜보았어. 카샤, 난 네가 생각하는 것보다 널 더 많이 이해한단다."

"다리가 더 안 좋아진 느낌이에요."

"네 엄마가 널 얼마나 좋아했을지 이해한다. 그런 엄마를 잃었으니, 그 아픔이야 말로 할 수 없겠지. 그렇지만 이제는 일어설 때야. 시간이 흘렀잖니."

"아주머니가 제 삶에 끼어드신 거예요. 제 딸은 제가 훈육할 수 있어요. 아주머닌 요리하시고 애 물건 같은 걸 챙겨주기만 하세요."

"네 딸은 무엇보다 사랑이 필요해."

"가르치려 들지 마세요. 물론, 저는 딸을 사랑해요."

"사랑이 무엇보다 우선돼야 해. 넌 그걸 딸에게 보여줘야 하고." 마르타가 침대 위 내 옆에 앉았다. "그리고 할리나가 원치 않는 걸 강요해서는 안 돼."

"아픔 없이는 성장도 없어요."

"네 엄마 일은 정말 비극이었어. 그렇지만 이제 한번 떨쳐볼 수 없겠니?"

"전 이대로가 좋아요."

"그리고 네 남편은? 카샤, 그도 도움이 필요하단다. 물론

네 삶이지만, 네 엄마도 할리나가 사랑과 축복을 받았으면 하실 거야. 난 오늘 밤 네 아빠와 함께 친구 집에 갈 예정이다. 피에트릭과 할리나가 우리 방을 쓰게 해라. 네가 생각할 시간을 가질 수 있도록. 네가 결정할 일이지. 이런 혼란 속에서 계속 살 것인지 아니면 사랑에 모든 것을 쏟을 것인지. 한 번 해보렴. 다른 사람들을 네 안에 받아들여보지 않겠니?"

"말은 쉽죠. 절 짓누르는 이 무게가 아주머니에게는 없으니까요. 엄마가 된 적도 없지 않나요?"

마르타는 문을 향해 걸음을 옮겼다. 그리고 말했다. "얘야, 방금도 넌 잘못했어."

그녀가 나가자 처음으로 혼자 맞는 긴 밤이 찾아왔다. 나 혼자만의 방. 생각하고 풀어나가는 침묵의 공간. 나는 손목에 늘어진 고무 밴드를 보았다. 이제부터는 내가 가진 힘과 직관으로 풀어나가자.

잠이 들 무렵 계획이 섰다. 나는 좀 더 잘할 수 있을 것이다. 도움을 찾고 사람들을 받아들인다. 할리나와 함께 더 많은 시간을 보낸다. 피에트릭과 둘만의 시간을 가진다. 나는 라벤스브뤼크에서도 살아남았다. 그보다 더한 어려움이 어디 있을까?

38장

캐롤라인, 1957~1958년

전쟁 후, 나는 마지막으로 파리를 떠난 뒤 엄마와 함께 지구를 반 바퀴 도는 여행을 했다. 인도를 거쳐 이탈리아로 간 다음 배를 타고 영국 해안을 거슬러올라 스코틀랜드까지 갔다. 뉴욕으로 돌아와 내가 가장 먼저 한 일은 그 해의 '에이프릴 인 파리 볼'이라는 자선바자회를 개최하는 일이었다. 프랑스와 미국의 자선단체들을 지원하기 위한 기금 조성 목적이었는데, 내가 새로 조직한 라벤스브뤼크 래빗 위원회도 여기에 포함되었다. 10년 전 애니스 아주머니가 나를 그 활동에 개입시킨 후 나와 엄마는 열성적으로 활동하며 폴란드 여인들과 정기적으로 접촉해왔다. 미국 이혼녀로 영국 국왕 에드워드 8세와 결혼하여 윈저 공작부인으로 알려진 월리스 심프슨도 그 바자회에 참석할 예정이었기에 나는 그녀에게 지원을 요청할 계획을 세웠다.

월도프의 볼룸도 그리 화려해 보이지 않았다. 할리우드 스타들과 워싱턴 VIP들이 손에 하이볼을 들고 줄을 이어 입장하며 서로 인사를 나누었다. 그렇지만 이내 한 여자가 바자회를 압도해버렸다. 남녀 가릴 것 없이 모두의 시선이 그녀, 마릴린 먼로에게 집중되었다.

베티와 나는 일벌처럼 앵앵거리며 볼룸에서 맨해튼 여걸들의 머릿속에 프랑스 원더랜드를 넣기 위해 애썼다.

홀 중앙에서 대규모 댄스 플로어가 막을 올리고 양옆으로는 음식 테이블들이 길게 준비되었다. 우리는 무대 위를 삼색기로 장식했으며, 말에 올라탄 라파예트 장군 상을 무대 중앙으로 끌어다놓았다. 하얀 백합 장식을 배경으로 한 모습이었다. 장식 준비팀은 여유 자금이 많은 사람들로 구성되어 비용에 어려움이 없었다. 남성들은 턱시도를 입고, 여성들은 붉은색, 흰색, 혹은 푸른색 드레스를 입었다. 마릴린 먼로는 미드나잇블루 보석 장식 가운 차림이었는데, 그녀 자신의 재력을 과시하는 방법이기도 했다.

나도 그날 밤은 나 자신이 은막의 여인인 것처럼 느껴졌다. 하이드렌저-블루 톤의 스키아파렐리Schiaparelli를 입고 장식을 최종 점검하러 테이블을 따라 걸을 때는 플로어에 먼지를 일으키며 덜컹거리는 작은 기차 같기도 했다. 오십대인 나도 어떤 면에서는 예쁘게 보일 수 있구나 하고 생각했다.

나는 초청 손님들의 지정석을 확인하면서, 붉은 장미를 플라스틱 물병에 꽂아 모든 여성 손님들의 접시 위에 놓았다. 할리우드 스타들과 정치계 거물들. 존 케네디 상원의원, 재클린 케네디, 윈스턴 게스트, 레이 볼거, 그웬돌린 볼거.

그리고 폴 로디에르.

찬물을 끼얹은 듯 정신이 번쩍 들었다. 폴이? 내가 어떻게 모르고 있었을까? 그를 마지막으로 본 지 10년이 지났다. 리에나 로디에르가 그의 옆 좌석이었다. 재혼한 것일까? 아내 레나는? 나는 리에나 자리 옆에 장미를 놓고 일을 빨리 끝냈다. 폴로부터 거리를 두고 싶었기 때문이었다. 새로운 영화 제작과 관련하여 여기저기서 그의 이름을 본 적이 있었지만 그가 출연한 영화는 보지 못했다. 그에게 무슨 말을 할 수 있을까?

검은 말 두 마리가 끄는 마차를 타고 온 프랑스 군복 차림의 배우 장 마레와 여배우 프랑수아 아눌이 볼룸으로 들어온 것으로 이브닝 행사가 시작되었다. 내가 그것을 지켜보는 동안 푸른색 오간자를 입은 베티가 나를 발견하고 밝은 표정으로 샴페인 한 잔을 건네주었다.

"캐롤라인, 올해 들어온 선물 가방들을 한번 봐. 모두 디올이야. 특별히 좋은 것들……."

볼룸의 선물 가방은 옷으로 채워졌는데, 고급 상품들로 가득해 손님들이 자기 차로 가져가려면 짐꾼을 불러야 할 것 같았다.

"영화인들 대단하지? 너도 배우 활동을 계속했으면 대스타가 되었을 거야."

"저기 글로리아 스완슨이다."

"그래, 오늘밤에는 너를 한번 드러내봐. 넌 정말 우아한 모습이야. 윌리스 심프슨에게도 똑같은 말을 할 것 같아. 그녀도 참 아름답게 나이 들었지. 파우더룸에서 그녀를 봤는데, 내 드레스를 칭찬하더라. '윌리스 블루예요?'라고 묻더라. 정말이야. 모든 걸 자신과 관련시키지."

"그분이 오니 좋잖아."

"그게 뭐 어려운 일이니, 캐롤라인. 그녀는 구름 위에 살고 있어. 직원들은 '전하'라고 불러야 해. 공식적으로는 그 호칭을 사용할 수 없지만 그렇게 하고 있어. 그리고 공작도 여기 있어. 야간 멍해 보이더라. 윌리스가 그에게 무슨 약을 먹였나 싶어."

"어쨌든 여기 온 게 우리 일에 도움이 되지 않을까."

"그래? 기자들이 마릴린이나 아서에게만 몰려들지 않게 해야지."

"난 윌리스에게 폴란드 여성들을 지원해달라고 부탁할 생각이거든."

"잘됐으면 좋겠다, 캐롤라인. 그녀에게 접근하기가 쉽진 않을 거야."

"그녀와 공작 부부는 자선활동 말고는 하는 것이 없잖아."

"주위에 카메라가 있을 때만 그렇지. 카메라 말이 나왔으니, 넌 너 자신부터 챙겨야 해. 폴 로디에르가 여기 왔어."

난 샴페인 반쯤을 한 번에 마셨다.

"어떻게 알았어?"

"내가 봤어. 새 부인하고 함께였어. 어린 여배우 같던데. 그는 팜비치에서 살을 태운 것처럼 좋아 보이더라. 두 사람 다 거들을 입고 있을 거야." 그녀는 곁눈질로 내 반응을 살폈다. "그렇다고 뛰쳐나가면 안 돼."

"난 괜찮아." 내가 말했다. 속이 부글부글 끓어올랐다. "나도 그들의 좌석 배치를 봤어. 지금은 그에게 할 말이 없어."

"그래? 혹시 대화를 나누게 되면 꼭 주위에 칼이 없는 곳에서 하렴."

"바보 같은 소리." 잔을 비우며 내가 말했다. 그 남자를 본 지는 오래되었고, 이제 내게는 별 감정도 남아 있지 않았다.

베티는 자기 남편이 샴페인 잔을 들고 사람들을 헤치며 가는 모습을 보고는 그에게로 향했고, 나는 월리스 심프슨을 찾아나섰다. 그녀에 대한 평가는 다양하지만, 내가 보기에는 동정심이 많은 여자 같았다. 나는 그녀가 폴란드 여성들의 어려움에 관심을 가지고 지원해주길 바랐다.

나는 옷자락을 몇 번이고 밟히면서 사람들 사이를 뚫고 갔다. 월리스는 볼룸의 가장자리로 물러나 유명한 성형외과 의사 윌리엄 가이너의 부인이자 이 연회의 의장인 로즈마리 가이너와 함께 서 있었다. 가까이 가서 보니 월리스가 세계에서 가장 옷을 잘 입는 사람들에 열다섯 차례나 뽑힌 이유를 알 수 있었다. 하얀 멩보쉐 레이스 옷에 검은색 머리는 쪽진 스타일이었다. 그녀의 남편은 근처에 서서 영국 대사의 말에 귀를 기울이면서도 눈은 월리스를 향해 있었다. 주인의 호각 소리에 뛰어나갈 준비가 된 늙은 사냥개가 연상되었다.

월리스와 로즈마리가 마치 물 웅덩이 옆의 가젤들처럼 붙어 서 있는 곳에서 조금 떨어진 곳에 마릴린 먼로가 남편 아서 밀러와 함께 앉아 있었다. 나는 그 옆에서 기웃거리며 로즈마리가 나를 알아보길 기다렸다. 용기를 내기 위해 샴페인 한 잔을 더 받았다. 윈저 공작부인에게 기부금을 요청하는 것이 보통 일은 아니었다.

얼마 지나지 않아, 다행히도 로즈마리가 나를 알아보고 말을 걸어왔다. 고개를 돌릴 수 있게 된 것을 다행으로 여기는 표정이었다. "캐롤라인이네, 이리 와 공작부인께 인사드려."

월리스는 머뭇거리더니 새틴 장갑을 낀 한 손을 내밀었다. 나는 그녀의 손을 잡으며, 이 이혼녀의 무엇이 왕위까지

내던지게 만들었는지 궁금했다. 나는 로즈마리를 따라 "전하"라 불러주었다. 당시에는 월리스 심프슨에 대한 기사가 아주 많이 실렸기 때문에 내가 이미 알고 있는 사람처럼 생각되었다. 언론은 그녀의 생활에 대해 낱낱이 보도했다. 프랑스 의상, 큰 손, 턱에 있는 점, 도도한 태도, 그리고 가장 중요한 그녀의 보석들.

로즈마리가 손을 들어 댄스 플로어를 향했다. "캐롤라인은 우리와 함께 이 모든 것을 준비하느라 큰 고생을 했습니다."

"그러시군요, 만나서 반갑습니다." 월리스가 말했다.

내 심장 박동이 빨라졌다. 어떤 식으로 래빗 이야기를 꺼내야 하나? 내가 왜 이렇게 불안할까? 나는 한때 보스턴에서 빨간 모자의 슈라이너 단원들 앞에서도 공연했었다. 그들은 극장 앞줄에 술병을 늘어놓았었다. 지금보다 훨씬 더 무서운 상황이었다.

"마릴린 먼로를 어떻게 생각하세요?" 월리스가 특별히 누구에게랄 것 없이 말했다. 그녀는 마릴린과 그 남편 주위에 몰려든 사람들 쪽을 쳐다보았다. 프랑스의 한 TV 뉴스 관계자가 마릴린과 남편 아서의 테이블에서 그들을 인터뷰하고 있었다. "여기 온 모든 사진사들이 저 여자에게만 열중해 있어."

"옷 좀 보세요." 로즈마리가 말했다.

"아무도 내겐 관심을 두지 않으니." 월리스가 말했다.

가이너 부인의 시선이 나를 향했다. "전하, 캐롤라인은 짓밟힌 사람들을 위해 열심히 일하고 있습니다. 사람들에게 많은 신망을 얻고 있죠."

"어떻게요?" 월리스가 물었다. 그녀는 활기를 띠며 턱시도 차림의 웨이터로부터 샴페인 한 잔을 받았다. 스캔들을 기대하는지도 몰랐다. 자신에 대한 평판이 나빠질 때는 남들의 불행한 소식에 귀가 솔깃해진다.

"물론, 칭찬 일색입니다." 로즈마리가 말했다. "캐롤라인은 도움이 필요한 여성들을 지원하는 프랑스 기구의 미국 지부에 관여하고 있습니다. 그 공로로 자유십자가 메달과 프랑스의 레지옹 도뇌르 훈장을 받기도 했습니다."

"그 카나페에는 손대지 마세요…… 너무 짜서." 웨이터의 거위 간 무스 카나페 접시에 눈독을 들이는 것 같은 공작에게 월리스가 소리쳤다.

"그렇습니다. 저는 ADIR의 미국 친구들을 이끌고 있습니다, 전하." 내가 말했다. "저희는 나치의 수용소에서 귀환한 여성들을 돕습니다. 그들이 정상적 삶을 살아갈 수 있게 돕는 것입니다."

"아직도?" 월리스가 다시 대화로 돌아왔다. "전쟁이 끝난 지가 언젠데? 그들 정부는 아무것도 지원하지 않나?"

"일부는 지원하겠지만 그들은 아직 도움이 필요합니다.

저흰 특히, 라벤스브뤼크에서 돌아온 여성들이 배상을 받을 수 있도록 노력하고 있습니다. 휘르스텐베르크 근처에 있던 나치 수용소입니다."

"공작님과 나는 지명에 '베르크'가 들어간 곳은 피하려고 해요."

전쟁 전 그 커플이 히틀러 치하의 베를린 여행을 할 적에는 언론들이 자주 무례를 범하곤 했었다. 20년 전의 일이지만.

"그 여성들을 라벤스브뤼크의 래빗이라 부릅니다, 전하." 내가 말했다. "당시 그곳에 갇힌 폴란드 여성들은 의사들의 인체 실험 대상이 되었습니다."

"끔찍한 일입니다." 로즈마리가 말했다.

"폴란드인?" 윌리스가 말하며 미간을 찌푸렸다. "나는 당신이 프랑스를 위해 일하는 것으로 알았는데, 그렇게 말하니 아주 혼란스럽군요."

윌리스의 관심이 패션쇼 모델로 옮겨갔다. 우리 근처에 와서 선 여자였는데, 한 손은 자기 엉덩이에 올리고 다른 한 손은 높이 들어 손목의 다이아몬드 팔찌를 드러내고 있었다. 공작은 그 팔찌에 대한 의견을 구하는 것처럼 윌리스를 향해 눈썹을 치켜올렸다. 윌리스는 애매하다는 듯이 어깨를 으쓱해 보였다.

"우리는 수용소에서 돌아온 여성들을 국적에 관계없이

도우려 하지만." 내가 말했다. "폴란드 여성들의 상황이 특히 어렵습니다. 그들 중 많은 사람들은 몸이 크게 나빠졌습니다. 어떤 사람들은 죽어가고 있고요. 그리고 아직 배상도 받지 못했습니다. 서독이 공산주의 폴란드를 국가로 인정하지 않기 때문입니다."

월리스는 연회장 안을 둘러보았다. 출구를 찾는 것 같았다. "요즈음 나는 어떤 것도 기부할 위치에 있지 않아요. 우리도 뭘 얻기 위해서는 갖은 애를 써야 하죠. 사람들 생각과는 달리, 왕실 비용도 우리에겐 배정되지 않아요. 그리고 세계는 이제 파괴나 사망에 진저리를 치고 있어요. 이런 것은 사람들에게 지루한 이야기일 뿐입니다. 얽힌 사연이 없는 사람이 어디 있겠어요?"

월리스는 공작을 향해 돌아서서, 그 왕실 피터팬의 흐트러진 머리카락을 다듬어주고, 가슴에 달린 금메달과 리본들을 만지작거렸다. 그리고 공작의 손에서 카나페를 받아 은쟁반 위에 다시 올려놓았다.

"이제 나가서 개를 살펴보죠." 그녀는 은쟁반을 든 웨이터에게 따라오라고 손짓했다. "퍼그는 최소 두 시간마다 먹어야 해." 그녀가 미소 지으며 말하고는 공작과 함께 출구 쪽으로 향했다.

"로즈마리, 내게 미안해할 필요 없어." 내가 말했다. 월리스는 우리 활동에 아무런 관심이 없는 것처럼 보였다.

"그래도 네 기금 마련 활동은 잘될 거야." 로즈마리가 돌아서며 말했다. "나는 분명히 기부해. <새터데이 리뷰>에 노만 커즌스와 그의 아내가 히로시마 피해 여성들을 도왔다는 이야기가 실릴 거야."

"그래, 고마워, 로즈마리."

나는 볼룸 주위를 천천히 걸으며 샴페인을 찾았다. 윌리스로부터 퇴짜 맞은 기분을 회복하기 위해서였다. 나는 조심스레 생각해보았다. "내가 폴 로디에르라면 지금 어디에 있어야 할까?" 그와 마주치지 않기 위한 게임이었다. 그는 가능한 한 패션쇼 전체 장면에서 멀리 떨어져 있을 것이다. 어쩌면 음식 근처에.

바 근처에 있을 게 분명했다.

나는 바를 우회하기로 했다. 몸을 꼬면서 손님들 사이를 걷고 있는 디오르 모델 옆을 지났다. 웨이터가 신 크림과 캐비어가 뿌려진 작은 감자 접시를 들고 사람들 사이로 옮겨 다니고 있었다. 그날 밤의 모든 음식들이 다 크기가 작았던가? 나는 접시 쪽으로 발걸음을 옮기다 그 자리에 섰다. 드레스 자락이 밟힌 것이다.

"저…… 발 좀……." 내가 말하며 돌아섰다.

폴이다.

그리고 그 옆에 선 매혹적인 여자. 리에나가 분명했다.

"니체가 말하기를, 감자 위주의 식단은 술로 이어지게 된다고 했죠." 폴이 내 드레스에서 발을 떼지 않고 말했다.

그의 목소리에 나는 말할 힘을 잃었다. 그의 여자는 아름다웠다. 짙은 속눈썹에, 담배만 빼면 완벽한 얼굴이었다. 큰 키에 늘씬하고 젊어 보였다.

"당신이 나를 스토킹하더군요." 폴이 말했다.

여자는 샴페인을 홀짝이며 패션쇼 쪽으로 걸어갔다. 겉으로는 나를 전혀 경계하지 않는 것 같았다.

"발 안 치우실 건가요?" 내가 말했다.

"당신은 홀연히 사라지는 버릇이 있어서." 폴이 말했다.

"나를 그렇게 만들 경우에만."

그는 발을 그대로 두었다.

나는 폴을 마지막으로 만난 이후 그가 회복되길 바랐지만, 이렇게까지 멋진 그의 모습에는 준비가 되어 있지 않았다. 4월에도 그의 피부는 보기 좋게 그을려 있었다.

"내가 드레스를 벗어야 하나요?"

폴이 미소 지었다. "이 파티에서 결국 성과를 얻었소."

"폴, 스키아파렐리 드레스예요."

그가 발을 떼어냈다. "내가 출구를 막아버렸어요."

"걱정 마세요."

"샴페인 드시겠습니까?" 지나던 웨이터가 물었다. 은쟁반의 샴페인 잔에서 거품이 일었다.

"괜찮습니다." 나는 과장된 몸짓까지 섞어 말했다. "이제

가야 해요."

"어젯밤에 당신에게 전화할까 했어요." 폴이 말했다. "최소한, 당신 어머니라도 나와 이야기해주실 거라 기대하며."

"이렇게 몇 년이나 지난 후에?"

"그러다 코냑에 취해버렸지. 그건 당신도 알 거예요."

"정말 못 말려."

"난 당신이 여기 있었으면 했어요. 당신 친구들과 함께."

나는 어깨를 으쓱했다. "핑계 좋군요."

다른 웨이터가 다가왔다. "샴페인?"

폴이 두 잔을 들었다. "우리 모든 걸 터놓고 얘기해봅시다."

"그럴 필요 없어요. 벌써 거의 10년이 지났잖아요, 폴."

"당신 내가 보낸 편지는 읽었나요?"

"난 정말 가봐야 해요."

"당신은 내 입장에 대해 조금도 생각해주지 않는군."

나는 떨리는 손으로 그의 잔을 받았다. "설마."

"당신은 모든 걸 내 탓으로만 돌리잖소? 나를 버려두고는."

"당신이 그런 식으로 기억한다면……." 내가 말했다.

폴의 새 아내는 모델의 분홍색 시프트에 관심을 보이고 있었다. 그녀는 푸아그라를 한 번이라도 먹어보았을까? 저 여자는 격렬한 운동에 질색하는 나라에서 어떻게 저런 늘

씬한 몸매를 유지할까?

사진사가 다가왔다. "로디에르 씨, 사진 찍어드릴까요?"

"좋죠." 폴이 말했다.

폴이 나를 자기 쪽으로 당겼다. 그는 필요 이상의 힘을 주었다. 한 팔을 내 허리에 둘렀다. 그는 여전히 수마레Sumare를 입었다. 그의 새 아내가 이 옷을 좋아할까? 좋아하지 않을 수 없을 것이다.

"캐롤라인, 웃읍시다. 나를 좋아하는 척해봐요."

플래시 불빛에 우리 둘 다 잠깐 눈이 멀었다.

"로디에르 씨, 고맙습니다." 사진사가 인사하고 다른 곳으로 갔다.

"우리가 지난번에 이 룸에서 만났을 때 당신은 나더러 저 무대에 서라고 명령했었죠." 폴이 말했다.

나는 고개만 끄덕이며 플래시에 멀었던 눈을 회복하는 척했다. 말을 하면 눈물이 쏟아질 것 같았다.

"태닝을 했군요." 잠시 후 내가 말했다.

"칸에서. 끔찍했지. 난 모든 게 싫어요."

"그렇겠죠. 레나는 어디에 있나요?"

"아무도 몰라요. 그리스 이드라 섬에서 그녀 나이의 절반 정도 되는 젊은 남자와 함께 있는 모습이 목격된 게 마지막이요."

"그녀에게는 좋은 일이네요." 나는 정말 그렇게 생각했다. 레나는 태양 아래서 시간을 즐길 자격이 있었다.

"캐롤라인, 당신은 나를 구석으로 차버렸을지 몰라도, 삶은 어떻게든 흘러가요. 나는 여자와 관련해서는 제대로 판단하지 못하는 것 같소."

"사순절 참회라도 준비하는 건가요."

폴이 웃었다. "캐롤, 이렇게 당신을 다시 보니 얼마나 좋은지. 배고프지 않소? 나는 리에나에게 영화계 사람들 몇을 소개해줄 거예요. 허드슨 근처에 작은 공간을 알고 있죠."

"보세요, 폴. 난 당신을 제대로 알았던 적이 한 번도 없었어요. 이제 그냥 이대로 내버려둬요. 좋은 기억만 간직하고." 나는 돌아섰다. "이제 가야 해요."

폴이 내 손목을 잡았다. "어떤 것도 뉴욕에서 우리가 함께 보낸 시간들보다 좋을 순 없어요. 당신은 나를 사랑에 목마르게 했소. 당신도 알 테지."

"좋아 보이네요." 그의 리에나가 접시에서 랍스터 카나페를 집어드는 모습을 보며 내가 말했다.

"도대체 왜 그래요? 나는 지옥을 지나왔지. 그때의 영향이 당신한테만 미쳤던 게 아니에요."

"달링." 리에나가 폴을 불렀다. "나 굶어 죽겠어요."

폴에게 따라오라고 손짓하는 리에나의 눈에 나는 정말로 보이지 않았다.

"네가 여기로 와." 폴이 그녀에게 큰 소리로 말했다.

리에나가 우리 쪽으로 걸어왔다. 밤이 길었다. 내가 그의 아내를 만나야만 하나?

"폴, 난 그보다……."

폴이 리에나를 자신에게로 당기며 한 팔로 그녀의 허리를 감쌌다. "리에나, 이분은."

"캐롤라인 패리디." 리에나가 말했다. "내가 못 알아볼 리가 없지." 리에나는 내 손을 잡고 자신에게로 당겼다. "사진에서 봐 알고 있어요. 헬렌 헤이스도 함께. 그녀와 같은 무대에 섰을 때 어땠나요?"

"고맙지만, 전 이제 가봐야 해요."

"이분이 도망가려 하네, 리에나." 폴이 말했다. "꼭 붙잡고 있어."

리에나가 다른 손으로 내 팔을 잡았다. "우리 점심 같이 하면 어떨까요, 파리에서. 파리에 오세요."

"난 그만……."

"아빠, 아빠가 그렇게 하자고 확실하게 말을 해야지."

내 팔에 전율이 스쳤다.

아빠?

"미스 캐롤라인 패리디, 리에나 로디에르." 폴이 말했다. 가까이 있을 때보다 그의 미소는 더 위험했다.

"파스칼린이 내 예명이지만, 그냥 리에나라 불러요."

어떻게 해서 난 몰랐을까?

"발타자르 역을 하기도 해요, 미스 패리디. 내 첫 번째 역할이었는데 아주머니도 그러셨죠. 아빠가 아주머니에 대한 걸 전부 다 이야기해주었답니다."

"그냥 캐롤라인이라 불러요." 내가 그녀를 쳐다보며 말했다. 리에나는 그녀 부모의 완벽한 조합일 것이다. 틀림없이. "발타자르 역을 잘해냈으리라 생각해요."

그녀는 내 팔을 끼고 한 바퀴 돌더니 바짝 잡아당겼다. 성 필립 고아원에서 보았던 사랑스러운 아이 같았다.

파스칼린이 나를 놓았다. "파리에 오겠다고 말씀하세요. 내가 처음으로 주인공 역할을 하게 될 거예요. 꼭 오셔야 한다는 뜻이에요."

나는 고개를 끄덕였다. 눈물을 참기 위해 할 수 있는 전부였다. 그녀는 아버지의 매력을 그대로 이어받은 매력적인 여자였다. "알겠어요. 그렇게 하죠." 내가 말했다.

"그럼, 이만 가야겠소." 폴이 말했다.

"아빠가 날 영화계 사람들에게 소개시켜주신대요." 리에나가 말했다.

"잘 지내요, 캐롤라인." 폴이 내 양쪽 뺨에 키스했다. 익숙한 턱수염이었다. "내게 답장 쓸 테요? 안 쓰면 나도 포기할지 몰라요."

"당신 변한 게 없군요." 내가 말했다.

그가 미소 지었다. "우리 심장의 어느 한구석은 항상 이십

215

대일 거예요."

폴은 사람들 속으로 사라졌다. 그와의 이별은 오래된 격
랑이었다. 하지만 이번에는 훨씬 쉬운 것 같았다. 지금 어떤
일이 있었지? 폴의 딸이 나를 파리로 초대했어?

나는 택시 속으로 탈출했다. 벨보이가 내 짐가방을 트렁
크에 실었다. 기부금품들이 든 가방이었다. 택시가 출발하
고서 사람들 속에서 폴의 모습이 얼핏 보이자, 훗날 다시 만
날 때 뛰어들어 안기고 싶을 것이란 생각이 들었다. 나는 택
시 뒷좌석에 몸을 파묻었다. 혼자 집에 가도 좋았다.

그가 편지 할까? 아마 그럴 것이다. 나도 답장을 쓰겠지.
시간이 된다면.

다음날 나는 로즈마리 가이너의 조언을 받아 노먼 커즌
스에게 전화했다. 그는 <새터데이 리뷰>의 유명한 편집장
이었는데, 그의 사무실에서 잠시 이야기하고 싶었다. 그의
잡지에서 폴란드 여성들을 다뤄달라고 부탁할 생각이었
다. 그는 내게 그날 오후 만나자고 제안했다.

나는 대기실에 앉아 신문을 뒤적였다. 습관대로 사회면
을 펴니 '에이프릴 인 파리 볼' 사진들이 가득 실려 있었다.
마릴린 먼로와 그녀의 목선을 쳐다보는 영국 대사의 사진
바로 아래 폴과 나의 사진이 있었다. 나는 앉은 의자에서 넘

어질 뻔했다. 그의 턱시도는 유럽 스타일로 짧고 허리 부분이 약간 접혔으며, 내 드레스 자락에 얼룩이 묻었지만, 우린 꽤 괜찮은 커플로 보였다. 사진 제목. '미스 패리디와 폴 로디에르, 브로드웨이로 복귀하나?'

아직 사진 때문에 어지러운 중에 비서가 나를 회의실로 데려갔다. 노먼은 긴 회의 테이블에 직원들을 불러모았으며 각자의 자리에는 노란색 리갈 패드가 놓여 있었다.

"캐롤라인, 어서 와요." 노먼이 일어서며 반갑게 맞았다. 그의 수더분한 인상과 친절한 미소에는 마음이 쏠리지 않을 수 없었다. 단순한 나비 넥타이도 어울리지 않는 사람이 있는 반면, 노먼의 마드라스 나비 넥타이는 아주 잘 맞았다. "오 분 동안 우린 당신 말에 귀를 기울일 겁니다."

노먼은 방의 반대편에 가서 벽에 몸을 기댔다. 나는 세계적으로 유명한 편집장 앞에서 잠시 어떡해야 할지 몰랐다. 속이 울렁거리며 입이 말랐다. 나는 헬렌 헤이스의 조언에 따르기로 했다. 무대에서도 항상 도움이 되었던 조언이었다. "망설이지 말고, 온몸으로 행동하라." 나는 마음을 단단히 먹고 강한 어조로 시작했다.

"커즌스 편집장님, 선생님 부부는 히로시마 피해 여성들을 위해 많은 액수의 기금을 지원하셨습니다." 나는 말을 끊고 방 안을 둘러보았다. 노먼의 직원들은 내게 주목하지 않았다. 자신들의 시계나 펜을 만지작거리고 패드에 뭔가를 기록하고 있었다. 저렇게 산만한 사람들과 어떻게 소통할 수 있지? "저는 선생님께서 비슷한 상황에 있는 이 여성들에게도 같은 관심을 가져주시리라 생각합니다."

"이 여성들이라면 폴란드 여자들?" 노먼이 소형 녹음기를 켜면서 물었다.

"커즌스 선생님, 당신이 귀를 기울여주시지 않으면 계속할 수 없을 것 같습니다. 아시다시피, 제게 주어진 시간은 얼마 안 됩니다."

노먼과 다른 직원들이 몸을 앞으로 기울였다. 모두의 눈이 나를 향했다. 이제 내 말이 통할 것이다.

"맞습니다. 폴란드 여성들. 가톨릭 신자들입니다. 폴란드 지하 활동에 관여했다 체포되어 수감되었던 사람들입니다. 라벤스브뤼크 수용소 수감자들로 그곳은 히틀러가 여성 전용으로 만든 대규모 수용소였으며 인체 실험 장소이기도 했습니다. 뉘른베르크 전범재판에서 특별 의사재판이 있긴 했지만, 세계는 그 피해자들을 잊었습니다. 그곳의 생존자들에게는 아무런 도움이나 지원이 제공되지 않았어요."

노먼은 창밖으로 보이는 고담 빌딩 급수탑과 회갈색 벽돌들로 시선을 돌렸다. "우리 독자들이 금방 또 다른 모금 활동에 동참해줄지 모르겠습니다, 미스 패리디."

"히로시마 프로젝트도 아직 안 끝났습니다." 파이프 클리너처럼 앉아 있던 남자가 말했다. 그의 데이브 게로웨이 안경은 얼굴의 두 배나 될 것 같았다. 그는 바로 우리 교회에 다니는 월터 스트롱 휘트먼이었다. 나는 그의 얼굴만 알고 소개받은 적은 없었다.

"이 여성들은 여러 가지 인체 실험의 대상이 되어 강제로 수술을 받았습니다." 내가 말했다.

나는 8×10인치 사진들을 테이블에 앉은 사람들에게 차례로 돌렸다. 각각의 사진을 받아보고는 옆자리로 전달하는 직원들의 얼굴이 불쾌감에서 공포로 변해갔다.

노먼이 테이블로 다가왔다. "캐롤라인, 정말 너무했습니다. 이건 사람 다리라 할 수가 없군요. 이 사람은 뼈와 근육이 모두 없어요. 이분들은 어떻게 걷습니까?"

"짐작하시겠지만 잘 걷지 못합니다. 수용소에서 그들은 한 발로 뜀을 뛰며 다녔습니다. 이들을 래빗이라 부르는 이유들 중 하나입니다. 그리고 나치의 실험동물과 마찬가지였다는 이유도 있습니다."

"이 사람들이 어떻게 폴란드로 돌아갈 수 있었습니까?" 노먼이 물었다.

"스웨덴 적십자사가 그중 일부를 구해주었습니다. 러시아가 수용소를 해방시켰을 때 기차로 돌아간 경우도 있습니다."

"그들은 지금 당장 어떤 도움이 필요합니까?" 노먼이 물었다.

나는 노먼 가까이로 다가섰다. "그들은 폴란드에서도 큰 어려움을 겪고 있습니다. '철의 장막The Iron Curtain' 뒤에서 치료를 제대로 받지 못하고 있으며, 독일 정부도 아무런 도움을 주지 않습니다."

"철의 장막이라." 스트롱 휘트먼이 웃으며 말했다. "우리가 이 모두를 한꺼번에 다룰 수는 없습니다."

"서독은 수감되었던 다른 사람들에게는 배상했습니다. 하지만 이들 래빗들에 대해서는 아무런 조치를 취하지 않고 있습니다. 공산주의 폴란드를 국가로 인정하지 않기 때문입니다."

"캐롤라인, 이해가 안 됩니다." 노먼이 말했다. "러시아는 현재 어느 누구와도 협력하지 않고 있어요."

"그러면 이 여성들은 지배자가 그들을 국외로 내보내주지 않기 때문에 계속해서 고통 속에 살아야만 합니까?"

"머피는 유나이티드 항공으로 동독에 들어가지 않았습니까." 한 젊은 직원이 말했다.

"관광 쪽으로 접근하면 될 것 같습니다." 격자무늬 옷이 잘 어울리는 한 여직원이 말했다.

"팬암에서 도와줄 수도 있을 것입니다." 다른 직원이 말했다

"노먼, 이건 아주 좋지 않은 생각입니다." 스트롱 휘트먼

이 말했다. "자그마한 일들을 가지고 사사건건 우리 독자들에게 손을 내밀 수는 없습니다. 우리 독자들은 폴란드에 대해 별로 관심이 없어요."

"우리가 관심을 가져주면 안 됩니까?"

"미스 패리디, 우린 문학 잡지예요." 스트롱 휘트먼이 말했다. "우리는 뉴욕 사교계 여자들이 취미로 하는 모든 자선활동들을 일일이 다 다룰 수는 없습니다."

사교계 여자? 나는 숨을 깊이 들이마셨다.

"우린 좀 더 숭고하게 어려운 사람들을 도울 수 있습니다. 노먼 선생님은 원폭 피해 여성들을 돕지 않습니까?"

"우리 잡지 '라이프 스타일'에 한 란을 할애해서 기부할 곳을 알려주도록 합시다." 노먼이 말했다. "너무 화려하면 안 되고, 대략 한 페이지 정도로."

"이 나라 자선가들은 이제 여력이 없습니다." 스트롱 휘트먼이 말했다. "전쟁이 끝난 지가 언젠데, 12년? 아무도 기부 안 할 겁니다."

"기부할 주소가 어디죠?" 스프링 메모장을 앞에 둔 젊은 여성이 말했다.

"코네티컷, 베들레헴, 메인스트리트, 더 헤이." 내가 말했다.

이 사람들이 정말로 해주려나 보다. 긴장했던 내 모든 근육이 풀렸다.

"미스 패리디, 편지 받는 곳을 집 주소로 할 건가요?" 그 여성이 물었다.

"베들레헴 우체국으로 하면 어떻겠습니까?" 노먼이 물었다. "편지가 많아도 처리할 수 있겠죠?"

나는 우체국장을 떠올렸다. 새하얀 피부의 얼 존슨. 카키색 반바지를 즐겨 입으며, 때로는 이름 철자를 틀리기도 하는 사람.

"그럼요, 아주 잘합니다." 내가 말했다. "매년 우편물이 쏟아져 들어옵니다. 크리스마스카드에 베들레헴 우체국 직인을 원하는 사람들이 많거든요. 우리 우체국에서 다 처리합니다."

"베들레헴이라." 노먼이 말했다. "축하합니다, 캐롤라인. 우리가 당신의 래빗들을 미국으로 데려올 수 있을지 기대해봅시다."

노먼은 래빗에 대해 아주 간곡한 기사를 썼다. 무려 네 페이지 분량이었다.

기사는 이렇게 시작했다. '나는 이 글을 쓰기 시작할 때 여기에서 말하는 내용이 상상 속의 지옥을 엿보는 것이 아니라 우리 세계의 일부라는 사실을 사람들에게 설득시킬 자신이 없었다. 그리고 상황을 조금 더 호전시키고자 여성들의 비참한 모습과 그들이 처한 가혹한 상황을 상세히 설명하는 게 옳은지도 의문이었다.'

<새터데이 리뷰>가 인쇄에 들어간 후, 편지가 몇 장 왔다. 하나는 래빗들에게 에이전트가 필요한지 묻는 내용이었고 다른 하나는 그 여성들이 4H클럽 회의에 참가해줄 수 있는지 묻는 것이었다. 미국이 정말 자선 피로감에 젖어 있을지 모른다는 나의 불안감이 현실로 다가왔다.

그다음주. 화창하고 따스한 가을 아침, 노곤하여 세계가 온통 뿌옇게 보일 정도였지만, 마구간의 말에게 먹이를 주고 나서 편지를 확인하러 베들레헴 우체국으로 걸어갔다. 엄마가 채터리 부인이라 이름 붙인 우리 돼지가 내가 사라져버릴까 감시하는 것처럼 뒤에 바짝 붙어서 따라왔다.

나는 공원에 모인 엄마의 리치필드 가든클럽 친구들을 지나갔다. 그들은 세르게가 만든 코코넛 쿠키를 무지개색 크리스털 컵의 펀치에 적셔 먹고 있었다. 엄마의 보좌 역인 샐리 브로스는 여전히 정원용 나막신을 신고, 목에는 반다나를 아기 턱받이처럼 감은 모습으로, 동료들 앞에서 그날의 주제인 말벌과 공원의 친구들에 대해 강의하고 있었다. 그 옆에서는 진짜 말벌처럼 가느다란 몸에, 아직 검지만 머리숱이 적은 넬리 버드 윌슨이 종이 벌집을 위로 들고 서 있었다. 엄마의 활동 스케줄은 나보다 훨씬 촘촘했다. 가든클럽 모임, 너트메그 스퀘어에서의 파티, 라운드 댄스클럽, 그리고 야구팀 감독까지.

우체국은 더 헤이에서 길 건너 몇 걸음만 가면 닿는 곳에 있었다. 문 위에서는 성조기가 나부꼈고 나는 안으로 들어가며 채터리 부인이 스크린도어에 코를 처박도록 내버려두었다. 우리의 아담한 베들레헴 우체국은 존슨 형제 잡화점에 이어진 건물 내에 작은 방들이 몇 개 붙어 있는 구조였다. 존슨 형제 잡화점은 우리 마을에서 유일하게 주유기와 아이스크림 판매대가 있으며 마을 회의 장소로도 이용되었다.

얼 존슨은 벽장만 한 크기의 비좁은 우편물 방에 있었다. 높은 스툴 의자에 앉은 그의 뒤로는 편지 봉투가 들어찬 우편물함이 하얀 벽을 이루었다. 얼은 중립적 색상의 옷을 좋아해서 오래 서 있으면 그와 우편물이 구분되지 않을 것 같았다. 그의 이마에 맺힌 땀방울이 반짝이는 걸 보건대 그는 오전 내 우편물 분류에 몰두했을 것이다.

얼은 창구를 통해 내게로 몸을 기울이며 다가오는 베들레헴 축제 전단지를 내밀었다.

"뜨거운 날씨예요." 얼은 눈도 마주보지 않고 말했다.

나를 싫어하나?

"정말 그렇죠, 얼."

"이발소에 볼일 있어 오신 건 아니죠? 거긴 오늘 쉬는 날이라서."

나는 전단지를 집었다. "제게 온 우편물이 이것뿐인가요?"

얼이 일어나 우편물 벽장에서 나왔다. "미스 패리디, 좀 도와주셔야겠는데."

시골 생활은 그 나름의 매력이 있지만, 나는 갑자기 34번가 맨해튼 우체국의 거대하고 효율적인 시스템이 그리워졌다.

"우리 둘이 힘을 합쳐야 하나보죠, 얼?"

얼이 뒷문 쪽으로 오라는 손짓을 했고 나는 따라갔다. 그는 닫힌 문 앞에서 머뭇거렸다.

"왜 그러세요?" 내가 말했다. "문 여시죠."

"안 됩니다." 그가 어깨를 으쓱하며 말했다.

나는 전단지로 부채질했다. "열쇠로 열면 되잖아요."

"잠긴 게 아닙니다."

그가 손잡이를 잡고 돌린 다음 엉덩이로 문을 밀었다. 하지만 캄캄한 방 쪽으로 약간 틈만 벌렸을 뿐이었다.

"뭐가 문을 막고 있나봐요. 하루 종일 이러고 계셨어요? 내겐 치울 만한 힘이 없을 텐데."

"클리데!" 그가 큰 소리로 불렀다. 가드너 씨의 조카가 달려왔다.

"왜 그러세요?" 클리데가 말했다. 몸이 종잇장처럼 얇은 아이였다.

"미스 패리디를 도와서 거기에 좀 들어가." 얼이 말했다.

"알겠습니다." 클리데가 말했다. 자신의 야윈 체구에 맞는 임무를 맡은 데 행복한 표정이었다. 클리데가 노린재 벌레처럼 창문 새시 틈으로 기어들어 갔다.

내가 입술을 문틈에 대고 말했다. "클리데, 문 열어."

"안 돼요, 미스 패리디. 앞에 산더미처럼 쌓여 있어서."

"산더미?" 클리데가 저런 단어를 어디서 배웠나? "얼, 평소에 이곳을 좀 깨끗이 정리해야 할 것 같네요."

얼이 바닥의 나무 조각을 발로 찼다.

"클리데, 문 앞만 치워." 내가 말했다. "창문 블라인드를 열어. 그러면 우리가 도와줄게."

클리데가 끙끙거리며 치우는 소리와 블라인드가 올라가며 삐걱대는 소음이 들렸다.

"미스 패리디, 다 돼갑니다." 클리데가 말했다.

클리데가 문을 열었다. 맑은 미소로 가득한 그의 얼굴에 하얀 치아가 열쇠처럼 가지런했다.

방 안에는 천 가방들이 쌓여 있었다. 각각의 가방은 클리데가 충분히 들어갈 정도로 컸는데, 모두 '미국 우편' 소인이 찍힌 편지들로 가득했다. 방 주위를 둘러싸고 있는 카운터와 바닥을 가방들이 덮었다. 일부 가방은 묶음 끈이 풀려서 편지와 소포가 삐져나와 있었다.

나는 '봉투 사태' 사이를 피해 걸었다.

"모두 래빗들 앞으로 보내온 것이네요, 미스 패러디." 클리데가 말했다. "하와이에서 온 것도 있어요."

"어머나, 이럴 수가, 얼." 나는 약간 비틀거렸다. "전부 우리에게 왔다고?"

"트럭 열 대가 넘게 왔어요. 창문을 통해 여기다 쏟아부었죠."

"'눈이 오나 비가 오나, 덥거나 춥거나, 밤이 어두워도 전령들은 자기 일을 멈추지 않는다'는 헤로도토스의 말이 실제로 벌어졌나봐요. 그렇죠, 얼?"

"뭐라고요? 미스 패러디?"

"내게 왜 말 안 했죠?"

나는 보스턴, 라스베이거스에서 온 편지들을 한 움큼 들어올렸다. 멕시코에서도?

"크리스마스 때는 직원을 열다섯 명 더 쓰지만." 얼이 말했다. "여름에는 여기에 저 혼자뿐입니다. 이발소가 있는 지하층에는 더 많고. 그래서 이발소가 쉬는 거죠."

엄마의 가든클럽 사람들이 각자 손수레에 편지를 싣고 가드너의 뒤를 따라 줄지어 더 헤이로 왔다. 클리데가 그중 한 가방 위에 앉아 조롱말 타는 폼을 잡았고, 채터리 부인은 우리를 따라오느라 애를 먹었다. 우리는 모든 편지를 열어 테이블 위에 분류해 쌓으며 그 내용을 공유했다.

"17개 잡지에서 래빗 여성들에게 옷을 맞춰주겠대." 샐리 브로스가 말했다. "베스 이스라엘 병원의 야콥 박사는 무료 진료를 해주신다고 해."

넬리 버드 윌슨이 로이 로저스 편지지 한 장을 흔들어 보였다. "배턴 루지의 캘빈 크라우센이 기부금을 보내겠다고 하네."

"이렇게 좋을 수가." 나는 이 모두를 받아적었다.

엄마는 편지 봉투를 빠르게 열지 못했다. "캐롤라인, 덴버의 국립 유대인병원이야."

"웨인 주립대학." 가드너 씨가 말했다. "치과 의사 제롬 크라우세."

"댄포스 재단에서 수표를 보내왔어." 엄마가 말했다. "엄청나다."

넬리는 읽으면서 봉투로 부채질을 했다. "컨버스러버 회사는 이들의 신발을 맞춰주고 싶어 해."

"레인 브라이언트는 옷과 핸드백을." 세르게가 말했다.

우리는 무료 진료를 해주겠다는 방사선과와 정형외과 그리고 치과 의사 목록을 만들었다. 입원실을 제공한다는 병원들도.

바하버와 샌디에고 등지에서는 자신의 집에 이들을 초대하겠다는 내용이 날아들기도 했다. 해가 질 때까지 우리가 다 합쳐 본 현금과 수표는 6,000달러가 넘었다. 래빗들의 여행 경비로 충분한 돈이었다.

다음 호 <새터데이 리뷰>에서 노먼은 미국이 "관대함을 재충전했다"고 표현했다. 나는 행복감으로 얼얼해졌다.

우리 래빗들이 미국으로 오고 있었다.

39장

캐롤라인, 1958년

그해 봄, 나는 닥터 히치그와 함께 폴란드에 도착했다. 그와의 여행은 즐거웠다. 명석한 두뇌와 부드러움을 함께 갖춘 사람이었다. 그는 마치 청빈 기독교파인 아미시Amish 같았다. 그는 우리 팀의 정형외과 미국 전문가로, 폴란드 여성들이 그해 말 미국까지 여행을 견뎌낼 수 있을 정도로 건강한지 판단할 책임을 맡았다. 나는 여행 서류를 준비하고 일 처리가 매끄럽게 진행되도록 하는 역할이었다.

정부 관료가 우리를 맞이해 자가용으로 바르샤바 정형외과 클리닉으로 데려갔다. 우리가 클리닉 내로 들어가니 폴란드 의사들이 닥터 히치그 주위로 모였다. 그들은 악수를 청하거나 등을 두드리면서 히치그를 임시 연단 앞 회의 테이블로 안내했다. 나는 닥터 히치그 옆자리에 앉았다. 폴란드와 러시아에서 온 다른 의사 스물아홉 명도 자리를 잡왔다. 폴란드의 공식 예비역 군인 단체인 '자유와 민주주의를 위한 투사 모임ZBoWiD' 회원 두 명도 함께했다. 나와 노먼이 래빗들의 인권을 확보하기 위해 협력한 단체였다.

클리닉은 베들레헴의 그레인지홀과 비슷했다. 넓게 트여 통풍이 잘됐다. 창을 통해 부드러운 바람이 홀 가운데까지 들어왔다.

첫 번째로 세 명의 여성이 외투 깃을 뺨까지 세운 복장을 하고 함께 들어왔다. 각자가 한 팔에 가방을 들었는데, 여행으로 인한 피로감이 얼굴에서 잔뜩 느껴졌다. 세 사람 모두 아직 발걸음을 떼는 것만으로도 통증을 느끼는 것 같았다. 스탈린 머리 스타일의 젊은 남자 통역이 히치그 옆에 앉았고, 여자들은 연단 뒤의 스크린 앞으로 걸어갔다.

첫 번째 래빗은 검은 머리와 짙은 눈을 가진 삼십대 중반의 예쁘장한 여자였는데, 그리스 여신처럼 밋밋한 흰 천으로 몸을 감싸고 있었다. 그녀는 연단 위 접이식 의자로 절뚝거리며 걸어갔다. 걸음마다 통증으로 움찔거렸다. 그녀는 앉은 후 턱을 들고 청중을 둘러보았다.

좌장을 맡은 의사인 그루카 교수는 강인하면서도 친척 아저씨 같은 느낌을 주는 남자였는데, 연단에 앉아 문서를 읽었다. 통역이 이를 끊지 않고 영어로 옮겼다.

"아돌프 히틀러의 가까운 친구이자 SS의 고위 간부인 라인하르트 하이드리히는 라벤스브뤼크 수용소에서 '설폰아마이드 수술'이라는 불법 의학 실험이 자행되는 데 역할을 했습니다. 하이드리히가 체코 지하 활동가들이 자동차 폭탄을 이용한 암살 시도로 크게 다치자, 하인리히 히믈러의 친구이자 주치의 역할을 하던 닥터 칼 게브하르트가 하이드리히의 치료를 맡게 되었죠."

나는 연단 위 여성을 계속 관찰했다. 그녀는 고개를 높이 세워 들었다.

"게브하르트는 하이드리히를 치료하며 설파제 약물 사용 대신에 다른 치료 방법을 선택했습니다. 하이드리히가 죽었고, 히틀러는 자신의 친구가 가스 괴저로 사망하도록 했다고 게브하르트를 질책했습니다. 그래서 히믈러와 게브하르트는 설파제를 사용하지 않은 결정이 옳았음을 히틀러에게 증명할 방법을 계획했습니다. 그것이 처음에는 작센하우젠에서 남성들을 대상으로, 그다음에는 라벤스브뤼크에서 여성들을 대상으로 행해진 일련의 실험들이었습니다."

연단 위의 여성은 이마의 머리를 뒤로 넘겼다. 손이 떨리고 있었다.

"게브하르트와 그 동료들은 온전히 건강한 여성들에게 수술을 시행했습니다. 특히, 부상으로 입은 상처를 재현하기 위해 아무런 문제없이 튼튼한 다리를 골랐습니다. 가스 괴저를 발생시키기 위해 상처에 배양된 박테리아를 주입

한 다음 일부에게는 설파제 약물을 투여했습니다. 설파제를 투여받고 죽은 환자들 각각은 게브하르트가 입증하려는 사례였습니다. 여기에 수감 중 그 수술을 당한 분이 있습니다." 닥터 그루카는 의자에 앉은 여성을 가리켰다. "결혼 전 카샤 쿠츠메릭, 카샤 바코스키 여사도 그중 한 분입니다. 현재는 정부 소속 간호사로 일하고 계십니다."

의사는 시트를 뒤로 젖혀 그녀의 다리를 드러냈다. 내 옆의 닥터 히치그가 급히 숨을 들이마셨다. 그녀의 하지는 쪼그라들고 흉측하게 일그러져 있었다. 배를 갈라 내장을 다 드러낸 물고기 같았다.

"바코스키 여사는 1942년에 수술을 받았습니다. 세 차례에 걸친 수술이었습니다. 모두가 1그룹으로 박테리아, 나무 조각, 유리, 그리고 여러 잡동사니들을 상처에 넣었습니다. 왼쪽 다리를 절개하고 상처 양쪽 혈관을 묶었습니다."

의사가 말을 계속하는 동안 카샤는 계속 고개를 세우고 있었지만 입술은 처졌다. 눈은 멀겋게 되었다.

"흙과 나무토막을 넣고 상처를 봉합한 다음 그 위에 깁스를 감았습니다." 의사가 말했다.

의사는 그녀가 힘들어하는 것을 못 보는 것일까? 나는 일어서서 연단 쪽으로 걸어갔다.

"상처에서 가스 괴저 등의 병이 발생할 수 있도록 오랫동안 깁스를 유지했습니다." 의사가 계속했다. "그다음에 설폰아마이드를 투여했습니다."

의사들은 말하는 요지를 적고 있었다.

"전체 골격계에 영향을 주는 심각한 변형이 생겼을 뿐만 아니라, 환자는 뇌의 외상 후 반응으로 고통을 받고 있습니다. 우울증입니다."

"죄송합니다만." 카샤가 말했다. 그녀는 일어서서 한 손으로 눈을 가리고 다른 손으로 시트를 가슴으로 당겼다.

나는 연단 위로 올라갔다. "선생님, 이제 그만하셔야 합니다."

"그렇지만 이분이 동의하셨습니다." 닥터 그루카가 말했다. "바쁜 스케줄을 중단하고 여기 모인 의사들입니다."

"선생님, 그건 여기 래빗들도 마찬가지입니다. 선생님은 사적으로 검진을 계속하실 수 있습니다. 선생님과 닥터 히치그, 그리고 제가 함께할 수 있을 것입니다."

"이건 너무."

나는 카샤의 손을 잡았다. "이 여성분들은 한때 피해자였습니다. 하지만 여기에 계속 있어야 한다면 또다시 학대당하는 것과 다름없습니다."

"좀 더 작은 진찰실에서 계속했으면 합니다." 닥터 히치그가 말했다.

나는 카샤가 연단을 내려가 탈의실에서 옷을 갈아입도록 정성껏 도왔다.

"고맙습니다." 그녀가 말했다. "어떻게 감사드려야 할지."

"영어를 잘하시네요."

"그렇게 잘하지는 못해요."

"내 폴란드어 실력보다는 훨씬 나은데요."

"제 언니 수산나도 대상에 올라 있는데, 아직 오지 못했습니다. 언니도 의사인데 영어를 아주 잘합니다."

"우리는 언니도 만날 거예요." 내가 말했다.

우리가 작은 진찰실로 옮기자 검사가 일사천리로 진행되었다. 닥터 히치그와 그루카, 그리고 내가 검사에 참여했다. 카샤의 언니 수산나가 마지막으로 검사한 환자였다. 그녀는 카샤를 앉게 해도 되는지 물었고, 의사들은 동의했다.

"수산나 쿠츠메릭." 닥터 히치그가 읽었다. "43세, 설폰아마이드 수술의 대조군에 속했음. 포도상구균과 파상풍 박테리아를 주입했음. 항생제를 쓰지 않고 자연 회복된 극소수 대조군 중의 한 명임. 현재 양측성 두통, 간헐적 어지럼증, 복통 등의 증상이 나타남." 닥터 히치그가 읽기를 멈추었다.

"선생님, 계속하세요." 수산나가 말했다. "전 괜찮습니다."

닥터 히치그가 안경을 벗었다.

"제 생각에는 그렇지 않습니다."

"전 그걸 이미 보았습니다." 수산나가 말했다. "제가 직접 그걸 썼습니다. 수용소에서 제게 불임 시술을 했습니다. 그렇지 않습니까?"

카샤가 일어섰다. "안 돼, 수산나 언니."

"괜찮아. 내가 그 보고서를 썼다고. 선생님…… 계속해주세요."

닥터 히치그가 안경을 다시 썼다. 검사하는 동안 수산나는 의자에 똑바로 앉았다. 의사는 그녀 목 양측의 림프절들을 만졌다.

"의사인 당신이 갑자기 환자가 되니 힘들죠?" 내가 물었다.

"아닙니다." 수산나가 말했다. "양쪽을 다 경험하는 것이 중요합니다. 저를 더 좋은 의사로 만들어줄 것입니다. 내가 미국에 가려 하는 이유 중 하나이기도 합니다. 그곳에서 더 발전된 의학을 접하며 최대한 많이 배워올 생각입니다."

수산나의 영어는 유창했다. 폴란드식 쾌활한 악센트가 섞였지만 듣기에 즐거웠다.

닥터 히치그는 그녀 목 왼쪽에서 두 손가락을 문질렀다.

"선생님, 무슨 문제가 있습니까?" 수산나가 물었다.

"아뇨, 아무것도 아닙니다." 닥터 히치그가 말했다. "지금은 여기까지 합시다."

검사가 모두 끝나자 폴란드 여성들은 집으로 돌아갈 준

비를 했고, 닥터 히치그는 다른 의사들과 회의를 가졌다. 나는 미국에서 가져온 선물을 나누어주었다.

"여러분 이리 모이세요." 내가 말했다. 나는 가져온 핸드백들 중 하나를 들어올렸다. 네이비블루 색상의 가죽이었다. 금색 후크가 불빛을 받아 반짝였다. 이 핸드백은 미국의 레인 브라이언트라는 상점에서 기부한 것입니다."

래빗들은 그 자리에 못 박힌 듯 서 있었다. 다들 긴장했나?

"쑥스러워하지 마세요." 내가 가방을 더 높이 들며 말했다. "그냥 드리는 것입니다. 기부받은 것이니까요. 이 색상도 올해 유행하는 것입니다."

그래도 아무도 움직이지 않았다. 나는 휘트먼 샘플러 상자를 들었다. 포장지에 십자수로 이름이 새겨진 상자였다.

"초콜릿 드실 분 없습니까?" 아무도 없었다. "피그 뉴턴 과자도 있습니다."

"사진도 찍습니까?" 카샤가 내 라이카 카메라를 가리키며 말했다. 그들이 카메라 앞에 모여서 꽃다발의 꽃처럼 찍기 좋게 정렬했다.

"이번 여행 계획은 어떻게 짜였습니까?" 카샤가 물었다.

"현재까지의 계획은 래빗들이 뉴욕으로 간 다음, 전국의 여러 개인 가정들로 흩어져 머무는 것입니다. 그 후 샌프란시스코에서 만나 로스앤젤레스까지 여행합니다. 그리고 버스로 전국을 다니며, 라스베이거스와 텍사스를 거쳐 워싱턴D.C.에서 여행을 끝내는 것입니다."

카샤가 그녀 주위에 모인 사람들에게 폴란드어로 통역했다. 나는 그들이 최소한 미소는 지어줄 것으로 기대했다. 하지만 모두 엄숙한 표정이었다.

"이분들은 배가 어디에서 출항하는지 알고 싶어 합니다."카샤가 말했다.

"아닙니다. 배로 가는 것이 아닙니다." 내가 말했다. "팬암 항공에서 항공권을 기부해주었습니다."

폴란드어로 많은 말들이 오가더니 사람들 얼굴에 미소가 번졌다.

"우리들은 대부분 아직 비행기를 한 번도 타본 적이 없습니다."카샤가 말했다.

닥터 히치그가 문에서 고개를 내밀었다. 모두의 눈이 그를 향했다.

"최종 명단을 작성했습니다." 그가 말했다. "미스 패리디, 잠깐 따로 이야기 좀 할까요?"

나는 즉시 진찰실에 모인 의사들과 합류했다. "그들 모두 여행이 가능합니다." 닥터 히치그가 말했다.

"너무 잘됐네요." 내가 크게 숨을 내쉬며 말했다.

"단, 한 명만 제외됩니다. 그 의사 말이죠."

"수산나? 왜죠? 제발, 그러면 안 되는데."

"유감스럽게도, 딱딱한 피르호Virchow 림프절이 발견되었어요." 그가 말했다.

"뭐라고요?"

"암이 있다는 뜻입니다."

"치료할 수 있을까요?"

"안 될 수도. 위암이 있다는 강력한 증거입니다. 어쩌면 그녀의 삶은 얼마 남지 않았을지도 모릅니다."

나는 여자들에게로 달려갔다. 외투를 입고 문 앞에서 집으로 갈 준비를 하고 있었다. 나는 수산나와 여동생 카샤를 불러 닥터 히치그와 나를 만나야 한다고 말하고는 그들을 진찰실로 밀어넣었다. 두 사람은 접이식 의자에 앉았다.

"수산나, 아무래도……." 닥터 히치그가 말했다. "당신 목에서 발견된 덩어리가 경화된 피르호 림프절인 것 같습니다."

"그 악마의 자리 말입니까?" 수산나가 말했다.

"'신호 림프절'이라는 것이죠." 닥터 히치그가 말했다.

"위암이 있다는 증후로 알고 있는데, 아닙니까?" 수산나가 말했다.

"그래요. 그래서 걱정입니다."

"독일 의사의 이름을 딴 것이니 아주 나쁘겠죠." 수산나가 쓸쓸한 미소를 지으며 말했다. 하지만 눈은 반짝였다.

"확실합니까?" 카샤가 물었다.

"좀 더 검사를 해봐야 합니다." 닥터 히치그가 말했다. "하지만 우리 의료진은 당신이 미국까지 여행하기에는 부적합한 것으로 결론 내렸습니다."

카샤가 일어섰다. "뭐라고요? 이 여행은 여기서는 할 수 없는 의학적 치료를 미국에서 받는 것이 가장 중요한 목적 아닙니까? 어떻게 우리는 데려가면서 치료가 가장 필요한 사람을 거부합니까? 제 자리에 수사나 언니를 앉혀주세요."

"이건 자리 문제가 아니에요, 카샤." 내가 말했다.

"미스 패리디, 당신은 우릴 돕는다고 말하고 있습니다. 하지만 이건 우릴 진정으로 돕는 게 아닙니다. 당신은 예쁜 핸드백을 가져와서 우리가 그걸 받아들길 바라고 있습니다."

"여러분이 좋아할 것이라 생각했어요."

"우린 여자들입니다. 미스 패리디. 래빗이라 불리길 원치 않았던 여자들입니다. 우리에 갇힌 놀란 토끼들이 아닙니다. 선물을 받을 수 없는 나라에 살고 있는 여자들입니다. 그래도 모르겠습니까? 미국산 새 핸드백? 사람들이 슬그머니 사라지는 곳에서? 폴란드 언론인 한 사람이 미국산 초콜릿을 받았다가 이후로 아무도 그의 소식을 듣지 못하게 된 곳입니다."

뺨이 달아올랐다. 내가 어쩜 그렇게 무신경했을까?

"카샤, 그러지 마." 수산나가 말했다.

"정말 돕고 싶으세요, 미스 패리디? 그럼 내 언니를 도우세요."

카샤는 닥터 히치그에게 다가갔다. "언니를 명단에 넣어주시면 비용이 얼마가 들더라도 마련하겠습니다."

"검사 후 알아보겠습니다." 닥터 히치그가 말을 시작했다.

"내 언니는 생명을 살릴 수 있는 의사입니다. 다른 사람을 돕는 일만 해왔습니다. 언니를 치료해주시면 수천 명을 치료하는 것이 됩니다."

"제 생각도 그렇습니다. 하지만 여기 의사들이 동의해야……." 닥터 히치그가 말했다.

"우린 ZBoWiD(자유와 민주주의를 위한 투사 협회)의 뜻을 거스를 수 없습니다." 내가 말했다.

"전 가겠습니다." 카샤가 말했다. "모두 우스꽝스러울 뿐입니다."

그녀가 뛰어나갔다.

"정말, 미안합니다." 내가 수산나에게 말했다.

수산나가 손을 내밀어 내 소매 위에 얹었다. "전 이해합니다, 미스 패리디."

"캐롤라인이라 불러주세요."

나는 수산나를 당겨 팔로 안았다. 이렇게 사랑스러운 여

자. 그러나 너무 야위었다. 이 여자가 심한 병에 걸렸다니 얼마나 비극인가. 울시 치료 약을 구해서 이 여자에게 사용할 수만 있다면.

마침내 헤어질 때 수산나가 내 손을 잡았다.

"제 동생 말 신경 쓰지 마세요, 캐롤라인. 카샤는 가끔씩 그렇게 날카로워지곤 합니다. 우린 지금까지 함께 많은 것들을 헤쳐왔습니다. 당신 선물에 크게 감사드립니다."

그녀는 미소 지었다.

"그리고 당신 선물을 휴대품 보관함에 놓아두시면 여자들에게 말해서 아무도 안 볼 때 가져가게 하겠습니다."

40장

카샤, 1958년

내가 미국으로 떠나기 전날, 우리의 작은 침실에는 옷들이 흩어져 있었다. 내 것도 있었지만 대부분은 빌린 옷들이었다. 피에트릭은 자신의 등을 문질렀다. 벽장에서 내 옷 가방을 꺼내고 다시 올려놓고 하느라 등에 상처가 생겼다. 내가 여섯 번이나 가방을 쌌다 풀었다 했기 때문이다. 피에트릭은 공장에서 가장 생산적인 직원으로 선정돼 상으로 라디오를 탔다. 우린 그 라디오를 켜 볼륨을 높였다. 좋아하는 가수 에디 피셔의 노래가 들렸다.

내 사랑아, 내 사랑아,

내 바지에다 너의 이름을 새겨줘…….

피에트릭이 나를 안았고, 우린 둘이서 음악에 맞춰 빙글빙글 돌았다. 다시 춤출 수 있는 것은 멋진 일이었다. 하지만 수산나 언니 없이 내가 어떻게 미국에 가 수술을 받을 수 있나?

나는 피에트릭에게서 벗어나 짐 풀기를 계속했다.

"당신은 어쩜 그렇게 바보 같아?" 그가 말했다.

"언니 없인 못 가겠어."

피에트릭이 침대에 앉았다. 옆에는 내가 열어둔 옷 가방이 있었다. 낡은 녹색의 엄마 가방.

"수산나가 당신에게 가라고 했잖아. 왜 이 기회를 포기하려는 거야?"

나도 그 비행기를 타고 싶었다. 무엇보다도 정말 원하던 일이었다. 내 다리를 정상으로 혹은 정상에 가깝게 돌릴 기회가 온 것이다. 통증에서 벗어날 수 있다는 생각만으로도 현기증이 일었다. 그리고 다 함께 치과 진료도 받게 된다. 내 이도 고칠 수 있을까? 이가 너무 안 좋아 나는 거의 웃지도 못했다. 그리고 제트기를 타고 뉴욕으로 날아가 구경하는 기분은 어떨까? 캘리포니아는 어떻게 생겼을까? 루블린 신문들은 벌써 우리를 유명인으로 만들어놓았다.

나는 옷 가방에서 아끼는 옷들을 꺼내 벽장에 다시 걸었다. "언니를 여기에 두고 떠날 수 없어."

"떠나고 나면 우린 당신이 보고 싶을 거야." 그가 말했다. "하지만 당신이 생각하지 못한 게 있어. 당신이 가기를 누구보다 원하는 사람은 바로 수산나야. 그리고 할리나 생각도 해야지. 애가 어떻게 생각할까, 우리 엄마 겁쟁이?"

태어나서 처음으로 비행기를 탄다는 생각에 배 속까지 이상해졌다. 미국에서 내 엉망인 영어 실력이 드러날 생각은 하지 말자. 또다시 받게 된 수술에 대한 생각도.

"몇 달을 떠나 있게 돼. 내가 돌아왔을 때 수산나 언니가 살아있을 거라고 누가 장담할 수 있어?"

피에트릭이 내 손을 잡았다. "내가 잘 돌볼게."

그의 손에서 사랑을 느꼈다. 나는 손을 빼내 빈 옷 가방을 잠갔다.

"내 마음은 변하지 않아." 내가 말했다.

피에트릭이 옷 가방을 들어 벽장 맨 위 선반에 올려놓았다. "당신은 당신 힘으로 할 수 없는 일도 있다는 걸 알아야 해."

"그러면 언니를 여기서 죽게 내버려두고 떠나는 것이 더 좋단 말이야? 난 그렇게 못 해."

내가 몸을 돌리자 침실 문 앞에 서있는 수산나 언니가 보였다.

"어? 언니." 언니가 들었을까?

언니가 손을 뒤로 한 채 방으로 들어왔다. "카샤, 그건 걱정 안 해도 돼."

나는 꼿꼿이 서서 가슴에 팔짱을 꼈다. "난 언니를 두고 안 갈 거야."

"난 기뻐." 언니가 말했다.

"내게 화난 게 아니란 말이지?"

언니는 미소를 보였다. "전혀."

나는 팔로 언니를 안았다. 옷을 통해 언니 등의 단단한 갈비뼈들이 느껴졌다. "좋아. 난 언니를 떠나지 않을 거니까."

"난 참 행복한 사람이다." 언니가 말했다. "내가 죽게 되더라도 네가 옆에 있어줄 테니." 언니는 주머니에서 전보 한 장을 꺼냈다. "그리고 뉴욕에 우리가 함께 있게 됐으니 이보다 더 행복할 수 있을까?"

언니가 전보를 펼쳐 읽었다. '수산나 쿠츠메릭 양의 미국 방문이 승인되었습니다. 빈 칸. 방문을 위해. 빈 칸. 바르샤바 공항에서 뉴욕 방문단에 합류하십시오. 빈 칸. 즐거운 여행이 되시길. 빈 칸. 캐롤라인 패리디. 빈 칸.'

피에트릭이 벽장으로 가 선반에서 옷 가방을 내렸고, 나와 수산나 언니는 서로 팔을 잡고 에디 피셔의 부드러운 목소리에 맞춰 빙글빙글 춤췄다.

함께해요, 함께해요, 우리 함께.

41장

카샤, 1958년 12월

우리 서른다섯 명의 폴란드 여성들은 매우 흥분된 상태로 뉴욕 아이디와드 공항에 도착했다. 오전 8시 30분이었다. 우리는 기내에서 시끄럽게 폴란드어로 떠들어댔지만, 다른 승객들이 모두 함께 즐거워해주는 것 같았다.

비행기에서 계단을 내려가자 캐롤라인이 우리를 맞았다. 아주 천천히 내려와야만 하는 동료들도 있었다. 어떤 동료들은 늘어선 휠체어들로 향했다. 캐롤라인은 기쁨을 의미하고, 우리 중에 그녀를 만나 기뻐하지 않는 사람은 없었다. 그녀는 아름다워 보였다. 네이비 정장에 프렌치 스카프를 두르고 깃털이 달린 펠트 모자를 쓴 모습이었다.

"캐롤라인은 왜 결혼을 안 했을까?" 폴란드 여자들이 물었다.

큰 키에 늘씬하고 예쁜 데다, 여왕처럼 당당한 풍모까지.

폴란드에서라면 캐롤라인 앞에 매일 구혼자들이 줄을 이룰 터였다.

입국 절차를 마치자 기자들과 적십자사 요원들 그리고 캐롤라인의 친구들이 몰려들어 우리를 에워쌌다. 계속해서 터지는 카메라 플래시들!

"미국에 오시니 감회가 어떻습니까?" 한 기자가 마이크로 내 얼굴을 가리키면서 물었다.

"기내식으로 추정해보자면 멋진 여행이 될 것 같군요." 내가 말하자 모두 웃음을 터트렸다.

"폴란드 여인들, 환영합니다." 캐롤라인이 한 손으로 수산나 언니의 허리를 감으며 말했다. "먼 곳에서 날아온 올리브 가지." 평화의 상징이다.

한 장소에서 그렇게 많은 사람들 얼굴이 한결같이 미소 짓는 모습을 본 적 있는가?

우리는 여러 도시들로 흩어져 가게 되어 있었다. 수산나 언니와 나는 마운트시나이 병원에서 치료받기 위해 뉴욕 캐롤라인 집에 머물렀다. 다른 이들은 재건 수술을 위해 디트로이트와 보스턴으로 갔으며, 클리블랜드에서 심장 수술을 받게 될 여자들도 있었다. 두 사람은 아직 폐가 좋지 않아 세계 최고의 결핵 치료를 위해 덴버 국립 유대인병원에 갔다.

언니와 나는 볼거리가 많은 뉴욕에 머물게 되어 좋았다.

캐롤라인이 우리를 싣고 이곳저곳을 구경시켜주었다. 앞 좌석에는 수산나 언니가 앉았다. 캐롤라인은 언니와 떨어 질 줄 몰랐다. 갑자기 친한 친구가 된 것 같았다.

"아가씨들, 여기가 센트럴파크. 세상에서 제일 아름다운 공원이죠."

"폴란드에도 아름다운 공원들이 있어요." 내가 말했다.

우린 세계에서 유일한 도시인 양 뉴욕에 대해 떠들었다.

우린 5번가를 지났다. 수백 대의 차량이 거리를 메우고 있었으며 그중에는 한 명만 탄 경우도 많았다. 저런 낭비를! 어떻게 저런 것을 내버려둘 수 있을까?

마운트시나이 병원에서 첫날은 피 검사를 비롯해 온갖 검사를 받느라 바빴다. 규모가 폴란드에서 제일 큰 병원의 열 배나 될 정도로 복잡한 구조를 가진 병원이었다. 어떤 곳 에 가려면 시간이 많이 걸렸는데, 아픈 다리 때문에 자주 쉬 어야 했다. 캐롤라인이 만나는 사람들마다 우릴 소개시키 느라 멈추기도 했다.

"이 아가씨들은 멀리 폴란드에서 여기까지 치료받으러 오신 분들입니다." 그녀는 이렇게 말하곤 했다.

사람들은 친절했지만 우리를 불쌍하게 보았다. 캐롤라 인 나름으로 우리를 소개하는 방식이었지만 그 때문에 사 람들에게 섞여들기가 더 어려웠다.

병원 현관 유리문은 마술처럼 양쪽으로 열렸다. 캐롤라

인과 수산나 언니가 앞장서서 의사를 만나러 갔다. 언니는 신중하게 작은 것들도 놓치지 않고 보았다.

"건물이 너무 커서 믿기지 않을 정도야."

캐롤라인이 걸으면서 돌아보았다. "6층, 모두가 예술의 경지지."

"이렇게 큰 장소에서 환자를 어떻게 알아볼 수 있을까?" 내가 물었다.

언니가 나와 함께 걷기 위해 뒤로 왔다. "이것이 의학의 미래야. 재활 병동을 빨리 보고 싶다."

"집에서도 재활할 수 있어." 내가 말했다.

"뭐? 줄넘기 한 개와 아령 두 개로? 여기는 커다란 水치료실도 있어. 그런 치료를 받으면 좋아질 사람들이 많을 거야."

우린 병원 가운으로 갈아입었고, 간호사가 내 팔목에 종이 팔찌를 붙여주었다.

X선을 찍으러 가니 보관함이 있었지만 지갑과 옷은 내가 들었다.

"장비들이 정말 엄청나지?" 언니가 말했다.

나는 가운 위에 얇은 덮개를 걸쳤다. "우리나라에서도 이렇게 하잖아. 크게 다를 건 없는 것 같은데."

우리는 슬리퍼를 신고 의사 진료실로 들어갔다.

"소지품은 제가 보관해드리겠습니다." 진료실 간호사가

말했다. 주홍색 간호사 캡을 쓴 큰 키의 여자였다.

그녀는 내 팔에서 옷과 지갑을 받아들려고 했지만 나는 놓지 않았다. "고맙지만 내가 가지고 있겠습니다."

간호사는 내가 진찰대에 올라가도록 발판을 놓아주었다. 앉으니 엉덩이 밑의 종이가 쭈그러졌다. 하워드 러스크 박사는 친절한 얼굴에 흰머리가 듬성듬성하게 보이는 잘생긴 남자였다. 그는 손바닥에 딱 들어가는 작은 금속 상자를 들었다.

"이 장치에다 제가 기록해도 되겠습니까? 그러면 시간이 절약됩니다."

의사가 환자에게 허락을 구해? 이건 달랐다.

나는 고개를 끄덕였고, 러스크 박사가 상자에 대고 말했다.

"바코스키 여사. 43세 독일계 폴란드 백인 여성. 1942년 독일 휘르텐베르그의 라벤스브뤼크 수용소에서 수술로 인해 왼쪽 종아리 근육 기능 감퇴, 이물질 삽입에 의한 합병증 발생."

그는 내 X선 사진을 뷰박스에 걸고 불을 켰다.

수산나 언니가 나를 보고 입을 벌렸다. 진찰실마다 뷰박스가 있었다. 우리나라에는 각 병원에 한 대 정도 있었다.

X선 사진 속의 내 종아리에는 뭔가가 잔뜩 끼어 있었다. 그렇게 상세히 보이니 아주 이상했다! 나는 X선을 여러 번

촬영했지만 그만큼 선명한 사진을 본 적은 없었다. 라벤스브뤼크 수술실이 생생히 떠올랐다. 닥터 게브하르트, 닥터 외버호이저. 의사가 다른 사진을 뷰박스에 걸자 몸에서 땀이 나기 시작했다.

"경골이 6센티미터 줄어서 절룩거리게 된 것입니다. 신경종들이 여러 곳에 생겨서 통증을 일으킵니다. 치료는 이렇게 하게 됩니다. 이물질과 신경종들을 제거해서 혈액 순환이 좋아지면 통증이 줄어들 겁니다. 그리고 복원을 위한 성형 수술을 할 것입니다. 필요하면 진통제를 쓰고 다리에 보조기도 맞춥니다. 그리고 수술 후에는 심리 상담도 받을 것입니다."

"바코스키 부인, 더 궁금한 것이 있습니까?"

"수술 후에도 통증이 계속될까요?"

"백 퍼센트라고 말할 수는 없습니다. 통증이 약간 남을 수는 있지만, 크게 줄어들 것입니다. 걸음걸이도 많이 좋아집니다."

"네, 됐습니다. 선생님, 고맙습니다." 나는 진찰대를 내려왔다. 그 방과 걸려있는 X선 사진으로부터 벗어나고 싶었다.

"수술 후에는 심리 상담을 받게 될 것입니다."

"선생님, 전 안 미쳤습니다."

"원래 그렇게 합니다. 히로시마 여성들은 상담으로 많은 도움을 얻었다고 합니다." 의사는 수산나 언니가 진찰대에 오르도록 도왔다. "부인은 오늘 밤 여기서 보내야 하겠습니다. 내일 아침에 시작할 예정이니까요. 여기서 기다리시거나 휴게실로 가셔도 됩니다."

"내일 수술 받게 됩니까?" 내가 물었다.

"빨리 할수록 회복도 빠릅니다."

회복? 라벤스브뤼크 의무동의 회복실이 떠올랐다. 또 수술을 받아야 하나?

러스크 박사는 수산나 언니 쪽을 향했다. 진찰실을 나오자 공포가 몰려들었다. 수술이 아프진 않을까? 며칠 동안이나 깁스를 할까?

내 옷으로 갈아입고 복잡한 복도 통로를 지나 마술 같은 문을 나왔다. 또 수술 받을 순 없어. 절뚝거리면 어때. 이 정도만 해도 고마운 일이다.

42장

카샤, 1958년

거리로 나온 다음, 나는 병원 밴드를 풀어 쓰레기통에 던져 넣었다. 뉴욕의 거리는 사람들로 붐벼서 걸어도 눈에 띄지 않아 좋았다.

횡단보도 신호등에 붉은 불이 켜졌다. 건너지 마시오. 나는 인도에 멈춰섰지만 다른 사람들은 신호를 무시하고 도로를 건넜다.

나는 다리가 아플 때까지 걸었다. 상점에 진열된 모자를 한참 보고 나서 마운트시나이 병원 대기실로 돌아왔다. 앉아서 잡지를 뒤적였다. 내가 병원을 찾을 때마다 하는 행동으로, 특히 미국 잡지를 즐겨보았다. 이번에는 <새터데이 리뷰>를 펼쳐보았다. 극장에서 상영 중인 새 영화 <안네 프랑크의 일기> 광고에서 멈추었다. 농부 치마를 입은 예쁜 여배우가 다리를 꼬고 앉아서 미소를 짓고 있었다. 실제 안

네 프랑크를 미국인들은 이렇게 생각하는구나.

그러고는 잠깐 기사 한 토막을 읽었다. 노먼 커즌스가 쓴 '라팽들이 오고 있다'는 제목의 글이었다. 토끼, 라팽Lapin. 토끼라는 뜻의 프랑스어 라팽은 래빗보다 얼마나 예쁜가!

"카샤, 어디 갔었어요?" 캐롤라인이 물었다. "갑자기 없어져 찾아다녔잖아요."

"바람 좀 쐬고 왔습니다. 이제 가면 됩니까?"

"가다뇨?" 캐롤라인은 놀란 표정이었다. "접수하려고 당신을 기다리고 있었는데. 이름표 어떻게 했어요?"

"난 하고 싶지 않아요……."

"지금 당신이 어떤 진료를 받는지 아세요? 러스크 박사는 미국 최고 외과 의사입니다." 그녀가 말할 때 모자의 깃털이 흔들렸다.

"아무도 내가 이걸 원하는지 물어보지 않았습니다." 내가 말했다.

캐롤라인의 뺨이 붉게 변했다. "우리가 애써 쌓아온 탑을 무너뜨리려 하는 건가요? 지금도 당신은 너무 늦었어요."

수산나 언니가 내 팔을 잡았다. 손에 힘이 들어가 있었다. "제가 카샤와 둘이서 이야기 좀 해보겠습니다."

언니가 나를 구석으로 끌고 갔다.

"너, 미쳤어?"

"또다시 수술을 받지는 못하겠어."

"네가 힘들다는 건 알아. 하지만 이런 기회는 다시 없어."

"생각 좀 해보고."

"안 돼, 카샤. 지금 아니면 끝이야."

"또 깁스 할 생각…… 내가 잠들고 나면 그들이 무슨 짓을 할지 어떻게 알아?"

"깁스는 안 해. 내가 물어봤어. 그리고 내가 그곳에 함께 들어가서 직접 볼 생각이야."

"내 옆에 서 있을 거야?"

"그들이 허락한다면 나도 수술복을 입으려 해. 내가 전부 지켜보는데 누가 널 해치겠니? 하긴, 내가 해칠 수는 있겠다. 네가 수술을 받지 않겠다면."

수술 후 깨어나서는 라벤스브뤼크 의무동에 다시 왔다는 착각에 심장 박동이 갑자기 빨라졌다. 하지만 내 다리가 깨끗한 붕대에 감겨 있는 것을 느끼자 여기가 어디인지 기억났다. 안도감이 온몸에 퍼졌다. 무엇보다도 통증이 거의 없었다. 정맥주사로 모르핀을 맞았다. 주사 바늘에 찔리는 아픔도 없었다! 얼마 지나지 않아 나는 부드러운 음식을 먹을 수 있었다. 커피도 마셨다. 침대에는 혼자서도 형태를 조절하도록 여섯 개 버튼이 달렸고 내 전담 간호사 다트도 있었다. 다트는 맨해튼에 가까운 롱아일랜드 출신으로, 검은 줄이 그어진 흰색 캡을 썼는데 마운트시나이에서 훈련받았음을 나타내는 상징이었다. 고향에서 내가 쓰던 캡과 다르지 않았다.

다음날 오후 나는 처음으로 간호사 두 명에게 몸을 기대어 걸음을 걸었다. 걸을 때마다 종아리에 생기던 통증이 없었다. 세상을 다 얻은 느낌이었다.

다트 간호사가 식사를 가져오자, 나는 계속 재잘거렸다.

"나는 이제부터 어디든 걸어갈 거예요. 남편이랑 춤도 다시 추고."

다트가 내 식판을 치웠다. 루블린에서는 간호조무사가 하는 일이었다. "깨끗이 비우셨네요."

그랬다. 나는 뭐든 다 먹었다.

"카샤 님은 오늘 크래츠니 선생님을 만나게 되는데, 얘기해보면 도움이 될 겁니다."

나는 식판에서 소금 봉지를 집어 주머니에 챙겨 넣었다.

"정신과 의사 말이에요? 전 필요 없습니다."

내가 미쳤다는 보고서로 인해 루블린으로 가면 주위 사람들이 다 떠나버릴 것이었다.

"걸으실 필요 없습니다. 휠체어를 이용하세요." 다트가 껌을 씹고 있었던가? 그래도 되나? "크래츠니 선생님의 인형처럼 한 시간 동안 앉아서 내 문제를 얘기해야 하는 건가요?"

수간호사가 문 앞에 왔다. "다트 간호사, 당신 휠체어는 여기 있어. 다른 사람이 가져가기 전에 잘 챙겨야지."

"일 분만 가지고 있어주세요." 다트가 말했다. 수간호사에게 말대꾸를? 다트는 외상 병동에 오래 있지 못하고 돌아가게 될 것 같다. "그래서 치료를 거부하시는 건가요? 진정하고 기다려보세요. 생각과는 다를 겁니다."

"신경 써주셔서 감사합니다." 내가 말했다. 미국인들이 원치 않는 조언을 받고 이를 거부할 때 하는 말이었다.

다트가 모든 기록이 비밀로 취급되고 폴란드로는 보내지 않는다고 해서 나는 크래츠니 선생님을 만나기로 했다. 비밀이 지켜질지 의심스러웠지만 거절하는 것이 더 나쁠 것 같았다.

진료실은 깨끗했지만 비좁아 마음이 편해지지 않았다. 작은 창문이 한 개 있었고 그 바깥에서는 눈송이가 춤을 추었다. 나는 의사가 젊은 여자여서 놀랐다. 끝이 말려올라간 귀여운 모양의 검은 안경을 꼈다. 벽에 걸린 학위증은 새것처럼 보였다. 학교를 갓 졸업했겠지. 경험이 없어서, 멀쩡한 내게 정신병이 있다고 쓰는 것은 아닐까? 나는 침착해야만 했다.

도우미가 날 밀고 들어갈 때, 그녀는 날 쳐다보지도 않았다. "늦었군요. 시간이 벌써 절반이나 지났습니다."

"잘못 들어온 것 같습니다." 내가 말했다.

"가시고 싶으면 가셔도 됩니다."

이 병원에는 더 좋은 의사가 없는 것일까? "선생님은 너무 젊어서……."

의사는 펜을 책상 위에 놓았다. "우린 지금 나에 대해 이야기하려 여기 있는 게 아닌데요."

내가 휠체어 고무 타이어를 뒤로 당겼지만, 도우미가 브레이크를 잠가놓았다.

"저는 가겠습니다." 내가 말했다.

의사는 자기 의자 깊숙이 기대았다. "이 나라는 선택의 자유가 있습니다."

나는 검지손가락으로 다른 손가락을 눌렀다. "무엇보다도 전 정신적으로 불안하지 않습니다."

"난 정신과 의사입니다. 이야기를 하려고 여기 있는 거예요."

내가 이 사람에게 치즈 샌드위치 이야기를 할 수 있을까?

"폴란드에도 정신과 의사가 있습니다." 내가 말했다.

"폴란드 국민 오천 명당 한 명이라고 들었습니다. 진료 받기 쉽지 않겠죠."

"독일군이 그들을 모두 죽이지 않았다면 쉬웠을 것입니다."

의사는 내 차트를 집었다. "여기에는 당신이 잠자는 데 어려움을 겪는다고…….”

“의사인 내 언니가 그 말을 했나보군요.”

“그리고 좁은 공간에서는 숨 쉬기 어렵다고 되어 있습니다. 밀실 공포증이라 부르는 성인기에 발생하는 공황 장애의 일종이죠.”

“저도 간호사라, 병명은 압니다.”

“그러면 그런 증상이 나타날 때 멈추는 방법도 아세요? 잘 듣던가요?” 그녀는 나를 주시했다. “당신은 수용소에 갇혀 있었습니다.”

“내 차트에 기록이 있겠죠.”

“라벤스브뤼크. 여성 전용?”

“맞습니다.”

“고문을 당했고?”

“매일이 고문이었습니다.”

의사와 나 사이가 이어지기 시작했다.

“나를 불쌍하게 생각할 필요는 없습니다.”

의사는 의자에서 몸을 세웠다. “압니다.”

그녀는 차트를 보았다.

“부인의 어머니가…….” 그녀가 말했다.

나는 심호흡을 했다. “엄마가 내게 치즈 샌드위치를 가져다주려다 나와 함께 체포되었습니다.”

“그게 부인 잘못이라 생각하지 않았으면 합니다.”

나는 내 손톱을 살폈다. 물론 내 잘못이었다.

"엄마가 함께 돌아오지 않았나요? 수용소에서?"

"엄마는 사라졌습니다. 무슨 일이 일어났는지 저는 알지 못합니다."

"어떻게 생각하세요?"

"모르겠습니다."

"짐작이라도?"

눈발이 창틀에 작은 회오리를 이루었다.

"그곳에서 일이 벌어졌습니다." 내가 말했다.

"좀 더 자세히? 어떤 일이."

나는 이마의 머리칼을 뒤로 빗어 넘겼다. "엄마가 사라졌습니다. 의사 보조 일을 하고 있던 중에."

"의사 짓인가요?"

"그건 모릅니다."

"짐작 가는 것은 없습니까?"

"그곳은 보통 장소가 아니었습니다. 선생님은 이해할 수 없습니다." 눈이 창틀에 달라붙으며 우리를 실내에 가두었다. 숨쉬기가 어려웠지만 발작이 나타날 상황은 아니었다. "그 의사의 동료들은 대부분 사형당했지만 그 의사는 감옥에 있습니다."

"그래서 어떤 느낌이 드세요?"

"잘됐어요. 아주 오래 그곳에 갇혀 있어야 합니다."

"그러면 언제 감옥에서 나오나요?"

"1967년 전에. 그때는 내가 나설 것입니다."

"그 의사도 사형당했으면 하나요?"

"아닙니다."

의사는 눈썹을 올리며 나를 쳐다보았다. "왜 아닙니까?"

"그 의사는 내 엄마에게 무슨 일이 생겼는지 알고 있습니다."

"엄마와 부인은 사이가 어땠어요? 엄마를 사랑했나요?"

"물론입니다. 엄마는 나를 제일 좋아했습니다. 그런데 그게 무슨 상관이 있는지?" 나는 눈물이 흐르지 않도록 내 손을 꼬집었다.

의사가 머리를 흔들었다. "확실하진 않지만……."

"무슨 짐작이라도, 선생님?"

의사는 안경을 벗어 안경알을 닦았다.

"해결되지 않은 의문이 정신을 파괴할 수도 있습니다. 적개심을 낳고, 관계를 황폐화시키죠." 그녀는 안경을 다시 끼고 나를 한참 동안 바라보았다. "나는 내 환자에게 아무 조언도 하지 않는 경우가 종종 있어요, 바코스키 부인."

"제게도 그러실 필요 없습니다."

"그렇지만 부인은 운 좋게 살아남았습니다."

"운 좋게?" 내 손에 땀이 배었다. "그런 말은."

"부인은 고통을 당하셨지만, 지금은 여기에 계시죠."

"어떤 때는 내가 죽었더라면 싶습니다. 선생님은 그곳에서 어떤 일이 일어났는지 모릅니다."

"부인은 엄마를 잃은 아픔에 갇혀 있어요. 무엇보다도, 부인은 자신이 엄마를 버리고 떠났다고 생각합니다. 그렇지 않나요? 그 생각을 버려야 합니다. 엄마와의 마지막 시간에 집착하면 안 돼요."

나는 창문 쪽으로 얼굴을 돌렸다.

"부인에게는 해야 할 일이 많다는 것을 잘 압니다. 그래도 시작해야 해요. 그것이 바로 좋아지는 비결입니다." 의사는 서류를 모아 책상 위에 가지런히 했다.

"간호사!" 의사가 불렀다. "바코스키 부인을 병실로 모시고 가세요."

"혼자 할 수 있습니다." 내가 말했다.

의사가 몸을 내 가까이로 기울였다.

"바코스키 부인, 부인이 가진 분노의 가장 깊은 곳까지 도달하기 전에는 발전이 없을 거예요. 사람들이 부인에게 보이는 동정심을 받아들이세요. 부인에겐 여러모로 도움이 필요합니다."

캐롤라인은 우리를 자신의 시골집에도 데려갔다. '더 헤이'라 불리는 곳으로, 뉴욕 북쪽 코네티컷 베들레헴에 있었다. 크리스마스를 그곳에서 보내기로 했다. 잉글랜드에서 그녀 아버지 가족의 소유지 이름을 따서 아버지가 '더 헤이'라 불렀다는 이야기를 들려줄 때, 그녀의 눈에는 눈물이 고였다. 그녀는 공기가 맑은 북쪽이라 회복에 도움이 될 것이라 했고, 나는 조금씩 걸어보면서 그 말을 금방 실감하게 되었다. 나와 수산나 언니는 모두 캐롤라인의 고향에서 몸이 훨씬 좋아지는 것을 느꼈다. 캐롤라인의 어머니 패리디여사도 큰 도움을 주었는데 그녀는 수산나 언니와 나를 여왕처럼 대해주었다. 폴란드 민속 의상 차림으로 우리를 현관에서 처음 맞이할 때부터 우리가 캘리포니아로 떠날 때까지 지나칠 정도로 우리에게 관심을 보였다. 폴란드어도 제법 익혀서 우리가 고향에 온 듯한 느낌이 들게 했다.

다시 정상적인 사람처럼 걸을 수 있게 되다니, 이보다 더 좋을 순 없었다. 우린 패리디 여사가 빌려준 모피 코트를 입고 농장 주위를 팔짱을 끼고 걸었다. 건초 냄새가 달콤한 헛간에 높은 창을 통해 햇살이 들어왔다. 캐롤라인이 어릴 때 이용했던 장난감 집은 본체의 축소판으로 실제 작동하는 스토브까지 갖추고 있었다.

그러나 이렇게 특별 대우를 받아도 향수병은 어쩔 수 없었다. 폴란드와 피에트릭 그리고 할리나가 그리웠다. 캐롤라인이 수산나 언니를 좋아해서 언니와 함께 차를 마시기 위해 매일 아침 일찍 일어나는 것을 말릴 수 없었다. 그 둘은 주방 탁자에 앉아 머리를 맞대고 여러 많은 이야기를 나누었고, 사사로운 농담까지 하며 웃곤 했다. 사람들이 다 언니를 좋아하는 것은 이해할 수 있었다. 패리디가 고마웠지만 나는 언니가 그만 제자리로 돌아왔으면 했다.

나는 모든 일에 감사하려 했다. 베들레헴은 크리스마스를 보내기에 적당한 장소였다. 캐롤라인은 우릴 여러 곳에 데리고 갔다. 메릴 형제 청과물점이라는 작은 가게에도 갔다. 그곳에는 없는 게 없었다. 겨울인데도 멜론과 완두콩을 판매하고 있었다. 리자이나 라우디 성당 미사에서 들었던 은둔 수녀님들의 성가 합창은 아름답기 그지없었다. 운전 기사가 휴가였던 어느 일요일은 캐롤라인이 직접 운전을 해 미사에 갔다. 러시아인 요리사 세르게를 포함해 우리 모두가 타고도 남는 길고 큰 자동차였다. 캐롤라인은 앞을 주시하면서 핸들을 너무 세게 잡았는데 나는 핸들이 부러질까 걱정을 하기도 했다. 나중에 패리디 여사에게 들은 이야기로는 캐롤라인이 그 자동차를 타고 갈 때면 언제나 시내 사람들이 길에서 비켜준다고.

그렇지만 나는 집에 있을 때가 가장 좋았다. 더 헤이는 내가 본 가장 아름다운 곳으로, 방이 여러 개 있어 열 명의 식구가 살기에 충분했다. 가구들은 모두 매우 오래되었지만 멋있었다. 거실 커튼은 패리디 여사가 직접 정교하게 수놓아 만든 것이었다. 뒷마당의 헛간에는 말이 세 마리, 럭키라는 이름의 잘생긴 독일산 셰퍼드 한 마리(나와 수산나 언니는 처음에 이 개를 무서워하다가 나중에는 매우 가까운 사이가 되었다), 여러 마리의 양과 닭, 그리고 캐롤라인을 졸졸 따라다니는 돼지 한 마리가 있었다. 캐롤라인은 돼지에게 불어로 말했다.

"체리, 이리 와"라고 말하면 뒤뚱거리며 그녀를 따라갔다.

그 돼지는 캐롤라인을 따라 집 안으로 들어가기도 했다. 힘들게 현관 계단을 올라가 그녀의 침실까지 따라갔다.

캐롤라인은 코네티컷에서는 전혀 다른 류의 사람이었다. 청바지에 헌팅캡 차림으로 동물 우리를 직접 청소했으며, 아버지 엽총을 들고 지붕에 올라가 토끼들을 쏘기도 했다. 그해 농사지은 상추를 먹어치운 토끼라고 했다. 그녀의 비혼에 대한 해답이 여기에 있었다.

피에트릭과 할리나를 지구 반대편에 둔 채로 보내야 하는 크리스마스는 힘들었다. 물론 우린 편지를 주고받았다. 피에트릭은 내가 좋아하는 과자들과 할리나가 연필로 스케치한 아빠와 마르타 그림을 크리스마스 선물로 보내왔다. 그래도 난 여전히 눈물을 참지 못했다.

덕분에 수산나 언니와 계속 가까이 있을 수 있었다. 언니는 나처럼 교정 수술을 할 필요가 없었지만 화학 요법 치료를 받느라 고생이었다. 언니는 여전히 몸이 약했기에 크리스마스 날 거실에서 캐롤라인은 우리를 바로 옆자리에 앉게 했다. 화덕 가까이 따뜻한 곳이었다. 나는 휠체어에, 언니는 캐롤라인 아버지 의자에. 그 집에서 나는 이곳을 제일 좋아했는데, 정원과 잘 손질된 회양목 길이 겨울에도 아름답게 내다보였기 때문이다.

우리는 화덕 근처에 앉아 구석에 놓인 크리스마스트리를 바라보았다. 트리 맨 위의 천사 인형이 천장에 닿았다. 트리 아래에는 캐롤라인이 우리를 위해 준비한 선물이 있어 모두 놀랐다. 수산나 언니에게는 버그도프 굿맨 백화점에서 부러워했던 향수, 내게는 빈센트 필이 쓴 『긍정적 생각의 힘』이라는 책이었다. 나는 캐롤라인에게 선물할 생각을 하지 못했지만 수산나 언니는 캐롤라인과 패리디 여사를 위해 집과 동물들 모양을 종이로 오려붙인 선물을 준비했다. 말과 돼지, 닭, 그리고 고양이들. 개 럭키와 아프리카 회색앵무까지. 수산나 언니는 그 선물이 우리 두 사람이 함께한 작품이라고 말했다. 하지만 누가 만들었는지는 쉽게 알 수 있었다.

패리디 여사는 세르게에게 만찬용으로 폴란드 전통 요리 열두 접시를 준비하게 했다. 우린 맛있다는 감탄사를 말할 때 외에는 쉬지 않고 먹었다. 만찬 후에 패리디 여사는 내 휠체어를 밀고 집 뒤의 커다란 옛 주방으로 데려갔다. 그 집에서 내가 두 번째로 좋아하는 공간이었다. 바닥에는 희고 검은 타일이 깔렸고 흰 도자기 싱크는 성인이 들어가 목욕할 수 있을 정도로 컸다.

나는 캐롤라인, 패리디 여사와 주방 탁자에 앉아서 수산나 언니가 세르게와 함께 설거지하는 모습을 지켜보았다. 언니는 아직 몸이 약했지만 굳이 설거지를 하겠다고 나섰다. 암 치료로 머리카락이 다 빠져서 완전히 대머리였다. 수용소에서 우리 모습도 그랬었다. 언니는 젖 짜는 여인처럼 머리에 캐롤라인의 프렌치 스카프를 둘렀다. 세르게는 저녁을 먹은 후에도 밤새 언니 옆에 바짝 붙어 있었다. 나는 그 둘이 친구 이상이 된 것을 눈치챘다. 동트기 직전에 언니가 세르게 방에서 나와 우리 침실로 기어드는 모습도 보았었다. 하지만 그 사실은 나로 하여금 눈물이 나게 했다. 어떻게 친언니인데 그렇게까지 비밀로 할 수 있지?

캐롤라인은 있던 커피를 모두 우리에게 주었다. 엄마가 계셨더라면 얼마나 좋아하셨을까? 커피 하나만으로도! 패리디 여사는 내가 좋아하는 피그 뉴턴 과자 새 상자를 열었다. 그리고 각자의 잔에 오렌지색 술도 채워주었다.

"수산나 혈액 검사 결과는 어떻게 나왔지?" 그녀가 물었다.

"더 좋아진 것 같아요." 캐롤라인이 대답했다. "의사들은 낙관적으로 보더군요."

"참 잘됐다. 그렇지만 좀 더 치료해야 되는 것 알지, 수산나?" 패리디 여사가 말했다.

수산나 언니가 웃으며 말했다. "그러면 제가 여기에 아주 눌러앉을 수 있겠네요."

언니 뒤에서 세르게가 미소 지었다. 누가 봐도 둘이 연인 관계라는 것을 알 수 있었다. 러시아인? 러시아인 중에서도 호감 가는 얼굴이지만 아빠가 뭐라 하실까?

"캘리포니아에 가자." 내가 말했다. "내 눈으로 직접 스타들을 보고 싶어. 로데오 드라이브가 스타들로 꽉 찬다고 해."

"그래, 거기 가서 캘리포니아 사람들을 실컷 봐." 패리디 여사가 말했다. "치아가 참 예쁘네, 카샤."

나는 웃으며 송곳니 위로 혀를 굴려보았다. 썩어서 뺀 자리에 새로 해넣은 치아였다. 피에트릭은 내 미소를 보고 어떻게 생각할까?

나는 피그 뉴턴을 반쯤 베어 먹고는 브랜디를 원샷으로 마셨다. 고향에서 보드카를 마실 때 그랬듯이.

캐롤라인은 크림 냄새를 맡고는 커피에 약간 넣었다. "로스앤젤레스에는 스타들 외에 다른 볼거리들도 많아요. 브레아 타르 연못도 그중 하나지."

"타르에 빠질 사람은 누구?" 패리디 여사가 말했다. "정말 무서워. 가서 모두 골려줘야지."

다행히 패리디 여사는 몸이 크게 나쁘지 않아서, 우리와 함께 캘리포니아에 갈 수 있었다. 여사는 브랜디를 가져와서 다시 잔에 채우기 시작했다.

캐롤라인이 여사로부터 술병을 받았다. "엄마, 이분들에게 술을 더 권하면 안 돼요."

"아무리 그래도 크리스마스인데."

"카샤는 이미 너무 많이 마셨어요. 아직 회복 중이잖아요, 엄마."

"브랜디 약간이 뭐 문제 되겠니. 울시는 브랜디를 아기 잇몸에 발라주기도 했는데."

캐롤라인이 일어서더니 테이블의 술병을 들고 주방 조리대로 가져가버렸다. 패리디 여사는 나를 보고 웃으며 눈을 끔뻑였다. 이런 어머니를 둔 캐롤라인은 얼마나 행복할까!

수산나 언니와 세르게는 이런 것을 전혀 알지 못했다. 두 사람은 함께 설거지하면서, 거품 묻은 손가락으로 서로를 찔러대고 웃느라 바빴기 때문이었다.

캐롤라인이 커피잔으로 건배했다. "모두에게 메리 크리스마스를."

"베쏠리히 스비야트." 패리디 여사와 내가 빈 잔으로 건배하며 말했다.

메리 크리스마스.

43장

카샤, 1959년

이듬해 봄, 우리는 각자 머물던 도시를 떠나 샌프란시스코 국제공항에서 다시 만났다. 그때까지 우린 몇 달 동안 객지에 있었기에 모두 고향이 그리웠지만 샌프란시스코에서 보낸 시간들은 행복했다. 야니나도 멀리 프랑스에서 날아와 우리와 합류했다. 그녀는 프랑스에서 애니스의 도움으로 회복되어 파리의 미용학교에 다녔다. 덕분에 우리의 헤어스타일도 많이 좋아졌다. 공기는 상큼하고 깨끗했으며, 우리 중 추운 뉴잉글랜드에서 겨울을 보낸 이들에게 햇살은 특히 좋았다.

샌프란시스코도 훌륭했지만 로스앤젤레스는 서부 해안에서 최고였다. 버스 안에서는 여자들의 수다가 끊이지 않았다. 가장 먼저 어디에 갈까? 그라우만의 중국 극장? 로데오 드라이브? 무엇보다 내가 걸을 수 있다는 것이 가장 좋았다. 평범한 사람들처럼. 통증이 약간 남긴 했지만 절룩거릴 정도는 아니었다. 그리고 성형 수술로 종아리가 매끈하게 되어 좀 더 건강해 보였다. 러스크 선생님이 진통제를 처방해주긴 했지만 나는 하루 종일 로데오 드라이브를 걸어다닐 수 있었다.

이야기로만 수없이 들었던 디즈니랜드도 구경했다. 우리 서른여섯 명은 에어컨이 장착된 버스를 타고 다녔으며, 캐롤라인은 할리우드 영화감독처럼 8밀리미터 카메라로 우리 모습을 필름에 담았다. 그녀는 기타도 가져와서 점심 식사 때 연주했다. 하지만 우린 식사보다 구경에 바빴다. 프론티어랜드가 특히 재미있었다. 톰 소여 섬에서 뗏목도 탔다. 수산나 언니는 아기 돼지 삼 형제에게 반했다. 어떻게 보면 불쌍할 수 있는 이 세 영혼들에게는 두툼한 사람 옷을 꽉 끼게 입혔고 종이 뭉치로 만든 머리에 그려둔 괄호 모양 눈썹은 놀란 표정을 짓고 있었다. 언니는 이 모습에 감동받은 것 같았다. 수산나 언니가 그런 모습을 보이자 캐롤라인은 이 털 없는 비만 돼지들과 함께한 수산나 언니의 스냅 사진을 수없이 찍어댔다.

캐시 서커스 기차에서는 긴장되었다. 공원 둘레를 한 바퀴 돌아가는 기차였고 특별히 무섭게 생기진 않았지만, 잊히지 않는 기적 소리가 하루 종일 우리를 따라다녔다. 우리가 탈 차례가 되었을 때 수산나 언니는 기차에 타지 못했다.

라벤스브뤼크로 우리를 실어갔던 그 기차를 잊기 어려웠던 것이다.

캘리포니아를 떠나 미국을 횡단해 돌아오면서 그랜드 캐니언과 라스베이거스도 구경했다. 수산나 언니는 슬롯머신이 번쩍거리며 동전을 쏟아내기 시작하자 자신이 기계를 망가뜨린 것으로 생각했다. 워싱턴D.C.로 가서 의회 특별위원회에 소개되었을 때는 우리가 마치 스타인 것처럼 느껴졌다.

뉴욕에 다시 돌아와서는 마지막 주를 각자 다른 가족들 집에 머물기 위해 흩어졌다. 수산나 언니와 나는 계속해서 캐롤라인의 손님으로 남았지만 이번에는 뉴욕 시내의 아파트였다. 캐롤라인은 내 언니를 마치 자기 딸인 양 끔찍이 아껴서 잠옷과 슬리퍼도 새로 사줄 정도였다. 의사로부터 수산나 언니의 암이 사라진 상태라는 말을 듣자, 캐롤라인은 축하의 의미로 우리 둘에게 버그도프 굿맨 백화점에서 새 옷을 사 주었다. 그렇게 좋아하는 캐롤라인을 보면 수산나 언니에게는 엄마 이상이었다.

먹는 것으로 보면 언니의 회복 속도는 놀랄 만큼 빨랐다. 그건 맨해튼이 언니가 그리던 꿈의 장소였기 때문일 수도 있었고, 캐롤라인의 러시아인 요리사가 수산나 언니의 몸을 폴란드 요리로 채워넣었기 때문일지도 모른다.

자동 판매식 식당 때문일지도.

"내가 죽는다면 여기서 죽고 싶어." 수산나 언니가 흰 중국식 컵을 커피메이커 아래 놓으며 말했다. 검은색 커피가 컵 속으로 흘러들었다. 향기로웠다.

뉴욕이 우리에게 오즈의 나라라면 자동 판매식 식당은 에메랄드 도시였다. 식당 안은 외투를 벗어도 될 정도로 따뜻했고, 마술처럼 음식이 나타났다. 한 무리 여인들이 유리 부스 안에서 종이돈을 동전으로 바꾸고 있었다. 좋아하는 음식 옆의 투입구에 동전을 넣으면 작은 문이 열렸다. 요리된 닭이나 사과 파이, 갈색으로 달콤하게 구운 콩. 음식 종류가 사백 개가 넘었다! 우린 날마다 그곳에서 식사를 하고 싶을 정도였다.

수산나 언니와 나는 죽이 잘 맞았다. 우린 버그도프 굿맨 옷을 입고 새로운 이름으로 살았다. 라벤스브뤼크의 여인들. 우리의 여행이 끝나가는 것이 믿기지 않았다. 우리는 모든 것을 뒤로하고 곧 떠날 것이지만 고향이 너무도 그리웠다. 피에트릭과 할리나를 보게 된다. 물론, 우리에게 많은 것을 해준 캐롤라인이 그리울 것이다. 하지만 그리운 집으로 가는 비행기에서 수산나 언니와 나는 떠들고 웃으며 마지막 여행을 멋지게 마무리할 것이었다.

수산나 언니가 내 접시 위에 자기 접시를 놓았다.

"카샤, 난 부쩍 살이 찌는 것 같아. 으깬 감자 좋아하지 않아?"

언니 접시에는 갈색 소스를 친 으깬 감자 주위로 완두콩이 굴러다녔다.

커피포트를 든 여인이 우리 테이블로 와 내 컵에 커피를 따라주려 했다.

"괜찮아요." 한 손으로 막으며 내가 말했다. 커피를 추가로 주문하지 않았기 때문이었다.

"무한 리필이라는 거야." 언니가 말했다.

뉴욕은 정말 놀라운 것들 천지였다.

언니는 포크로 감자를 헤집고 완두콩을 찾아 먹었다. 언니는 마치 패션모델처럼 멋졌다.

"그때는 완두콩도 못 먹었지." 언니가 말했다.

언니는 라벤스브뤼크를 자기 입으로 말하지 못했다.

"어쨌든 닥터 외버호이저는 차가운 감방에서 통조림 콩을 먹고 있겠지." 내가 말했다.

"카샤, 이제는 그냥 이대로 내버려둘 생각이구나."

"그렇지 않아. 난 그들을 절대 용서할 수 없어."

"증오에 집착하면 너만 힘들 뿐이다."

언니가 나를 괴롭게 하는 경우는 거의 없지만, 언니의 그 감수하는 듯한 태도에 나는 화가 났다. 내가 어떻게 용서를 해? 증오는 나를 일생 동안 따라다닐 것이다.

나는 주제를 바꿨다.

"언니가 살이 쪄서 나는 좋아." 내가 말했다. "아빠가 몰라볼 수도 있겠다. 언니가 아니고 딴사람 같아. 물론 뚱뚱한 건 아니지만."

수산나 언니는 가져온 감자만 계속 쳐다보았다.

"카샤, 부탁이 있어."

나는 살짝 웃었다. 내가 언니를 위해 못할 게 뭐 있어? 나는 새로 만들어 넣은 이에 혀끝을 대보았다. 없어졌을까 불안한 마음에서였다. 이것은 매끈하게 완벽하며, 다른 이들하고 정확히 같은 색으로 내가 가장 좋아하는 기념품이었다. 나는 재미로 미소를 지어보았다. 젊은 남녀 한 무리가 식당으로 들어왔다. 한 남자가 여자에게 길고 진하게 키스했다. 사람들이 보고 있는 자리에서. 얼마나 자유롭고 행복해 보이는지. 나는 이 모두를 새로 맞춘 안경을 통해 보았다.

"뭐든 말해."

언니는 가방에서 서류철을 꺼내 내 접시 옆에 놓았다.

"네가 고르는 걸 좀 도와줘."

나는 서류철을 열고 안에 든 사진들을 넘겨보았다. 여섯 장이었다. 어깨 너머로 보이는 아이까지 일곱 명. 여권 사진처럼 흑백으로 모두 아동들이었다. 어린애도 있고 조금 나이 든 아이도 있었다.

나는 서류철을 덮었다. "이게 뭐야?"

언니는 감자 속에 묻힌 작은 완두콩을 포크로 집었다.

"캐롤라인이 줬어."

"왜?" 나는 언니의 다른 한 손을 잡았다. "언니, 무슨 일이야?"

언니는 손사래를 쳤다. "네게 말하려고 했어…… 지난주 병원에서, 이런 경우에 대해 내 생각을 물어왔어."

"도대체 무슨 말을 하는 거야. 사진과 무슨 관계가 있다고?"

"내가 애들을 돌볼 수 있는지 물어온 거야."

"여기서?" 내가 말했다.

"그래, 여기가 아니면 어디겠니, 카샤? 그래서 캐롤라인에게 내 비자를 연장해달라고 부탁했어."

"고향에 돌아가지 않겠다는 말이야?" 내가 언니를 왜 데려오려 애를 썼을까. 그래 봐야 언니를 잃게 될 뿐인데.

"물론, 나는 고향에 돌아갈 거야. 그렇게 말하지 마. 의사를 위한 특별 연장 승인을 받았을 뿐이야."

"그 요리사, 맞지?" 나는 왜 일이 이렇게 되도록 오랫동안 내버려두었을까?

언니는 내게 심각한 의사 얼굴로 말했다. "그 사람에게도 이름이 있단다, 카샤."

"아빠가 기절하시겠네. 나는 말 못해."

"아이들 사진은 캐롤라인이 준 거야. 이 아이들에게는 가정이 필요해. 줄리앙이라는 이름의 아이는 얼마 전 캐나다 잉고니쉬 해변에서 교통사고로 부모를 모두 잃었어."

"그런 일은 고아원에서 해야지."

"카샤, 얘는 이제 겨우 걸음마 단계야. 캐롤라인은 세르게와 내가 함께한다면 더 오래 잘 보살필 수 있을 거라고 말했어."

"그와 결혼해? 농담이겠지."

"캐롤라인이 우리가 입양하도록 도와줄 수 있대. 내 몸이 완전히 좋아지면, 함께 레스토랑을 열려고 해. 처음에는 크레페와 키슈를 주로 하고."

"그러면 언니가 여기 남아서 러시아인 요리사와 결혼해 프랑스 레스토랑을 열고 누군가의 아이를 키운다는 거네?"

"내 나이 벌써 마흔네 살이고 나는 의지해 살 사람도 없어, 카샤. 넌 이미 가족을 이루었잖아. 이건 내게 유일한 기회야."

"고향에 가서도 할 수 있잖아."

"뭘 할 수 있어? 혼자서 병원에서 죽을 때까지 일하라고? 다른 사람들의 애기를 받아주고? 그럴 때 내 마음을 아니? 난 이제 내 삶에서 남은 시간을 더 좋게 만들기 위해 할 수 있는 일을 할 거야. 너도 그렇게 했음 좋겠다. 엄마도 그러길 원하실 거야."

"언니가 엄마에 대해 뭘 알아? 언니가 러시아인 요리사와 잠자는 걸 엄마도 좋아하실 거라 생각하는 거야? 루블린으로 돌아가지 않는데도?"

수산나 언니는 서류철을 뺏어서 다시 가방에 넣었다.

"방금 네가 한 말은 잊을게. 내 동생이니까."

언니는 한 번도 뒤돌아보지 않고 문으로 걸어갔다. 언니 접시의 으깬 감자는 거의 손도 대지 않고 남겼다.

캐롤라인은 여행의 마지막 며칠을 보내기 위해 우리를 더 헤이로 데려갔다. 코네티컷에서의 마지막 아침은 내가 엄마와 손잡고 밀밭 위를 나는 꿈으로부터 시작했다. 너무나 생생해서 꿈이 현실인 양 행복했다. 하지만 내 손은 엄마가 아니라 헤르타 외버호이저의 차가운 손을 잡고 있었다.

깜짝 놀란 나는 일어나 앉았지만 심장은 여전히 망치질했다. 내가 지금 어디에 있는 걸까? 캐롤라인의 손님용 침실. 안전했다. 내 옆 침대를 살폈다. 수산나 언니는 벌써 일어났나? 러시아인 친구를 만나러 갔을 것이다. 언니를 안전하게 잘 돌봐줄 것이다. 그렇지만 루블린에 언니 없이 나 혼자 어떻게 돌아가?

나는 맨발로 복도로 나가 캐롤라인의 침실을 지나 창문으로 갔다. 정원이 내려다 보였다. 회양목 울타리가 튤립과 초롱꽃이 핀 꽃밭을 둘러싸고 그 가운데 천사 모양 석상이 세워져 있었다. 장미꽃 앞에 쪼그려 앉은 캐롤라인 옆 머그

잔에서는 김이 오르고 그녀 뒤에서는 라일락꽃들이 미풍에 흔들리고 있었다.

내가 안심하는 마음으로 숨을 길게 내쉬자 안경에 김이 서려 그 광경이 뿌옇게 흐려 보였다. 피에트릭과 할리나가 보고 싶은 것 빼고는, 그 옛집에서 나를 해칠 것은 없었다. 나는 이제 온전히 안전하고 편안했다.

나는 옷을 입고 언니와 뜨거운 커피를 찾아 계단을 내려갔다. 주방에는 둘 다 없었다. 주방 창문에서 머뭇거리다 정원의 캐롤라인을 내다보았다. 그녀는 정원사 목장갑을 끼고 머리는 뒤로 넘겨 스카프로 묶은 모습으로 장미 주위의 잡초를 뽑고 있었다. 라일락 꽃무리 아래서는 그녀의 애완 돼지가 입을 벌린 채 누워 자고 있었는데 자면서도 달리는 듯 발로 긁어댔다. 저 곁으로 가야 하나? 무슨 말을 들을 기분이 아니었다.

캐롤라인이 창가의 나를 보더니 들고 있던 수건을 내게로 흔들었다.

이제 주방을 나갈 수밖에 없었다.

"오늘 수산나 언니를 보셨나요?" 내가 물었다.

"수산나는 세르게와 함께 엄마 모시고 우드베리에 갔어. 이리 와 함께 잡초나 뽑자. 정신 건강에도 좋은 일이니."

커피도 좋은데, 하고 나는 생각했다.

나는 자갈길을 걸어가 캐롤라인 옆에 쪼그려 앉았다. 우리 위로 솟은 장미는 물결치는 보라색 라일락의 바다에 뜬 하얀 배와 같았다. 그렇게 아름다운 색의 라일락 꽃무리는 처음 보았다. 짙은 보라색, 실은 거의 검은색에서 연한 자주색까지.

"마지막 커피를 마셔버려 어쩌나." 그녀가 말했다. "일찍 일어나는 사람이 가장 먼저 가지는 법이지."

빈정거리는 것일까? 나는 무시했다.

"정말 완벽한 정원을 가꾸고 계시네요." 내가 말했다.

"아냐. 엄마가 하신걸. 우린 그냥 들어왔을 뿐이고. 아버지가 정원을 만들기 위해 조경업자들을 불렀는데, 그들은 엄마에게 정원을 어떻게 구성할지 물어보고는 놀랐다고 해. 엄마는 연필을 들고 도서관에나 있을 법한 오부숑 융단을 그려 그들에게 주었지. 그대로 아주 잘 만들어졌어."

내가 앉은 자리는 장미와 라일락 향으로 꽉 찼다. "꽃 향기에 취하겠어요."

캐롤라인은 민들레를 뿌리째 뽑아 양동이에 던져 넣었다. "향기는 아침에 가장 진해. 일단 태양이 머리 위로 떠오르면 모든 것이 메말라버려. 꽃들은 향기를 내보내지 않고 간직하는 거지."

전에는 캐롤라인에게 왜 정원 이야기를 하지 않았을까? 무엇보다 우리 두 사람 다 꽃을 좋아한다. 나는 양동이에서 모종삽을 꺼내 땅에 깊숙이 박아 초록의 어린 잡초를 파냈다. 우린 말없이 각자 모종삽으로 땅을 팠다. 근처 나무에 앉은 새들의 재잘거림과 캐롤라인의 애완 돼지가 꿀꿀거리는 소리만 들렸다.

"이 말은 꼭 해야겠는데, 카샤, 너는 가족의 기둥이야."

그런 칭찬까지 듣다니! "글쎄요."

"난 네게 특별한 힘이 있는 걸 네가 처음에 바르샤바 무대에 섰을 때부터 알았어."

"그렇지 않아요. 우리 엄마가……."

캐롤라인은 목장갑 낀 손을 내 팔에 얹었다. "너처럼 너희 어머니도 현명한 분이셨을 거야. 강하고 활달한. 너는 어머니를 무척 사랑했어."

나는 고개를 끄덕였다.

"나는 내 아버지가 돌아가셨을 때 함께 죽어버릴까 생각했지. 아주 오래전이지만, 아버지가 여기 계셨으면 하고 바라지 않은 날이 하루도 없었어." 캐롤라인은 우리 위에서 흔들리고 있는 라일락 꽃무리를 가리켰다. "아버지는 이 꽃들을 좋아하셨어. 그래서 꽃을 보면 아버지가 생각나. 그렇지만 아버지가 없는 라일락이 내게는 큰 슬픔이기도 해."

캐롤라인은 장갑 낀 손으로 뺨을 문질렀다. 손을 떼자 눈 아래 검은 얼룩이 남았다.

"그렇지만 나는 한 면만을 생각했던 거야. 아버지는 라일락이 거친 겨울을 지낸 후에만 꽃을 피운다는 사실을 사랑하셨어."

캐롤라인은 손을 뻗어, 내 이마에 흘러내린 머리카락을 뒤로 넘겨주었다. 엄마도 아주 자주 이렇게 해주셨다. "그런 어려움을 거친 후에야 이 모든 아름다움이 나타나게 되니 기적이지. 그렇지 않아?"

갑자기 내 눈에 물이 고였다. 눈앞이 흐려졌다. 고개를 끄덕일 수밖에 없었다.

캐롤라인이 미소 지었다. "루블린에 가서 라일락을 심을 수 있도록 묘목을 보내도록 할게."

"수산나 언니에게는 보낼 필요 없어요." 내가 말했다.

캐롤라인은 땅바닥에 앉았다. "좀 더 빨리 얘기해줬으면 했는데."

"괜찮아요. 정말, 잘됐어요. 그 말을 듣고 처음에는 슬펐지만, 당신은 내가 할 수 없는 방식으로 언니를 도와주었어요. 엄마가 좋아하셨을 거예요. 어떻게 감사해야 할지 모르겠어요."

캐롤라인이 내 손을 잡았다. "카샤, 그럴 필요 없어."

"우리에게 참 잘해주었어요. 당신도, 당신 어머니도."

우리는 말없이 잡초 뽑기를 계속했다. 나는 베들레헴이 그리울 것이다.

캐롤라인이 나를 보았다. "카샤, 저기…… 한 가지 말할 게 있는데……."

"뭔데요?"

"너와 상의해야 할 일이 있어."

"그러세요."

"어떤 사람, 그러니까 네가 알았던 사람에 대한 거야."

"어서 말해주세요."

"그러니까. 헤르타 외버호이저."

그 이름을 듣자 속이 뒤집히는 것 같았다.

나는 스스로를 진정시키려 한 손으로 풀을 쥐었다. "그 여자가 어떻다고요?"

"다시 떠올리게 해서 정말 미안해. 하지만 믿을 만한 사람이 내게 그 여자가 일찍 석방되었다고 말해주더군."

나는 모종삽을 들고 일어섰다. 어지러웠다. "독일은 아직 그 여자를 석방하지……."

내가 왜 숨을 쉴 수 없을까?

"내가 알기로는 미국이 그렇게 했어. 벌써 1952년에, 아주 조용히."

나는 집으로 가려다 다시 돌아섰다. "그 여자가 지금 바깥을 나돌아다닌다는 건가요? 왜 그랬죠? 재판을 받지 않았나요?"

"카샤, 나도 몰라. 러시아가 독일 의사들을 미국에서 등 돌리게 하려 애쓰고 있으니 미국도 그들의 비위를 맞춰온 것 같아. 독일인들은 전쟁에서는 번번이 졌지만 평화에서는 언제나 이기고 있는 것 같아."

"그 말을 전해준 사람이 잘못 안 걸 겁니다."

캐롤라인이 일어서서 내 옷자락을 잡았다. "서독 정부의 도움으로 헤르타가 독일 북부 스톡시에 정착할 수 있었다고 생각해. 그 여자는 다시 의사 활동을 하고 있을 거야……. 아마도 가정의로."

나는 그녀의 손을 떼어냈다. "믿어지지 않습니다. 그 여자는 사람들을 죽였고 내게 이런 짓을 했어요." 나는 치마를 뒤로 당겼다.

캐롤라인이 더 가까이 왔다. "카샤, 나도 알아. 하지만 우린 싸울 수 있어."

나는 웃었다. "그들과 싸워요? 어떻게?"

"먼저 그 여자가 맞는지 확인해줄 사람이 필요해."

"그리고 그렇게 할 사람은……."

"네가 괜찮아야만."

태양은 나무들 위로 떠올라 내 어깨를 따뜻하게 했다.

"괜찮아야? 절대 아니죠. 내가 괜찮을 리 있나요?" 나는 모종삽을 양동이에 던졌고 달그락 소리와 함께 들어갔다. "어떻게 내게 헤르타 외버호이저를 찾아가라는 말을 할 수 있죠?" 갑자기 태양이 너무 뜨겁게 느껴졌다.

"그 여자 병원에서 사진을 얻거나 정식 접수증을 받아야 해. 그렇지 않으면 단지 풍문으로 그쳐버릴 거야."

"헤르타 외버호이저의 스냅 사진을? 농담하시는 건가요?"

"통과 서류와 돈은 내가 준비할 수 있어."

캐롤라인이 진심으로 나더러 헤르타를 찾아가라고 말하는 것일까? 나는 그 여자 얼굴을 떠올렸다. 기세등등한 모습. 귀찮은 표정. 속이 뒤집히는 것 같았다. 내가 그 여자 앞에서 다시 병들어야 하나?

"미안합니다. 당신은 우리에게 매우 잘해주었어요. 하지만 이 일은 못합니다." 나는 집을 향해 자갈길을 걷기 시작했다.

캐롤라인이 따라왔다. "때로는 대의를 위해 우리 자신을 희생해야 할 때도 있어."

나는 걸음을 멈추고 돌아섰다.

"우리?" 내가 헤르타를 확인하러 가는 동안 수산나 언니는 여기에 안전하게 있을 텐데?

"카샤, 제발 다시 한번 생각해봐."

"아무리 그래도."

"우선 따뜻한 커피를 새로 타서 같이 마시자."

잠에서 깨어난 돼지가 발버둥 끝에 우리를 따라왔다. 자갈을 밟는 우리 발걸음 소리가 섞였다.

캐롤라인이 나를 필요로 하는 것은 좋았지만 그녀는 내게 불가능을 요구하고 있었다. 닥터 외버호이저를 찾아가?

그 여자와 말을 주고받아야 한다고? 그 여자가 나를 알아보면? 엄마를 기억하면?

집에 도착할 때쯤 나는 장미에 대한 캐롤라인의 생각이 옳다는 것을 인정하게 되었다. 태양이 머리 위로 떠오르자, 향기도 함께 사라졌다.

44장

카샤, 1959년

루블린으로 돌아오니 변한 것이 너무 많았다. 떠나 있은 지 9개월도 채 되지 않았지만 10년이나 된 것 같았다. 우리는 피에트릭이 일하는 루브갈 여성복 공장 사택 아파트로 이사했다. 시 외곽에 위치한 아파트였다. 집 전체가 코네티컷의 캐롤라인 주방보다도 크지 않았지만 우리 소유로, 우리 세 사람만의 집이었다. 아빠와 마르타는 옛집에, 수산나 언니는 코네티컷에 세르게와 함께 있었다. 침실은 두 개로 충분했다.

주방은 겨우 몸을 돌릴 정도로 작았다. 병원 근무가 없는 어느 날, 나는 푸른색 깅엄gingham 천으로 새들이 수놓인 커튼을 만들었다. 엄마가 좋아할 것 같았다. 그리고 돌아오는 비행기에서 스튜어디스에게 얻은 작은 보드카 두 병을 주방 창틀에 올려놓았다.

피에트릭은 우리 집을 갖게 되어 행복한 표정이었다. 그는 날 보고 싶어했을까? 그는 말하지 않고 나도 물어보지 않았지만, 공항에서 나를 만났을 때 그는 분홍색 장미 한 송이를 들고 함박웃음을 지었다. 나도 역시 새로 만든 이를 내보이며 한껏 웃었다. 우리 사이가 더 좋아져야 하지 않을까? 왜 나는 그가 쑥스럽게 느껴졌을까, 내 남편인데? 나는 훨씬 잘 걷게 되었다. 아직 남아 있는 약간의 통증에 사용하라며 마운트시나이 병원에서 준 진통제가 다 떨어져 가끔씩은 과민해지기도 했다. 그러나 나는 전쟁 전의 상태로 조금씩 모든 것을 되돌리고 싶었다.

그해 가을 어느 날, 나는 아빠를 만나러 우체국에 갔다. 아빠는 수납 창으로 소포 하나를 내게 내밀었다.

"검열 전에 빼돌렸어." 아빠가 속삭였다.

소포는 신발 상자보다 작았고 갈색 종이로 포장되어 있었다.

"네 친구에게 뭘 받을 땐 조심해야 해."

반송 주소는 미국 뉴욕 이스트 50번가 31 C. 패리디였다. 캐롤라인은 주도면밀해서 영사관 주소로 보내지 않았다. 그랬다면 틀림없이 열어보았을 것이다. 서방과의 모든 통신은 의심받고 그 사람의 기록에 남았다.

"그리고 수산나에게서 온 편지도 있다." 아빠가 말했다.

아빠가 궁금해하는 표정이었지만 나는 두 가지 모두 내 외투 속에 넣어버렸다.

나는 서둘러 우리 아파트로 돌아가 계단을 세 칸씩 날아 올라갔다. 이제 나는 정상인처럼 걸을 수 있다. 할리나가 우리 집 문에 새 포스터를 붙여놓았다. '10구역 미술 전시회: 포스터로 본 폴란드'. 사실적이고 생생했다. 아이의 새로운 모습이었다. 내가 어떻게 그날 밤 미술 전시회를 잊어버렸을까? 내가 떠난 후, 할리나는 새로운 열정으로 미술을 파고 들었다. 나는 이에 대해 생각하지 않으려 했다.

나는 갈색 포장지의 소포를 주방 테이블 위에 올려놓고 바라보았다. 그 속에 무엇이 있을지 알고 있었다.

작은 돌이 주방 창문을 때리는 소리가 들려 던진 사람이 누군지 보러 갔다. 분명히 이웃 아이들일 것이다. 창문의 새시를 끌어올리고 야단을 치려다 아래에 서 있는 피에트릭을 보았다.

"참 멋진 날이야!" 그가 말했다. "나와서 놀자."

"유리창 깨질 뻔했잖아." 내가 창틀 위 팔에 체중을 실으며 말했다. 그는 아직 잘생겼고 소년 같았다. 배가 약간 나오긴 했지만 우리가 함께 어딜 가든 여자들이 내 눈치를 봐가며 그를 힐끔거렸다.

"내가 거기까지 올라가 모시라는 거야?" 그가 손을 허리에 댄 자세로 웃으며 말했다.

나는 창문을 닫았고 몇 초 후 그가 계단을 올라왔다. 그는 뺨이 빨갛게 되고 숨을 헐떡였다. 그는 내게로 와서 키스하려 했지만 나는 피했다.

"이것 봐. 난 당신 남편이야." 그가 말했다.

"독감에 걸린 것 같아. 근육이 아프고 땀이 멈추지 않는데."

"아직도?" 피에트릭이 말했다. "그 약을 안 먹어서 그럴지도 몰라."

"글쎄." 내가 말했다.

피에트릭은 소포에 손을 얹었다. "이게 뭐야?"

"캐롤라인이 보내왔어." 내가 말했다.

"그래?" 피에트릭이 상자를 내게 던졌다. "열어보자."

나는 상자를 받았다. "아직 안 돼."

"당신, 뭘 기다리고 있어?"

"난 그 안에 뭐가 들었는지 알아. 캐롤라인은 내가 독일의 스톡시라는 곳에 갔으면 해. 확인해야 할 사람이 있어서……."

"누구?"

나는 상자를 다시 테이블에 올려놓았다. "헤르타 외버호이저."

"그 여자가 나왔어?" 피에트릭이 말했다.

"그곳에서 의원을 열고 있는 것 같대. 그 여자 생김새를 아는 누군가가 확인해주길 바라고 있어."

"아직도 의사 활동을? 당신이 가려고?"

나는 대답하지 않았다.

"여보, 특별한 서류가 있어야 해. 서류가 있어도 그곳까지 가는 길이 보장되는 것도 아니고."

"소포 상자 안에 들어 있어." 내가 말했다.

"그리고 비용도 만만찮아. 기름값만 해도."

"그것도 상자 안에." 내가 말했다. "캐롤라인은 즈워티와 마르크를 모두 보냈을 거야."

피에트릭이 가까이 왔다. "우린 가야 해. 그래야지 뭔가 조치를 취할 수 있어. 내가 함께 갈게. 국경을 넘어가는 것만으로 큰 위험을 감수해야 하니까. 국경을 넘다가 얼마나 많은 사람들이 목숨을 잃었는지 알아?"

"불법이었으니까. 요새는 매일 많은 사람들이 합법적으로 국경을 넘고 있어."

"지금은 더 어려워. 그리고 국경지대에는 부비트랩과 지뢰 천지야. 동독 군인 오십만 명이 감시하는데 모두 일등 사수들이고. 의심스러우면 먼저 쏘고 보는 놈들이지."

피에트릭이 내 손을 잡았다.

"내가 함께 갈게. 할리나는 부모님께 맡기고."

"내가 이 모든 일을 겪었어. 지하 활동. 라벤스브뤼크. 내가 가야 해."

"그게 문제야. 당신은 가면 안 돼. 당신은 집에 돌아온 후 딸에게 단 두 마디라도 해본 적 있어?"

"걔는 미술 수업 때문에 바빴잖아."

"아이는 당신이 가고 난 다음 당신을 그리워했어. 달력을 만들어 당신이 돌아올 때까지 하루하루 표시를 했어."

"나는 지금 2교대 근무를 하고." 내가 말했다.

피에트릭이 내 어깨를 잡았다. "당신 마음에 아이가 들어갈 자리를 만들어줄 수 없어?"

"아이는 항상 마르타 집에서……."

그는 재킷을 벗어둔 의자로 가더니 다시 집어들었다.

"카샤, 당신은 항상 다른 사람이었어." 피에트릭이 문으로 갔다. "당신은 아직도 모르고 있어, 그렇지 않아?"

"어디 가?" 내가 물었다.

"우리 딸 미술 전시회에."

나는 그에게 다가갔다. 그냥 가버리면 어떻게 해? "저녁 식사는?"

"아무 데서나 먹으면 어때." 그가 문으로 가다 멈췄다. "그리고 스톡시에 나와 같이 가는 것을 진지하게 생각해 봐. 카샤, 이런 일을 할 기회가 자주 있는 건 아니야."

내가 몸을 돌리자 문이 닫히는 소리가 들렸다. 내 속은 벌써 얼어붙어 있었다. 나는 그가 주머니에 손을 넣고 걸어가는 모습을 창문으로 내려다보았다. 미술 작품들이 든 검은색 포트폴리오를 운반하던 할리나가 길에서 그를 만났다. 그들은 포옹하더니 각자의 길을 갔다. 할리나는 아파트로 올라왔다. 아이가 우리 집에 왔을 때까지도 나는 감정을 품고 있었다.

"엄마 표정이 무서워요." 할리나가 말했다.

"고맙구나."

"전시회에 오실 거예요? 엄마가 오셨으면 좋겠는데."

할리나는 예술가가 된 듯한 모습이었다. 그날은 페인트가 덕지덕지 묻은 피에트릭의 낡은 셔츠를 입었다. 금발 머리는 위로 말아 올렸다. 엄마가 자주 그렇게 했었는데. 아이를 바라보기가 힘들었다. 엄마를 빼닮은 모습이었다.

나는 캐롤라인의 소포를 테이블 아래로 내렸다. "난 해야 할 일이 있어."

"엄마는 내 전시회에 한 번도 오지 않았죠. 선생님이 내 포스터를 사고 싶어하세요."

나는 창밖을 내다보았다. "뛰어가서 아빠를 잡는 게 좋겠다. 아빠가 저녁을 사주실 거야."

"전시회에서 치즈가 나와요." 할리나가 말했다.

"보드카도 있을지 모르고."

"그렇지."

현대미술이 현대적이지 못하면 술 마실 때 이용하는 종이컵이 될 것이다.

"어서 가서 아빠를 찾아봐." 내가 말했다.

할리나는 인사도 없이 나갔다. 나는 창문으로 가서 아이가 집 아래 길로 걸어가는 것을 보았다. 아이는 너무 작아 보였다. 아이가 돌아서서 손을 흔들어줄까? 아니었다. 그래도 할리나는 최소한 부모 중 한쪽과는 연결되었다.

나는 수산나 언니의 편지를 열었다. 나쁜 소식이 있을 때 항상 그랬듯이 짧고 핵심을 적은 글이었다. 언니는 돌아오지 않으려 했다. 비자를 다시 연장했고, 결혼을 준비 중이라고 했다. 그렇지만 좋은 소식도 있었다. 병원의 의사들이 언니의 암이 재발하지 않았다고 확인한 것이었다.

비행기에서 얻은 보드카 한 병을 깨끗이 다 마셨다. 찬장에는 뜨거운 시리얼만 있어, 그릇에다 피에트릭의 보드카 한 컵을 더 부었다. 보드카는 누군가의 지하실에서 만들어져서일까, 목을 타고 잘 넘어갔다. 아빠는 감자 맛이 난다고 말하곤 했다. 그 술은 비행기의 보드카보다 향이 더 짙었다. 그리고 나는 위장 속의 시리얼과 보드카를 함께 토해냈다.

피에트릭이 그 술을 가끔 마시는 것이 이상하지 않았다. 술은 몸 전체를 얼얼하게 했으며 팔과 손가락, 머리와 귀를 따뜻하게 했다. 아메리칸 드레스를 찾아 입을 때쯤에는 뇌까지 멍해졌다. 나는 거울 앞에서 미소를 지었다. 새로 만든 이를 가진 나를 다시 볼 수 있었다. 나는 왜 전시회에 가서 내 딸의 위대한 밤을 함께 즐기지 못하고 있을까?

나일론 스타킹이 다리에 남은 약간의 흉터를 가려주었다. 남편도 나를 보면 행복하겠지.

할리나 학교까지는 멀지 않았다. 체육관으로 가니 콘크리트 블록 벽에 걸린 포스터들 앞으로 긴 줄이 늘어서 있었다. 사람들은 학생들의 작품을 칭찬하느라 여념이 없어 보였다. 마르타와 아빠는 반대쪽 벽 앞에 서서 예술가처럼 보이는 커플과 이야기 중이었다. 강당 안을 가로지르는 테이블에는 치즈 조각이 담긴 접시와 보드카 병이 놓여 있었다.

"엄마 왔네." 할리나가 미소 지으며 말했다. "처음으로 왔는데, 내가 안내해도 돼요?"

피에트릭은 강당 안 다른 쪽 끝에 서서 손을 벽에 기댄 채 붉은 모자 여인과 이야기 중이었다.

"먼저 치즈 좀 먹고." 갑자기 숨이 가빠졌다.

나는 테이블로 가서 치즈 조각 몇 개와 종이컵으로 보드카 한 잔을 들었다.

"언제부터 보드카를 마셨죠?" 할리나가 물었다.

"새로운 걸 시도해보는 것은 중요해." 내가 말했다.

맛을 보고 머리를 뒤로 해 넘긴 다음 원샷으로 마셨다. 집에 있는 술보다 더 매끄럽고 세련된 맛이었다. 나는 보드카 애호가가 되고 있었다.

"자화상을 보여드릴게요." 할리나가 말하며 내 손을 잡았다. 눈에 눈물이 맺혔다. 아이가 마지막으로 내 손을 잡았던 게 언제였던가?

할리나 작품은 강당 한 면에 모아놓았는데 밝은 색채로 가득했다. 생생하고 강력했다. 한 여성의 초상화. 요리하는 마르타가 분명했다. 만화경을 통해 보는 듯 그렸다. 다음 그림은 기어와 기계 부품으로 가득한 자동차 몸체를 가진 물고기 한 마리.

"엄마는 주방 그림이 좋아요?" 할리나가 물었다.

"마르타 그림? 색채가 예쁘구나."

"마르타 할머니가 아니고, 엄마예요." 아이가 말했다. "엄마가 좋아하는 푸른색으로 그렸어요."

내 눈에서 눈물이 더 많이 흘렀다. 물 그릇 속에 물감을 푼 것처럼 색채가 얽혀 보였다.

"나를?" 내가 말했다. "정말 좋다."

"엄마에게 가장 잘된 걸 보여드리려고 기다렸어요. 선생님이 그림을 사고 싶어하시는데 나는 간직하고 싶어요."

할리나가 나를 자화상이 걸린 곳까지 데려가는 동안 나는 휴지로 눈물을 닦아야 했다. 그 캔버스 앞에 서니 그림에서 팔이 나와 나를 때리는 것 같았다. 그만큼 생생했다.

"엄마, 왜 그래요?" 할리나가 말했다.

강당 안에서 제일 큰 그림이었다. 한 여인의 전체 얼굴, 금발, 그리고 머리 주위를 두른 가시 면류관.

엄마였다.

온몸에 열이 나며 머리가 핑핑 돌았다. "좀 앉아야겠어."

"그림이 싫은가보군요." 할리나가 가슴에 팔짱을 끼며 말했다.

"아냐, 아냐, 좀 앉고 싶을 뿐이야."

나는 접이식 의자에 앉아, 피에트릭이 여자 친구와 웃는 모습을 지켜보았다. 할리나는 내게 보드카 한 잔을 더 가져다주겠다며 갔다. 그간 내가 집밖으로 자주 나가지 않은 이유가 있었다.

할리나가 피에트릭의 손을 잡고 와서 그를 내게 넘겨주었다.

"엄마, 여기." 할리나가 보드카 한 잔을 건네며 말했다.

"누가 당신을 여기까지 오게 했을까?" 피에트릭이 미소 지으며 말했다. "야생마가?"

"당신은 확실히 아니지." 내가 말했다.

피에트릭의 미소가 사라졌다. "카샤, 여기선 그러지 마."

"당신은 전시회에서 즐거운 시간을 보내고 있군." 말하는 내 뺨이 붉은 모자의 방향으로 실룩거렸다. 눈앞이 흐려지며 혀가 꼬였다.

"당신 술 마셨어?" 피에트릭이 말했다.

"당신만 술을 마실 수 있는 건가." 나는 종이컵을 입에 대며 말했다. 생각이 새롭게 명료해지는 기분이었다.

피에트릭이 컵을 잡았다. "집으로 갑시다."

나는 컵을 다시 뺏었지만, 마르타와 아빠가 할리나 미술 선생님을 데리고 내 옆으로 왔다.

"할리나 어머니세요?" 선생님이 말했다. 검은 머리를 가진 예쁜 여자로, 검은색의 둥근 안경에 보라색 카프탄을 입고 있었다. 선생님이 한 팔을 할리나 어깨에 얹자 소매가 마치 박쥐 날개처럼 보였다.

"저는 할리나와 오랜 시간 대화를 했답니다. 아이가 어머니에 대해 아주 좋게 이야기하더군요."

"정말로?" 내가 말했다. "엄마가 있다고는 했나요?"

우린 억지웃음을 약간 지었을 뿐이었다. 재미있지 않은 말이었다.

"네, 그렇죠. 십대들은." 선생님이 말했다. "할리나가 그린 자화상을 보셨죠? 내 대학 동료들은 그 작품을 여기 그림들 중 최고로 꼽았습니다."

"우리 엄마 그림이에요." 내가 말했다.

"네?" 선생님이 말했다.

마르타와 아빠가 표정을 교환했다. 강당 안이 빙빙 돌아갔다.

"할리나는 자화상을 그린 거야, 카샤." 마르타가 말했다.

피에트릭이 내 팔을 잡았다.

"당신이 내 엄마를 알았다면, 엄마 침대에서 그렇게 잠을 잘 수는 없었을 거예요." 내가 말했다.

"집에 갑시다." 피에트릭이 말했다.

나는 그가 꽉 잡은 손을 빼냈다. "할리나는 당신에게 말하지 않았을 수도 있지만, 엄마는 내가 했던 지하 활동 때문에 살해됐습니다. 무엇보다도, 엄마는 내게 뭘 해주시다 그렇게 되셨습니다."

나는 종이컵을 입술로 가져갔지만, 손 안에서 구겨져버렸다. 보드카가 옷에 뿌려졌다.

"피에트릭, 할리나를 우리 집으로 데려갈게." 마르타가 말했다.

"그렇습니다. 내 엄마는 여기 할리나처럼 화가셨죠. 하지만 엄마는 나쁜 인간들의 초상화를 그려야 했습니다. 누구냐구요? 나치 놈들입니다." 내 얼굴이 눈물에 젖었다. "그런 엄마에게 무슨 일이? 신만이 아실 겁니다. 미술 선생님, 엄마는 내게 작별 인사도 못했어요. 저 포스터 속의 여인은 우리 엄마입니다."

이후, 피에트릭이 나를 부축해 집으로 오던 중 골목길에 멈춰 토하고 또 내 아메리칸 드레스에 묻어 있던 시리얼을 닦아냈던 것만이 기억났다.

다음날 아침 나는 일찍 일어났다.

"물!" 내가 라벤스브뤼크의 의무동에 있다는 생각에 크게 소리쳤다. 나는 할리나 침대에 앉아서 내 옷이 잠옷으로 바뀐 것을 보았다. 피에트릭이 갈아입혔을까? 어젯밤이 어렴풋이 기억났다. 어둠 속에서도 뺨이 달아올랐다. 내가 얼마나 바보 같은 짓을 했나. 일어나기 전부터 나는 스톡시로 가야 한다는 것을 알았다.

피에트릭의 방을 지나갔다. 그는 한 팔을 얼굴 위로 걸치고 가슴을 드러낸 채 자고 있었다. 아름다웠다. 내가 그의 옆으로 기어들어간다면? 나는 왜 내 남편과 함께 잘 용기가 없는 것일까?

창밖으로 새벽이 밝아올 때, 나는 지난 밤의 흔적들을 모으고 캐롤라인의 소포를 열었다. 소리 나지 않게 조심해서. 작은 상자 안에는 통과 서류, 독일 돈과 폴란드 돈이 들어 있었다. 그리고 헤르타 외버호이저가 라벤스브뤼크에서 저지른 죄악과 조기 석방에 대해 상세히 적어 독일 최대의 신문사에 보내는 편지와 독일 우표도 있었다. 자동차 연료를 구입할 수 있는 공인 주유소들이 표시된 지도 세 장. 그리고 가는 방법을 상세히 안내하는 설명까지. 여행 서류를 한 사람 것밖에 구하지 못해 미안하다는 쪽지와 큰 포장의 피그 뉴턴 과자도. 나는 상자를 내 옷 가방에 던져 넣고 열쇠를 잠갔다. 옆방에서 피에트릭이 뒤척이는 소리가 들렸다.

나는 잠시 멈칫했다. 쪽지를 남기고 가야 하나? 나는 캐롤라인의 소포 포장지에 작별 인사를 몇 자 써두고는 계단을 내려가 낡은 하늘색 자동차에 올랐다. 아빠가 내게 가끔씩

빌려주고, 피에트릭이 몇 년 동안 성능을 잘 유지해온 차였다. 아빠는 자동차에 묻은 녹 때문에 원래 색을 못 알아보겠다고 말했지만 가야 할 곳은 이 차로 어디든 갈 수 있었다.

운전해 가면서 처음에는 불안한 마음이 들었다. 헤르타가 맞다면? 그 여자가 나를 해치지 않을까? 아니면 내가 그 여자를 해치게 될까? 그러나 큰 길로 접어들면서 머릿속이 명료해졌다. 이른 시간이라 다른 자동차는 거의 보이지 않았다. 나는 옆 좌석에다 지도와 안내 설명을 펼쳐놓고 라디오 볼륨을 높였다. 창문을 열고, 아침 대용으로 피그 뉴턴 과자의 셀로판 포장을 뜯었다. 과자를 먹으니 기분이 훨씬 나아졌다. 내가 이 일에 뛰어든 것이 잘한 일 같았다.

북서쪽으로 접어들어 방치된 마을들을 지나갔다. 우중충한 거리에서 보이는 유일한 색채는 흰 바탕에 붉은 글씨로 쓴 포스터들이었다. 소련 인민들과의 굳건한 연대와 사회주의를 찬양하는 내용이었다.

가는 길은 복잡하게 이뤄졌다. 독일이 전쟁 중 점령한 땅을 빼앗겼기 때문이었다. 동쪽 지역은 폴란드로 돌아가거나 러시아 점령지가 되었고, 서쪽 지역은 서구 연합국들이 분할했다. 점령된 독일에서 두 개의 국가가 만들어졌다. 자유로운 서독은 이제 더 이상 연합국 점령 지역이 아니었고, 동쪽에서는 그보다 규모가 작은 동독이 탄생했다. 독일민주공화국GDR이었다.

폴란드와 동독을 지나는 데 하루 종일이 걸렸다. 도로는 움푹 꺼지거나 잡동사니들이 흩어진 곳도 많았다. 지나가는 승용차들도 거의 보이지 않았다. 소련군 수송 차량이 번호판을 지운 채 이동해 갔다. 트럭 뒤에 탄 군인들이 나를 진기한 서커스 보듯이 쳐다보았다. 첫째 날 밤은 차에서 보냈는데, 강도를 경계하느라 뜬눈으로 밤을 지샜다.

다음 날, 짙은 안개와 이슬비를 뚫고 독일 내부 국경으로 갔다. 서독과 소비에트 영역을 나누는 1,393킬로미터의 장벽이었다. 캐롤라인은 내게 비독일인에게 개방된 몇 안 되는 통로들 중 가장 북쪽의 뤼베크 슈루투프 검문소로 가고 전했다. 길을 막고 있는 차단기와 초소가 가까워지자 나는 속도를 늦추고 줄을 이룬 차량 맨 뒤에 멈춰 섰다.

기다리는 동안 가랑비가 내렸으며, 나는 벽을 따라 서 있는 흰색 콘크리트 감시탑을 바라보았다. 저기서 나를 지켜보고 있을까? 기다리면서 매연을 내뿜는 내 고물차를 저들이 볼 수 있을까? 어디선 경비견이 짖었고 나는 도로를 따라 길게 세워진 철제 펜스와 주위의 삭막한 풍경을 보았다. 펜스 너머에 부비트랩들이 숨겨져 있을까? 차에서 나가지 않는 한 나는 괜찮을 것이다.

줄을 따라 내 차는 앞으로 나아갔다. 비가 내려도 와이퍼는 아무 소용이 없었다. 오래전 좀도둑들에게 고무를 도둑맞았기 때문이었다. 나는 라디오를 끄고 집중했다. 이렇게 도움이 필요할 때 수산나 언니는 어디 있을까? 그렇지, 뉴욕에서 새 삶을 즐기고 있잖아. 나는 열 번째로 서류를 점검했다. 세 페이지짜리로 사인이 화려했다. 카샤 쿠츠메릭, 문화대사, 라고 적혀 있었다. 손가락으로 봉인 부분을 확인했다. 나는 문화대사로 보이지 않을 것이 분명하지만, 서류로만 보면 중요한 인물이었다. 안전하다.

게이트에 다다르자, 두꺼운 외투 속이 땀으로 흠뻑 젖었다. 나는 동독 경비원과 이야기하기 위해 창을 내렸다.

"폴란드인?" 경비원이 말했다.

나는 고개를 끄덕이며 서류를 내밀었다. 그는 한 번 쳐다보더니 서류를 받아 초소로 돌아갔다. "시동은 끄지 마세요." 그가 독일어로 말했다.

나는 기다리며 연료 게이지를 살폈다. 쳐다보면 게이지 바늘이 아래로 움직이는 것이 보일까? 다른 동독 군인 두 명이 초소 커튼을 걷고 나를 내다보았다. 마지막으로, 중년의 장교가 나와서 내 차로 왔다.

"차에서 내리시오." 그가 독일식 억양의 폴란드 말로 지시했다.

"왜 그러시죠?" 내가 말했다. "내 서류는?"

"압수되었습니다." 장교가 말했다.

내가 왜 피에트릭 말을 듣지 않았을까? 그가 옳았을 수 있다. 그러나 아무리 이야기해도 통하지 않는 사람이 있다. 나처럼.

45장

카샤, 1959년

문이 잘 열리지 않아 차 밖으로 나오는 데는 시간이 걸렸다. 나는 조수석으로 건너가 그쪽 문을 열고 나와야 했다. 총을 들고 서 있는 국경 감시원들이 보고 웃었다.

안개처럼 내리는 비는 내게 차 밖으로 나오도록 명령했던 장교의 모자 챙에 물방울로 맺혔다. 나는 다리가 흔들리는 것 같아 몸을 지지하기 위해 한 손을 차의 후드에 올렸다 치웠다. 엔진 때문에 철판이 뜨거웠다. 자동차가 과열되었던 것일까?

"재미있는 서류를 가지고 계시군요." 장교가 말했다. "그렇지만 하루짜리 통행권으로 바꿨습니다."

"그렇지만 그 서류는."

"싫다면 다시 돌아가십시오." 장교가 말했다. "어떻게 하시든 빨리 차를 빼주셔야 합니다."

나는 통행권을 받았다. 그가 내 손가락이 떨리는 것을 보았을까? 비에 젖은 통행권은 담뱃갑보다 크지 않았다. 아름다운 서류가 비참하게 바뀐 것이었다.

"내일 아침 6시까지 여기로 돌아오셔야 합니다. 그렇지 않으면 이곳에서 우리와 함께 살게 될 것입니다." 그는 손짓으로 다음 자동차를 앞으로 불렀다. 대화가 끝났다는 뜻이다.

식은땀에 젖은 나는 운전석으로 돌아가 안도의 한숨을 내쉬었다. 두 번째 검문소는 쉬웠다. 이어 서독 국경 감시원들도 나를 통과시켜주었다. 서쪽으로 넘어와서는 스톡시를 향해 북쪽으로 달렸다.

서독은 다른 세계 같았다. 녹색의 평야와 깔끔한 농장들. 길은 매끈했고 현대식 트럭들이 화물차로를 달리면서도 나를 앞질러 갔다. 낡은 내 차는 시속 50마일 이상 속도를 내지 못했다. 나는 단 한 번만 멈췄다. 첫 번째 나타난 전신국에서였는데, 지금 가고 있다는 전보를 캐롤라인에게 보냈다.

스톡시 외곽에 접어들 때쯤 갑자기 끼음이 들려 돌아보니 내 자동차 머플러가 아스팔트에 떨어지며 조각이 나 길옆으로 날아가고 있었다. 나는 차를 세우고 돌아가서 낡은 쇳덩어리를 주워 뒷좌석에 던져놓았다. 그 후부터 내 차는 가속 페달을 밟을 때마다 시끄러운 오토바이 소리를 냈다.

하지만 그대로 계속 가는 수밖에 다른 방법이 없었다.

이른 오후에 스톡시에 진입하는 길에 꽃으로 만든 표지가 있었다. '스톡시에 오신 것을 환영합니다.' 헤르타의 본거지? 나는 몸이 떨렸다. 넓고, 조용하면서 어두운 호수에 인접한 전원도시였다. 그 여자는 언제나 호수처럼 행동했었다.

나는 구불구불한 농장 지역을 지나 스톡시의 중심부로 들어갔다. 깨끗하고 아담한 곳이었다. 주민들 옷차림에서 스톡시가 다소 보수적이라는 인상을 받았다. 남자들은 대부분 가죽바지에 트라흐텐 코트, 그리고 알파인 모자를 썼다. 여자들은 던들 치마를 입은 전통 복장 차림이었다. 나는 인도 쪽으로 차를 서서히 운전하면서 독일어 실력을 최대한 발휘해 한 남자에게 도움을 요청했다.

"선생님, 실례합니다. 도르프슈트라세에 가려면 어떻게 해야 합니까?" 그 남자는 내 말을 무시하고 계속 걸어갔다. 수용소 간호사 게르다 크렌하임을 닮은 여자가 인도를 걸어가는 것을 봤을 땐 몸에 전율이 흘렀다. 아닐 거야, 그 여자가 벌써 감옥에서 나왔을 리가?

나는 헤르타 외버호이저의 의원을 찾았다. 흰색 벽돌로 된 단층 건물이었다. 멀찌감치 떨어진 곳에 주차해 시동을 끄고 앉아 있었다. 지나던 사람들이 의혹의 눈길을 보내왔다. 한 사람은 뒷좌석에 놓인 머플러를 들여다보기도 했다.

나는 호흡을 진정시키며 각오를 다졌다. 집으로 돌아가야 하나? 경찰을 불러 도움을 청해? 좋게 끝날 것 같지 않았다.

은색 메르세데스-벤츠가 옆을 지나가서 그 여자의 의원 앞 모퉁이에 정차했다. 구형 모델이지만 피에트릭이 갖고 싶어하는 차였다.

한 여자가 차에서 나왔다. 헤르타가 저렇게 비싼 차를 몰고 다닐 수 있을까? 나는 왜 하필 이럴 때 안경을 잃어버렸나. 내 심장은 미친 듯 박동했다. 펄떡이는 물고기처럼. 그 여자로 보기에는 너무 야윈 것 같아. 그 여자가 아닐 수도 있겠다. 여자가 의원으로 들어가는 모습을 지켜보는 내 손이 핸들 위에서 떨렸다.

나는 조수석으로 넘어와 삐걱거리는 문을 열고 나왔다. 그리고 걸레짝처럼 험해진 두 손을 털어내고 마음을 진정시켰다. 나는 의원으로 들어가며 문 옆의 팻말을 읽었다. '가정의학과 의원.' 그 아래에 '우리는 아동들을 사랑합니다'라는 글귀도 있었다. 아동들? 헤르타일 수가 없었다. 그 여자에게 자신의 어린아이를 맡길 사람이 어디 있을까?

대기실은 크지 않았지만 불안할 정도로 깨끗하고 아담했다. 벽에는 물고기들과 거북이가 노니는 그림이 그려져 있었고 구석에 놓인 어항에서는 공기 방울이 솟아올랐다. 나는 앉아서 잡지를 만지작거리며 가끔씩 환자들을 힐끔거렸다. 그리고 혹시 그 여자가 지나가는지 살폈다. 그렇게 통통하고 피부가 고운 아이들을 보니, 헤르타가 저 아이들에게 손을 댄다는 것이 끔찍하게 여겨졌다. 이름을 부르면 아이 엄마들이 의사를 만나러 들어갔다. 한때 우리도 그랬었다. 그 여자가 직접 주사를 놓을까, 아니면 간호사에게 시킬까?

나는 에인절피시가 어항 바닥에 깔린 분홍색 돌을 빨아들였다 내뱉는 동작을 지켜보았다. 대기실 건너편에는 독일 여자가 앉아 있었다. 순수한 아리아인 모습이었다. 전쟁 중의 나치라면 모든 잡지의 표지 인물로 저 여자 사진을 게재했을 수도 있겠다는 생각이 들었다. 나는 라벤스브뤼크에서 그들이 아기를 어떻게 죽였는지 그 여자에게 말해주고도 싶었다. 하지만 먼저 정보를 주면 안 된다. 독일인들은 항상 의심하는 사람들이다.

대기실 안은 추웠지만 등에서는 땀이 흘러내렸다. 마음을 진정시키기 위해 <독일의 어머니>라는 잡지를 펼쳤다. 전쟁이 끝난 지 오래되었지만 전업주부는 아직 많지 않았다. 여전히 힘들게 일했다. 하지만 이제는 그들의 총통을 위한 일이 아니었다. 잡지를 보면, 독일인들은 새로운 우상을 숭배하고 있는 것 같았다. 소비재들. 폭스바겐, 하이-파이, 식기세척기, 그리고 텔레비전. 발전이었다. 접수원이 유리창을 열었다.

"예약하셨습니까?" 눈꺼풀에 푸른 아이섀도를 칠한 접

수원이 물었다. 화장? 총통은 못 하게 했었는데.

나는 일어섰다.

"아닙니다. 의사 선생님께서 시간 여유가 되신다면 진료 받고 싶습니다."

그녀는 내게 클립보드를 건네주었다. 긴 서류 종이가 끼워져 있었다.

"여기에 적어주시면 접수할게요." 그녀가 말했다.

독일인들은 아직 서류 작업을 많이 하는구나.

나는 서류에다 결혼 후의 내 실명을 기입하고, 주소란에는 인근 플뢴 시내의 거짓 주소를 적었다. 글씨가 엉망이 될 만큼, 그만큼 손이 떨렸다. 왜 걱정을 하지? 전쟁은 오래전에 끝났고 히틀러는 죽었다. 헤르타는 내게 아무 짓도 못 해.

나는 기다리면서 음악을 들었다. 차이코프스키? 안정을 주지 못했다.

마지막 환자가 의사를 만나러 들어갔다. 혼자 남았다. 그 여자가 날 기억할까? 자신이 저지른 일을 분명히 알아볼 것이다.

접수원이 창문으로 나타났다.

"의사 선생님이 마지막 환자 다음에 보실 거예요. 저는 곧 나갈 테니, 환자분 서류가 다 되었으면 주시겠어요?"

"그러죠." 나는 클립보드를 그녀에게 넘겨주었다.

그곳에 나와 의사 단둘이서만? 그냥 나가버릴까?

나는 코트를 걸어두기 위해 구석에 있는 목재 옷걸이로
갔다. 흰색 실험 가운 외에는 아무것도 걸려있지 않았다. 가
운의 가슴 주머니에 명찰이 붙어 있었다. 닥터 외버호이저.
내 몸에 전율이 흘렀다.

인쇄된 그 이름을 볼 때 얼마나 이상했던가. 라벤스브뤼
크에서 직원들은 자신의 이름을 드러내지 않기 위해 조심
했었다. 그렇다고 우리가 그들 이름을 모르진 않았다.

접수원은 일어서서 책상을 정리하고 집에 갈 준비를 마
쳤다.

왜 여기 있어? 내가 가버리면 아무도 내가 여기에 왔던 걸
모른다. 캐롤라인은 다른 사람을 보낼 수도 있다.

마지막 엄마가 아기를 안고 내게 미소를 지으며 대기실
을 통과해 나갔다. 나는 미켈스키 부인의 아기를 생각했다.
아픈 슬픔과 함께. 나는 저 멋진 여자를 따라 대기실을 나가
서 루블린 집으로 갈 수도 있었다. 나는 서둘러 코트를 걸치
고 문을 향해 갔다. 입을 벌리고 공기를 들이마시면서. 문 손
잡이의 매끈한 감촉이 손에 느껴졌다.

그냥 가는 거야.

손잡이를 돌리려는데 접수원이 뒷방으로 이어지는 문을
열었다.

"카샤 바코스키?" 그녀가 미소를 띠며 말했다. "의사 선
생님이 기다리고 계세요."

46장

캐롤라인, 1959년

1959년 10월 25일은 결혼식에 완벽하게 어울리는 날이었다.

미국이 원숭이 에이블과 베이커를 주피터 미사일에 실어 우주로 쏘아올렸지만 엄마는 그런 사실을 못마땅해하며, 그와 같은 동물학대 범죄를 멈추기 위한 편지 쓰기 운동에 발을 깊이 들여놓았다. 그해는 처음으로 소련 수상 니키타 흐루쇼프가 미국을 외교적으로 방문한 해이며, 뮤지컬 <집시>가 브로드웨이에서 초연된 해이기도 하다. 그리고 더 헤이에서 처음으로 결혼식이 열렸다.

우리는 세르게와 수산나 결혼식에 사용하기 위해 정원 아래의 낮은 마당에 제법 많은 돈을 들여 텐트를 설치했다. 만약의 날씨에 대비하기 위해서였다. 그날 베들레헴에는 반짝더위가 와서, 노곤하고 약간 번잡하기도 했다.

교회에서 하는 통상적 결혼식과는 달랐다. 작은 무리지만 베들레헴 가톨릭 교회에서 떠들썩하게 출발해 시내의 공원을 지나 더 헤이까지 행진했다. 그동안 시내 교회들은 종을 요란하게 울려댔다. 베들레헴의 시민들이 세르게와 수산나의 행복한 날을 보기 위해 밖으로 나왔다. 사무실을 지켜야 했던 얼 존슨만은 예외였다.

회색 태피터 차림의 엄마가 식 절차를 이끌었으며, 만물상 주인인 메릴 아저씨가 엄마 옆을 지켰다. 엄마는 친구들로 구성된 러시아 오케스트라를 지휘했으며, 그들은 모두 꽃과 리본으로 화려하게 장식된 악기를 들고 '예수, 인간 소망의 기쁨'을 연주했다. 발랄라이카 연주였는데 매우 사랑스러웠다.

그다음에 신랑 신부가 왔다. 아버지의 개버딘 옷을 수선하여 입은 신랑 세르게는 얼굴에서 함박웃음을 감추지 못했다. 수산나와 같은 여자와 결혼해서 저렇게 좋아하지 않을 남자가 있을까? 신부는 오드리 헵번과 그레이스 켈리를 합친, 어린 양의 감성을 불어넣은 모습이었다. 수산나와 그녀의 의지력 강한 여동생 카샤는 하늘과 땅만큼이나 서로 달랐다. 카샤는 시원시원하게 직선적이었고 수산나는 그와 반대로 내성적이었다.

엄마는 수산나의 에크루 레이스 드레스를 직접 만들었다. 폴란드 전통 결혼식처럼 신부 드레스에 지폐가 꽂히진 않았지만, 산들바람이 드레스를 예쁘게 펼쳐주었다. 신부는 정원사가 정성껏 준비한 장미꽃 부케를 들었으며, 신랑도 예쁜 꽃을 들었다. 이제 10개월이 된 줄리앙이었다. 복숭아색 뺨에, 머리숱이 검고 많아서 엄마는 '중국인 머리'같다고 말했다. 그 아이는 정식 입양된 지 2주 되었으며, 어른들이 하도 많이 안아주는 바람에 아직 제대로 땅을 밟아보지 못했다.

여러 친지들이 도착한 다음 베티와 내가 왔다. 샤넬 의상을 입은 신부는 눈부셨다. 신부가 발걸음을 뗄 때마다 밍크 모자와 옷이 나풀거렸다. 나는 엄마가 물려준 라벤더색 비단 겉옷을 걸쳤다. 수산나는 이 옷이 신부 엄마에게 꼭 어울린다고 말했다. 때문에 사람들 앞에서 나는 눈물을 참을 수가 없었다. 데이지색 레이디 채털리 목걸이는 신부의 가느다란 목에 잘 어울려 뒷모습을 더욱 아름답게 만들었다. 하지만 웨딩 케이크에 더 관심을 가지는 하객들도 많았다.

결혼식 행렬은 자갈길 도로로 이어졌다. 그리고 도로가 끝나는 집 뒤 언덕, 헛간 앞, 건초밭 등도 지났다. 더 헤이는 수확이 끝나 밑동과 지푸라기들만 남아 썰렁했지만 가장자리에 이미 물들기 시작한 단풍과 느릅나무가 미풍에 흔들리고 있었다. 사람들의 눈은 자연스럽게 목초지 건너 과수원 위의 내 옛날 장난감 집으로 쏠렸다.

부모님 집을 그대로 본떠서 판자로 축소해 만들어 굴뚝

과 현관 그리고 아이에 맞는 크기의 벤치까지 있었다. 검은 문이 햇빛을 받아 반짝였고, 수산나가 만든 갯버들 색의 실크 커튼은 창밖으로 삐져나와 바람에 날리고 있었다. 수산나의 은신처였다. 수산나는 세계가 너무 크게 느껴질 때면 그곳에 가곤 했다. 한때 그곳은 아버지가 돌아가신 후 내가 독서로 며칠을 보내며 위안을 받던 장소였다.

결혼 축하 행렬이 정원 뒤쪽으로 돌아가자 베티와 나는 세르게의 후임 주방장이 준비한 쁘띠푸르를 가지러 주방으로 갔다.

세르게는 부유한 맨해튼 주민들이 주말을 보내는 우드베리 인근에 레스토랑을 열었다. 낡았지만 깔끔한 레스토랑의 이름은 '세르게'였으며, 토요일 밤이면 손님들이 문 앞에 줄을 섰다. 뉴요커들은 이십사 시간 이상 좋은 프랑스 음식을 못 먹으면 송로버섯을 찾는 돼지처럼 이곳저곳 뒤집으며 안절부절못하는 것 같았다. 수산나가 만드는 디저트가 일품이기 때문일지도 몰랐다

"난 폴란드 전통이 좋아. 그렇지 않아, 캐롤라인? 신부 드레스에 돈을 꽂아준다는 것, 정말 창의적이야." 베티는 박스에서 쁘띠푸르 네 개를 집어 입 안으로 다 털어넣었다.

나는 세르게의 새 로고인 검은 S자가 그려진 앞치마를 둘렀다. "신부 드레스에 100달러 지폐를 꽂으면 안 돼. 너무 통속적이야."

"실용적인 전통인걸."

"수산나 기를 죽일 수 있어. 그녀 가족은 여기에 한 명도 살지 않잖아."

"저 두 사람은 허니문이 필요해. 아이 보느라 힘들 거야."

"수산나는 여동생이 그립겠지."

"카샤? 여기 왔으면 얼마나 좋았을까."

"쉬운 일이 아니야, 베티. 폴란드는 공산주의 국가거든. 카샤에게 독일행 임시 비자를 얻어주는 데도 힘들었어."

"그 의사 문제로? 그건 정말, 캐롤라인……."

"나는 카샤에게 필요한 모든 것을 보냈지만, 카샤로부터 한마디도 듣지 못했어. ……몇 주 전에 폴란드로 속달 소포를 보냈어. 스톡시로 가는 데 필요한 비용보다 더 많은 돈을 넣었는데도, 아직 아무런 응답이 없어. 그리고 나 혼자만 그 의사가 헤르타 외버호이저가 맞는지 알고 싶어하는 것이 아니야. 영국 의사들도 나를 도와 독일 정부에 헤르타의 의사 면허를 취소하라는 압력을 넣으려 해. 애니스와 친구들도 언제든 싸움에 뛰어들 준비가 되어 있어. 헤르타는 우리가 책임을 추궁해야 할 많은 나치 전범들 중 한 명일 뿐이야."

"네 추진력은 정말 못 말리겠다. 내가 독일의 을씨년스러운 도시를 터벅터벅 걸으며 미친 나치 의사를 확인하러 간다 해도 말리지 않겠구나."

베티가 어떻게 해서 모든 상황을 이렇게 부정적으로 보게 되었을까? 내가 카샤에게 헤르타를 확인하라고 부탁해서 이득을 챙기려 한 것도 아닌데. 카샤는 괜찮은 것 같다. 그녀는 강하고 능력 있는 사람이니까. 마치 그 나이 때 나를 보는 것 같았다.

"어쨌든, 그 문제는 걱정하지 마, 캐롤라인. 네게 줄 선물이 있어."

"난 필요 없어."

베티는 스키아파렐리 가방을 주방 테이블에 올려놓았다.

"예쁘네, 베티."

"응, 하지만 어머니 가방이야. 어머니께 다시 돌려드려야 해. 나이 들어 구두쇠가 되셨거든. 진짜 선물은 이 가방 안에 있어."

나는 가방을 열었다. 금속을 플란넬 천으로 감싼 물건이었다. 나는 즉시 그것이 뭔지 알았다.

"아, 베티!" 나는 테이블을 붙잡아 몸을 지탱했다.

플란넬 포장 묶음을 꺼내 펼쳤다. 해물 포크 세트였다.

"전부 다 있어." 베티가 말했다. "몇 년 전 스나이더 씨에게 샀어. 너도 알다시피 그분은 좋은 물건이 있으면 내게 제일 먼저 연락하거든. 그가 울시 은식기가 있다고……"

내가 가방에서 모두 스무 개 묶음을 꺼내 테이블에 올려놓으니 갈색의 플란넬 피라미드가 되었다.

베티는 팔로 나를 안았다. 내 뺨이 베티의 차갑고 부드러운 밍크에 닿았다. "캐롤라인, 눈물을 보이면 안 돼. 오늘은 기쁜 날이잖아."

내게 이렇게 좋은 친구가 있으니, 얼마나 기쁜가. 엄마는 대수롭지 않은 듯 말하겠지만 울시 할머니의 은식기를 되찾은 데 무척 기뻐할 것이다.

베티와 나는 정원의 카드 테이블에 웨딩 케이크를 설치하고, 팔아버렸다가 되찾은 은제 포크로 쁘띠푸르를 만들었다. 행복한 주인공 커플이 서고 하객들이 그 주위를 둘러쌌다. 바깥에 핀 수국의 흰 꽃잎들은 목을 내밀어 축제를 구경하는 구경꾼들 같았다. 엄마가 줄리앙을 안고 케이크를 자르는 동안 주인공 커플은 보드카가 든 사랑의 잔을 들었다. 그때 베티와 오케스트라 단원들은 "러브샷!", "원샷!"을 외쳤다.

나는 레모네이드를 더 준비하기 위해 집으로 돌아가는 길에 자전거 벨소리가 들려 돌아보았다. 얼 존슨이었다. 집 모서리를 돌아가는 그의 자전거 타이어가 잔디 위에 뱀 모양의 검은 자국을 만들고 있었다. 그의 슈윈 호넷 자전거에는 크롬 헤드램프가 장착되고 노란색 플라스틱 데이지가 섞인 흰 바구니를 달고 있었다.

얼은 모자를 벗고 당황한 표정을 지었다. "미스 패리디,

잔디 위를 지나가서 미안합니다."

"괜찮아요, 얼." 내가 말했다. 잔디 위를 지나지 말라고 할 수야 없었다. 잔디 좀 밟으면 어때서? 다음번엔 내려서 걸어 보는 것도 좋겠다.

수산나가 우릴 보고 아기를 안은 채 다가왔다. 오면서 떨어진 라일락 잔가지를 집어 들었다. 수산나가 라일락으로 줄리앙의 턱밑을 간지르자 아기는 좋아서 개구리처럼 다리를 버둥거렸다. 수산나의 걸음걸이에서 그녀가 이제 완전히 좋아진 것을 확인할 수 있었다.

얼이 자전거를 세우고 섰다. "편지가 있습니다. 보낸 사람은." 그가 주소를 곁눈질했다.

내가 편지를 받아들었다.

"고마워요, 얼." 얼핏 보아도 폴의 필체가 분명해서, 그것을 앞치마 주머니에 넣었다. 손가락으로 편지를 만져보니 두꺼운 느낌이었다. 좋은 신호였다. 최근에 뉴욕에서 파리로 팬암의 직항로가 생긴 것과 관계 있을까?

얼은 자전거 바구니에서 두 번째 봉투를 꺼냈다. "전보도 있습니다. 서독에서 왔습니다." 얼이 내게 내밀고는 손을 자전거 핸들에 올리고 기다렸다.

"고마워요, 얼. 내가 여기서 받아가도 되겠네요."

얼이 돌아서며 인사했다. "안녕히 계세요." 그는 이번에는 자전거를 잡고 걸어서 돌아갔다. 엄마가 이를 보고는 얼을 케이크 있는 곳으로 데려갔다.

수산나가 내게 손을 내밀었다. 기대가 가득한 눈빛이었다.

나는 봉투 한쪽을 뜯어 전보를 꺼냈다. "서독에서 카샤가 보냈구나."

나는 수산나의 손이 내 손을 감쌀 때 소독약과 베이비파우더 냄새를 맡았다. 차갑지만 부드럽고 정성이 담긴 손길이었다. 엄마의 손처럼.

"내가 소리 내어 읽어볼까?"

수산나가 고개를 끄덕였다.

"'스톡시로 가는 중임. 혼자서'라고 쓰여 있구나."

"그게 전부예요?" 수산나가 물었다. "더 있을 거야."

"아, 이게 끝이다. '카샤'라는 서명까지 있으니."

수산나는 내 손을 놓고 가만히 섰다. "어쨌든 카샤가 가고 있고, 그 사람이 헤르타가 맞는지 직접 확인하겠죠?"

"나도 그것이 두려워. 하지만 이건 중요한 일인 걸 너도 알잖아. 카샤는 용감한 사람이지. 괜찮을 거야."

수산나는 줄리앙을 더욱 꼭 껴안았다. "어떻게 될지 겁이 나서."

수산나는 돌아서서 장난감 집 쪽으로 걸어갔다. 어깨 위 아기는 한 손을 입에 넣은 채 멀어지는 나를 바라보았다. 내가 목초지를 지나는 수산나 모습을 지켜보는 동안 오케스트라는 소니 제임스의 '영 러브'를 연주했다.

　장난감 집에 간 수산나는 안으로 들어가 조용히 문을 닫았다. 나로부터 멀리 떨어져나가는 느낌이었다.

47장

카샤, 1959년

접수원이 나를 진료실로 안내했다.

"여기서 기다리세요." 그녀가 말했다.

실내는 깔끔했다. 오리엔탈 카펫, 연두색 벽, 그리고 조용한 정원이 내려다보이는 프랑스식 창문들. 오래된 목재와 가죽 냄새가 났으며, 가구는 고급스러워 보였다. 양탄자로 덮인 소파. 사자 발처럼 생긴 다리가 있는 갈색 사이드 테이블이 반짝였다. 의사의 넓은 책상에는 높은 가죽 의자가 있었다. 방문자들은 책상 너머 푹신한 검은 의자에 앉은 사람을 존경스럽게 바라보겠지. 정말 이곳에서 헤르타가 살아가고 있단 말인가? 그렇다면 그 여자의 마지막 지위보다 훨씬 높아진 것이다. 이 여자가 콩밥을 먹고 있지 않은 것은 확실했다.

"부인이 마지막입니다." 접수원이 말했다. "오늘 환자가 많았습니다. 오전에 수술도 두 건이나 하시고."

"변하지 않는 것도 있습니다." 내가 말했다.

"무슨 말씀이시죠?"

나는 의자로 걸어갔다. "아, 아무것도 아닙니다."

의자의 나무 팔걸이를 잡는 내 손이 떨려서 진정시켜야 했다. 벽 한 면에는 빌트인 책장이 있었고, 선반에는 핑크색 도자기 시계가 놓였다.

"전 이제 퇴근합니다." 접수원이 말했다. "여기, 부인의 접수증입니다. 의사 선생님이 곧 오실 겁니다."

"고맙습니다." 내가 말했다.

나는 접수증을 보았다. 맨 위에 '닥터 헤르타 외버호이저'라는 이름이 예쁜 글씨체로 인쇄되어 있었다. 증거다!

나는 접수원의 손을 잡고 이 방에 나와 함께 있어달라고 부탁하고 싶었지만 그녀가 나가는 모습을 보았다. 이제 무슨 일이 일어날까? 그녀가 나가고 문이 닫혔다. 여기가 정말로 헤르타의 진료실이 맞고, 내가 그 여자에게 꺼지라고 말한 다음 문을 쾅 닫고 나간다면 기분이 얼마나 좋을까?

나는 일어서서 책장 쪽으로 걸어갔다. 카펫이 부드럽게 밟혔다. 나는 손가락으로 가죽 양장본 책들을 훑다가 두꺼운 책 한 권을 꺼냈다. 일반외과 도감. 헤르타의 전공이다. 나는 책을 원래 자리로 다시 넣고는 들녘의 소를 그린 유화 금박 액자가 걸린 벽 쪽으로 갔다. 책상 위에는 서류철, 전화, 티슈 상자, 그리고 도자기 쟁반에 놓인 물 주전자가 있었다. 주전자에서는 김이 피어올랐다. 이제 우리 둘뿐이었다.

나는 벽에 걸린 학위 액자를 보았다. 뒤셀도르프 대학의 임상의학, 피부과 학위였다. 감염병 학위도 있었다. 외과 학위는 보이지 않았다. 나는 물 한 잔을 들이켰다.

문이 열리는 소리에 돌아보니 은색 메르세데스에서 나왔던 여자가 방으로 들어오고 있었다.

나는 얼어붙었다. 갑자기 입에 모래가 꽉 찬 느낌이었다. 컵을 책상 위에 놓았다. 헤르타였다.

의사 가운을 입은 그녀는 손에 클립보드를 들고 책상으로 걸어갔다. 목에는 청진기를 걸쳤다. 내게 악수를 청하지 않은 건 다행이었다. 손이 땀으로 흠뻑 젖었다.

그녀는 클립보드의 내 서류를 보았고 나는 온몸이 풀리는 느낌으로 앉았다. 그녀의 표정은 지루함과 짜증 사이의 어디에 있는 듯했다.

"바코스키 부인, 제가 무엇을 도와드릴까요? 처음 오셨죠?"

"네, 처음입니다." 허벅지에 올린 손이 떨리지 않도록 주먹을 꽉 쥐었다. "저희 가정의 선생님을 구하고 있습니다."

그녀는 가죽 의자에 앉아서 몸을 책상 쪽으로 당겼다.

"폴란드인?" 그녀는 만년필 뚜껑을 열면서 물었다. 경멸의 표시인가?

"네." 나는 말하며 억지웃음을 지었다. "제 남편은 잡화상을 합니다."

내가 왜 이렇게 떨고 있나? 더 이상 어떤 나쁜 일이 일어날 수 있을까? 독일 공동묘지에 묻힌 슈렌 소장이 나치 무리와 함께 이 도시에 다시 등장해 호수에서 수영하는 것을 보는 것은 아닐까?

"플뢴에 살고 계신가요?" 그녀가 책상에서 내 물잔을 들고 컵 받침을 그 아래에 놓았다.

"네." 내가 말했다.

"스쿨스트리트에?"

"네, 맞습니다."

"재미있군요, 플뢴에는 스쿨스트리트가 없는데 말이죠."

"제가 스쿨스트리트라고 썼나요? 이사 온 지 얼마 되지 않아서." 창밖에선 까치가 날개짓을 하고 있었다.

"바코스키 부인, 오늘은 어떻게 오셨죠?"

그녀의 얼굴은 내 가슴 속에 이렇게 깊이 새겨졌는데, 그녀는 어떻게 날 알아보지 못할 수 있을까?

"선생님의 이력에 대해 제게 알려주실 수 있을까요?" 내가 물었다.

"저는 피부과 의사 수련을 받았지만 호헨리센 요양소와 베를린의 대형 교육병원에서 오랫동안 근무한 다음 최근에 가정의학으로 전공 분야를 바꿨습니다."

일단 심장이 쿵쾅거리지 않게 되자 나는 좀 더 편안하게 내 역할을 소화할 수 있었다. 이 여자는 정말 나를 알아보지 못한다.

"네, 그러셨군요." 내가 말했다. "그럼 그 이전에는 어디에서?"

"휘르스텐베르크의 여성 재교육 수용소에서 구내 의사로 근무했습니다."

그녀는 의자에 등을 기대고 손가락을 세웠다. 그 여자가 틀림없다. 하지만 헤르타는 변했다. 머리를 길게 기르고 값비싼 옷을 입었다. 좀 더 세련되어졌다. 감옥이 이 여자를 무너뜨리지 못했다. 하지만 이 여자는 어딘지 좀 더 정교해졌다. 이런 생각을 하자 온몸이 다시 긴장되었다. 피해자들이 후유증으로 힘들게 살아가는 동안 범죄자는 이렇게 호화로운 삶을 살아도 되는 것일까?

"휘르스텐베르크는 아름다운 곳이죠." 내가 말했다. "호수와 모든 곳이 아름답습니다."

"그곳에 가보신 적이 있나 봅니다."

이 순간이다. 나는 선택을 해야 한다. 여기서 그만두거나 내가 해야 할 일을 계속하는 것.

"네, 그곳의 수감자였습니다."

시계가 30분을 알렸다.

"오래전 일입니다." 헤르타가 말했다. 그녀는 의자에서 일어서더니 책상 위를 정리하는 척했다. "더 이상 물을 말이 없다면, 저는 다른 환자들을 봐야 할 것 같습니다. 예약 시간이 다 돼가는군요."

"내가 당신의 마지막 환자입니다."

헤르타가 미소 지었다. 처음이었다. "왜 옛일을 들쑤시는 거죠? 어떤 범법 행위로 그곳에 있었던 게 아닌가요?"

내가 준비했던 말이 모두 날아갔다. "당신, 날 정말 모르는 거야?"

그녀의 얼굴에서 미소가 사라졌다.

"당신이 내게 수술했고, 젊은 여자들을 죽였지. 아기들도. 당신, 어떻게 그런 짓을 할 수 있었던 거야?"

"난 내 일을 했을 뿐이에요. 학술 연구를 했다는 이유로 수년을 감옥에서 보냈고요."

"겨우 5년이야. 당신은 20년 형을 선고받았어. 그런데 이렇게 빨리 용서받아? 학술 연구?"

"독일 군인들을 살리기 위한 연구였습니다. 그리고 독일 정부는 오래전부터 그런 연구 목적으로 사형수들을 이용할 권리를 행사해왔어요."

"헤르타 외버호이저, 우리는 겨우 살아남았어."

헤르타는 나를 뚫어져라 쳐다보았다. "나는 형을 살았고, 이제 당신들이 날 용서해준다면……."

"내 어머니도 라벤스브뤼크에 있었어."

헤르타는 책상 서랍을 닫으려 했지만 들어가지 않았다.

"나는 모든 수감자들을 다 기억할 수는 없습니다."

"할리나 쿠츠메릭."

"들어본 것 같지 않군요." 헤르타는 일 초도 주저하지 않고 말했다.

"당신이 블록 원으로 가게 한 사람이지."

"라벤스브뤼크 죄수는 십만 명이 넘었어요." 헤르타가 말했다.

"죄수란 말 다시는 쓰지 마."

"난 그 사람에 대한 기억이 없습니다." 헤르타가 나를 힐끗 쳐다보며 말했다.

저 여자가 나를 두려워할까?

"할리나 쿠츠메릭." 나는 반복해서 말했다. "간호사였고 의무동에서 당신과 함께 일했어."

"죄수 간호사들이 세 차례 교체됐습니다. 그중 한 명을 기억하라는 것인가요?"

"금발에 독일어가 유창했어. 화가이기도 했고."

헤르타가 미소 지었다. "도와주고 싶지만 기억이 나지 않네요. 초상화를 그리던 모든 간호사를 다 기억하지 못해 미안합니다."

창밖으로 구름이 지나가자 헤르타의 책상 위로 햇빛이 쏟아져 들어왔다. 모든 것이 느리게 진행되었다.

"난 당신에게 엄마가 초상화를 그렸다고 말한 적 없어."

"이제 그만 가주셔야 합니다. 나는 정말 바쁩니다. 내
가⋯⋯."

나는 일어섰다. "엄마를 어떻게 한 거야?"

"이제 그만 폴란드로 돌아가시죠."

나는 책상으로 바싹 다가갔다. "그들이 당신을 석방시켰
을지 몰라도, 당신에게 더 많은 벌을 내려야 한다고 생각하
는 사람들이 있어. 그중에는 영향력 있는 사람들도 많지."

"나는 대가를 치렀습니다."

헤르타는 만년필 뚜껑을 닫고는 서류철 위로 던졌다. 그
녀의 반지가 햇빛을 반사하며 책상 위에 만화경을 펼쳤다.

"아름다운 반지로군." 내가 말했다.

"내 할머니 것입니다." 헤르타가 말했다.

"당신은 제정신이 아니군. 정신병자."

헤르타는 창밖을 보았다. "난 당신이 무슨 말을 하는지 모
르겠군요."

"부적응 행동을 보이고 있어."

"이 반지는 내 가족이 물려준 것입니다."

"그만해."

헤르타는 서랍에서 가죽 포켓북을 꺼냈다. "돈을 원하는
건가요? 폴란드인들은 모두 이런 식으로 손을 내밀지."

"당신이 내 어머니에게 생긴 일을 정확히 말해주지 않으

면, 나는 나를 여기로 보낸 사람들에게 돌아가 당신이 여기 있고, 의원을 열어 아기를 진료하며, 메르세데스-벤츠를 타고 다닌다고 말할 거야. 그리고 신문사에 가서 모든 것을 털어놓을 거고. 당신이 사람들을 어떻게 죽였는지. 아이들과 엄마들, 그리고 나이 든 사람들을. 그리고 당신은 여기서 아무 일도 없었던 듯 잘 살고 있다고."

"난 아닙니다."

"물론 저 멋진 그림들도 빼앗겨야지. 가죽 양장 책들도."

"그만!"

"예쁜 시계도 있었군."

"그만, 생각할 시간을 줘요." 헤르타는 자기 손을 내려다보았다. "내가 기억하는 한, 그녀는 일을 매우 잘했습니다. 맞아요, 그녀 덕에 의무동이 잘 돌아갔습니다."

"그런데?" 이 속도라면 나는 국경 검문소까지 제 시간에 갈 수 없었다.

헤르타는 머리를 한쪽으로 기울였다. "당신이 신문에 말하지 않는다는 것을 내가 어떻게 믿을 수 있죠?"

"계속해." 내가 말했다.

"그러니까…… 그녀는 도둑질을, 온갖 것들을 훔쳤습니다. 붕대, 설파제 약물들. 나는 믿을 수 없었습니다. 하지만 시내에서 일하는 파울라 슐츠라는 약사가 SS 약국용 물품을 가져와 그녀에게 전달한 것이 밝혀졌습니다. 강심

제. 폴란드인의 머리카락과 바꾼 신발, 그래서 늙은 여자들은……."

"난 그게 어디에 쓰였는지 알아. 계속해."

"그것으로도 나쁜 일이었지만, 난 리스트에 대해서는 몰랐습니다." 헤르타는 나를 힐끔거렸다.

나는 몸을 앞으로 내밀었다. "리스트라면?"

"설파제 테스트를 할 수술 대상자 목록. 당신 어머니가 그 목록을 직접 조작하는 것을 마샬 간호사가 보았죠."

"조작하다니?" 내가 물었다. 하지만 나는 알았다.

"그녀는 당신과 당신 언니를 빼려고 했어요. 그리고 다른 죄수들도."

"그래서 어머니를 죽였어?" 말하는 내 눈에서 눈물이 쏟아졌다.

"먼저 징벌방으로 보냈는데, 마샬 간호사가 슈렌에게 석탄에 대해 일러바쳤습니다. 이질에 걸린 수감자들 치료용으로 석탄을 이용한다고요. 나는 슈렌에게 당신 어머니가 약국 물품에 손댄다는 말을 하지 않았지만, 슈렌에게는 석탄 이야기만으로 충분했습니다."

"죽이는 데 충분했다고?" 내 몸이 무너져내리는 느낌이었다.

"제국의 물품을 도둑질한 것이니까." 헤르타가 말했다.

"사람을 죽이는데 당신은 가만히 있었군."

"난 무슨 일이 일어났는지 몰랐어요."

"처형의 벽?" 나는 눈물을 멈출 수 없어 손수건을 찾아 핸드백을 뒤졌다.

헤르타는 분명히 알고 있었다.

"난 정말 지금 가야만 합니다." 그녀가 일어서기 시작하며 말했다.

"앉아." 내가 말했다. "누가 엄마를 쐈어?"

"난 모릅니다."

"누가 쐈냐니까." 나는 더 큰 소리로 말했다.

"오토 폴." 헤르타가 빠르게 말했다. "깊이 잠든 그를 빈츠가 깨웠습니다."

이 여자는 지금 나를 두려워하고 있다는 생각에 나는 몸을 더 똑바로 세웠다.

"구체적으로 말해."

"모르는 것이 좋을 겁니다."

"어떻게 되었냐니까. 두 번 묻게 하지 마."

헤르타는 한숨을 쉬었다. 그녀의 입술이 떨렸다.

"정말 알고 싶다고? 그래. 처형의 벽으로 가는 동안 할리나는 자신이 SS 한 명을 알고 있다고 오토에게 말했습니다. 높은 자리에 있는 레나르트 누구라고. '그에게 연락해보면 나를 보증해줄 것입니다.' 나는 그 레나르트에게 어머니에 대한 편지를 보냈었습니다. 내가 큰 위험을 감수했다는 것을 알아야 합니다."

그래서 브릿이 수용소에서 레나르트를 본 것이었다. 레나르트는 엄마를 구하기 위해 왔지만 너무 늦었다.

"계속해." 내가 말했다.

"정말 계속해요? 오토는 빈츠에게 계속 말했습니다. 그는 그 여자들을 좋아하고 있었으니까. 그러자 할리나가 부탁을 했습니다."

"무슨 부탁?"

"'내 아이들을 한 번만 더 보게 해주세요'라고. 슈렌은 허락…… 그녀가 저지른 일을 생각할 때 그로서는 큰 인심을 쓴 것이죠. 나는 당신과 당신 언니에게 수술했던 기억이 없습니다. 빈츠가 당신들 둘이 자고 있는 곳으로 그녀를 데려갔습니다. 그다음에는 조용히 떠났습니다. 그들은 처형의 벽에서 슈렌을 보자 그대로 진행했습니다. '처리해버려.' 빈츠가 오토에게 말했습니다. 하지만 총이 불발이었습니다. 오토가 울고 빈츠도 울었죠. 난리였습니다."

"그리고?" 내가 물었다.

"이건 너무 추악한 일입니다." 헤르타가 말했다.

내가 정말로 알기를 원했을까?

"말해." 내가 말했다.

"결국 오토가 했습니다. 헤르타는 잠시 말을 멈추었다. 멀리 공원에서 놀고 있는 아이들의 소리만 가끔 들릴 뿐 헤르타의 진료실 안은 적막이 흘렀다.

"어떻게?" 내가 물었다. 이 대답만 듣고 나는 고향으로 돌아갈 것이다.

헤르타는 의자에서 몸을 움직이고 한숨을 쉬었다. "순식간에."

이 이야기를 듣기까지 오랜 시간이 걸렸다. 나는 주저앉았다. 몸에서 영혼이 빠져나간 느낌이었다. 이상하게도 나는 더 상세히 알고 싶었다. 그래야만 다시 삶으로 돌아갈 수 있을 것 같았다.

"엄마가 비명을 질렀어? 엄마는 총을 무서워해."

"그녀는 뒤로 돌아있었기 때문에 예상하지 못했습니다." 헤르타는 눈물을 닦았다.

"당신 느낌은 어땠어?"

"나?" 헤르타가 물었다. "모르겠어요."

"보았으면 어떤 느낌이 있었어야지."

"나도 아주 슬펐습니다." 그녀는 티슈를 한 장 뽑았다. "이제 행복한가요? 그녀는 일을 잘했습니다. 실질적으로는 순수 독일인이었습니다. 슈렌은 내가 그녀와 너무 가깝다고 질책했습니다."

"당신이?"

"우린 친구 같았죠."

나는 그 의사가 엄마를 좋아했던 것을 알았다. 하지만 엄마가 이 범죄자와 실제로 어울렸을까? 엄마는 물품을 빼돌리기 위해 친한 척만 했을 것이다.

"당신이 우리가 할리나 딸인 것을 알았다면, 그 리스트에서 우릴 뺐을까?"

헤르타는 손가락을 만지작거리더니 엄지를 쳐다보았다. 멀리서 잔디 깎는 기계 소리가 들렸다.

몇 초 후, 나는 일어섰다.

"알겠어. 말해줘서 고마워."

내가 왜 이 여자에게 고맙다고 해? 모두가 너무 비현실적이었다. 나는 왜 이 여자에게 지옥에 떨어져라 하고 욕을 퍼붓지 못하나?

나는 문으로 가다 돌아섰다.

"그 반지 줘." 내가 말했다.

그녀는 양손을 가슴께에서 맞잡았다.

"지금 빼." 내가 말했다. "빼서 책상 위에 올려놔."

이 여자에게 손이 닿는다는 생각에 속이 매스꺼웠다.

헤르타는 잠시 가만히 앉아 있다 반지를 뺐다.

"손가락이 부어서." 그녀가 말했다.

"한번 봅시다." 나는 그렇게 말하며 심호흡을 하고 그녀의 손을 잡았다. 반지를 두드린 다음 앞뒤로 움직였다. 이윽고 반지가 빠지면서 그녀 손가락에 가늘고 흰 줄이 드러났다.

"여기." 헤르타가 내 눈을 피하며 말했다. "이제 됐나요? 그만 가주세요."

그녀는 일어서서 창가로 가 아래 정원을 내려다보았다. "난 당신이 우리의 협상을 잘 마무리 지었으면 합니다. 신문사에 알리진 않겠죠? 약속을 받을 수 있습니까?"

나는 반지를 치마에 문질러서 헤르타의 흔적을 모두 지우고 내 왼손 넷째 손가락에 끼웠다. 차갑고 무거운 느낌이었다. 완벽하게 맞았다.

엄마.

나는 문으로 걸어갔다.

"이제 나와 만날 일은 없을 거야." 내가 말했다.

헤르타는 창문에서 돌아섰다. "바코스키 부인."

나는 걸음을 멈췄다.

헤르타가 자기 가슴 앞에 한 손을 동그랗게 주먹 쥐고 섰다. "나는……."

"뭐라고?"

"난 이 말을 하고 싶었……."

시계 소리가 들렸다.

"할 수만 있다면 그녀를 다시 데려오고 싶습니다."

나는 잠시 그녀를 바라보았다.

"나도 그래."

나는 가벼워진 기분으로 진료실을 나갔다. 문은 약간 열어두었다. 문을 쾅 소리 나게 닫지 않았다.

나는 서둘러 스톡시 전신국을 찾아 짧게 전보 두 통을 보냈다.

첫 번째는 피에트릭과 할리나에게. 난 괜찮아. 곧 집에 돌아간다.

다른 전보는 코네티컷의 캐롤라인에게. 헤르타 외버호이저인 것이 분명함.

나는 신문사로 보낼 편지를 찢었다. 캐롤라인이 적당한 때에 헤르타에게 조치를 취할 것이다. 그건 이제 내게 중요하지 않았다.

나는 차를 몰아 뤼베크 슈루푸프 검문소로 갔다. 별 어려움 없이 통과했다. 나는 잠을 못 잤지만 집으로 가는 길은 졸리지 않고 생생했다. 머플러가 떨어져나간 내 엔진은 아직 강력했고 액셀을 밟을 때마다 힘차게 회전하여 집으로 가는 언덕들을 넘었다. 달빛이 나의 길을 비춰주었다. 넓은 벌판과 푸르고 흰 오두막, 어두운 숲에서 은색으로 반짝이는 자작나무들.

나는 헤르타와의 대화를 떠올리며, 엄마가 내게 작별 인사를 했다는 생각에 기뻤다. 나는 내 이마를 만지며 미소 지었다. 그 꿈 같던 키스가 실제였다니.

나는 창문을 내리고 가을 냄새가 어두운 차 안으로 들어오게 했다. 신선한 풀 냄새를 맡으며 과거로 돌아갔다. 사슴 목초지, 내 옆의 피에트릭 몸에서 풍기던 따뜻함, 아침 식사 자리에서 할리나를 안고 있던 그이, 팔에 아기를 안고서 신문을 읽던 그이. 그이는 아기를 내려놓지 않았다.

루블린 외곽에 진입할 때도 어두웠다. 가로등이 꺼진 후, 새벽빛이 주위를 비추기 전이었다.

나는 도시를 깨우지 않기 위해 거리를 천천히 달렸다. 소와 함께 오는 젖 짜는 여자들을 지나쳤다. 어둠 속에서 벨 소리가 울렸다.

루블린 성 아래 광장을 지나갔다. 게토가 있었던 곳으로, 전쟁 중에 강제 노동자들에 의해 허물어져서 지금은 없고 황동판만 남아 있다. 우리의 옛집이 있던 곳을 지났다. 뒷마당에 펠카의 무덤이 있고, 캐롤라인의 라일락이 이미 뿌리를 내려서 강하고 아름다운 나무로 자라는 중이다. 엄마는 나를 데리고 학교까지 걸어갔었다. 엄마 생각에 미소가 났다. 더 이상 가슴을 찌르는 뜨거운 칼이 아니었다. 새로 지어진 병원을 지나며 캐롤라인과 함께 있을 수산나 언니를 생각했다. 편안하기를. 할리나와 내가 뉴욕으로 갈 날이 있을 것이다. 아이는 미술박물관을 좋아하겠지.

아파트에 도착해서 나는 신발을 벗고 조용히 할리나 방

으로 향했다. 어둠 속에 서서 아이의 가슴이 오르내리는 모습을 지켜보았다. 엄마의 반지에서 반사된 빛이 아이가 누워 있는 침대 위를 지나갔다. 아이 머리는 금이 녹은 것 같았다. 베개 밑에 붉은 플란넬 그림 붓 세트를 밀어넣고 아이를 힘껏 안아 머리 끝에 키스를 해줄 때 아이는 뒤척이지도 않았다.

나는 피에트릭의 침대로 갔다. 그는 한 팔을 눈에 올린 채 자고 있었다. 나는 바닥에 쓰러졌다. 그리고 침대로 올라가 그의 몸에 닿기 위해 시트 밑으로 기어들었다. 나는 그의 땀 냄새와 러시아 담배 냄새, 그리고 우리 집 냄새를 한껏 맡았다.

그가 나를 가까이 당겼다. 아주 오랜만에, 처음이었다. 이제 비로소 인생이라는 나의 무대에서 한 장의 막이 내리고, 새로운 장이 시작되는 것 같았다.

혹독한 겨울을 이기고 피어난
라일락 꽃무리에 홀리듯 써내려간
'그녀들'의 이야기

『라일락 걸스』는 실화를 토대로 했다. 라벤스브뤼크 직
원들이 증언했듯이, 헤르타 외버호이저와 캐롤라인 패리
디는 모두 실재했던 인물이며, 캐롤라인의 어머니와 아버
지인 엘리자와 헨리 패리디 그리고 헤르타의 부모도 실재
인물이다. 그들을 이 책에 등장시키며 나는 그들 모두를 가
장 공정하고 실제와 가깝게 표현하기 위해 최선을 다했다.
캐롤라인의 편지, 뉘른베르크 의사재판 기록, 그리고 생존
자들의 증언 등을 통해 나는 그들의 동기가 무엇이었는지
짐작할 수 있었다. 이 책에 나오는 대화는 나의 창작이지만
의사재판에서의 실제 증언을 인용하기도 했으며, 캐롤라
인 편지 속의 표현, 그리고 그녀 자신이 쓴 이야기나 그를 아
는 다른 사람들의 이야기에서도 가져왔다.

라벤스브뤼크는 히틀러가 여성들만 수용한 대규모 수용소였다. 그곳 수감자들의 삶은 다른 여성들과의 관계에 크게 좌우되었다. 70년 이상이 지난 후에도 생존자들은 수용소의 "언니들"이라 부르고 있다. 그래서 나는 두 자매를 중심으로 내 이야기를 풀어 가기로 생각했다. 카샤 쿠츠메릭과 그녀의 언니 수산나는 니나 이반스카와 그녀의 의사 언니 크리스티나를 모델로 했다. 두 사람 다 수용소에서 수술 받았다. 나는 74명의 폴란드인 '래빗'들이 경험한 내용을 통해 이러한 인물들을 그렸다. 글을 쓰기 위한 연구 과정에서 이 래빗들을 깊이 사랑하게 되었으며, 이분들을 통해 여자들 한 명 한 명이 보여준 용기와 정신을 독자들이 확인할 수 있기를 바란다. 나 자신에게도 두 명의 자매가 있고, 다섯 명의 시누 올케가 있다. 그리고 무엇보다 내 두 딸이 24년 동안 서로 의지하며 살아온 과정을 직접 지켜보았다. 그래서 니나와 크리스티나의 이야기를 그냥 넘길 수 없었다.

나는 1999년 <빅토리아> 잡지의 한 기사를 통해 캐롤라인 패리디를 처음 알게 되었다. "캐롤라인의 믿기 힘든 라일락들"이라는 제목이었다. 그 기사에는 코네티컷 베들레헴에 있는 하얀 목조주택 사진이 있었다. 그 가족들이 '더 헤이'라 불렀고 지금은 '벨라미-패리디 하우스'로 알려진 곳이다. 고전적인 장미와 특별한 라일락이 가득한 정원의 사진도 있었다. 라일락이 피고 지는 긴 시간 동안 나는 그 기사를 지니고 다녔다. 셋이나 되는 아이를 키우느라 바쁜 와중에서도 나는 몇 년 후 그 집을 방문하게 되었는데, 그 여행이 지금 당신 손에 있는 소설로 이어지리라고는 생각도 못 했다.

나는 어느 5월의 일요일에 베들레헴에 가서 자갈길 도로로 접어들었다. 내가 그날의 유일한 방문객이었기에 나는 집의 진수를 볼 수 있었다. 1990년 캐롤라인이 세상을 떠날 때 남긴 모습 그대로였다: 색 바랜 벽지. 그녀의 지붕침대. 그녀의 어머니 엘리자가 손수 수놓은 직물들.

여행이 끝날 때 안내인이 2층의 침실 바깥에 책상, 타자기, 메달, 그리고 샤를 드골의 사진 등 다양한 것들을 모아 둔 곳을 보여주었다. 그 중에서 안내인은 중년의 여성들이 세 줄로 모여 미소 짓고 있는 흑백 사진을 집어 들었다.

"이들은 캐롤라인이 미국으로 데려온 폴란드 여성들입니다. 라벤스브뤼크에서 이 여성들은 래빗으로 불렸습니다. 두 가지 이유에서죠. 그들이 수술 받은 후 수용소를 껑충거리며 뛰어다녔기 때문이고, 또 나치의 실험토끼였기 때문입니다."

캐롤라인의 라일락 나무를 차에 싣고 집으로 오는 길에 차 안은 달콤한 향기로 가득찼고 그곳에서 들었던 이야기는 나를 떠나지 않았다. 캐롤라인은 전직 사교계의 거물이자 브로드웨이의 스타이면서도 흥미진진한 삶을 살았던 진정한 영웅이었다. 그녀는 배우로서 전쟁 후 지친 미국에 힘을 불어넣었으며, 잊혀진 다른 여성들을 돕는 데 헌신한 여성이었다. 그녀는 또한 차별 반대 운동에도 앞장서 할렘에 흑인 은행이 처음으로 들어서는 데 도움을 주었다. 하지만 그녀는 그녀가 살아온 영웅적 삶에 비해 거의 알려지지 않았다.

나는 시간이 나는 대로 캐롤라인과 라벤스브뤼크, 그리고 2차 세계대전을 연구했다. 시간을 낼 수 있는 오후에는 항상 더 헤이에 붙은 오래된 헛간 아래의 지하 저장고에서 보냈다. 그곳의 책과 편지 들을 통해 캐롤라인의 과거를 흡수했다. 코네티컷 랜드마크와 그 사이트 운영자였던 크리스틴 하빌이 이러한 자료 모두를 분류하여 보관함에 넣어 놓았다. 크리스틴은 그 자료를 직접 들고서 계단을 내려와서 내가 샅샅이 찾아볼 수 있게 해 주었다. 캐롤라인은 미국 워싱턴과 프랑스 낭테르의 홀로코스트 메모리얼 박물관에도 자료를 남겼다. 이러한 모든 것들이 내게 따라 오라고 부르는 것 같았다.

캐롤라인의 삶을 더 연구해 가면서 그 속에 다른 사람들의 이야기도 포함된 것을 알게 되었다. 그 중에서도 라벤스브뤼크에서 수술실험의 대상이 되었던 폴란드 여성들의 이야기가 큰 비중을 차지했다. 나는 생존자들의 기억이나 다른 여러 설명들을 통해 그들의 인생 행로를 추적하기 시작했으며, 캐롤라인이 그들을 자신의 딸처럼 몹시 사랑했다는 것을 알았다. 나는 74명의 폴란드 여성들 모두의 사진을 내 사무실에 붙여두고 그 여자들 중에서 많은 수가 체포된 장소였던 루블린을 찾아가 보기 위해 폴란드 방문 계획을 세웠다. 혼자서.

라벤스브뤼크에 대한 연구에서 제3의 인물이 나타났다. 모두가 여성이었던 수용소에서 유일한 여자 의사였고 뉘른베르크 의사재판에서 심판받았던 유일한 여자 의사, 닥터 헤르타 외버호이저. 그녀가 어떻게 그런 일을 같은 여자들에게 저지를 수 있었을까? 그녀의 사진도 라벤스브뤼크의 다른 직원들 사진과 함께 붙였다. 그러나 다른 벽에 붙였다. 그리고 내가 구성하는 이야기에 헤르타의 이야기를 더했다.

2009년에 나는 코네티컷에서 애틀랜타로 이사한 다음 글쓰기를 시작했다. 처음에는 집 뒤의 개집에 몸을 체인으로 묶은 상태에서 콘크리트에 앉아 썼다. 수감자처럼 되어 라벤스브뤼크 여자들이 느꼈던 것을 경험할 수 있을까 하는 생각에서였다. 그러나 그 여자들의 이야기에 대해 좀 더 직접적인 설명을 읽으며, 그들의 이야기를 체험하기 위해 그렇게 앉아 있을 필요가 없다는 것을 알게 되었다. 그들이 나를 생생한 체험의 장으로 데려갔던 것이다.

숨막히는 불확실성의 공포. 친구나 어머니 혹은 자매를 잃는 슬픔, 그리고 굶주림. 그래서 그런지 나 자신은 끊임없이 먹고 있었으며, 그들을 위해 먹으려 했다.

다음 해 여름 나는 폴란드와 독일을 찾았다. 나의 열입곱 살 아들을 비디오 촬영자로 데리고, 2010년 7월 25일 바르샤바에 도착하여 루블린으로 향했다. 바르샤바 교외에서 학교 교사로 일하는 안나 사샤노비츠가 통역으로 우리와 함께 했다.

생존자들이 기억을 되살려 지목한 장소들을 찾아 루블린을 걸어가는 동안 이야기가 점차 생명을 찾아갔다. 라벤스브뤼크 여성들이 처음 수감되었던 거대한 루블린 성을 걸었다. 언더 더 클럭 박물관에서 오후를 보내기도 했다. 그곳에는 많은 수의 폴란드 지하운동가를 고문했던 방들을 아직 그대로 보존하고 있었는데, 여성들이 인체 실험에 대해 세계에 알리기 위해 썼던 비밀편지 한 장을 볼 수 있었다. 나치의 폭격을 견뎌낸 크라코브 게이트 밑을 걸었고, 루블린 성곽 아래의 커다란 광장에도 갔다. 유대인 게토가 세워졌던 곳이었다. 그곳에서 나는 이 일을 세계가 기억하도록 해야 한다는 새로운 각오를 다졌다. 우리가 가는 곳마다, 루블린 시민들은 전쟁 중에 겪었던 경험들과 스탈린 시대에 있었던 카틴숲 대학살에 대해 말해주었다.

바르샤바에서는 라벤스브뤼크 생존자인 알리샤 쿠바카와 인터뷰할 수 있었다. 그녀는 라벤스브뤼크에서 그녀의 수감 생활을 매우 상세히 이야기해 주었지만, 자신에 대한 가해자들을 용서하는 태도를 보였다. 어떻게 해서 독일인들에 대해 분노는커녕 미워하는 마음도 없을까? 그녀는 그들을 용서했을 뿐만 아니라 매년 초청을 받고 독일을 방문하여 상처 치유를 돕는 활동을 하고 있었다. 이해할 수 없었다.

아들과 나는 1941년 9월 공포의 날에, 래빗들을 싣고 갔던 기차 경로를 따라가 보기로 했다. 바르샤바에서 베를린으로 기차를 타고 가며, 우리는 폴란드의 소박한 기차역이 좀 더 현대적인 독일식 역으로 바뀌고 있는 것을 보았다. 첨단 기술로 매끈하게 지어진 베를린 중앙역에 도착할 때쯤에

는 폴란드가 철의 장막에 가려 몇 년을 뒤처졌다고 생각하
게 되었다.

휘르스텐베르크역에서 기차를 내렸다. 라벤스브뤼크 여
성들이 발을 디뎠던 바로 그 플랫폼으로 비현실적인 느낌
을 주는 순간이었다. 아들과 나는 죄수들이 끌려갔던 그 경
로를 걸어갔다. 수용소가 눈에 들어왔다. 입구의 철문과 줄
지어 있던 막사들은 없어졌지만 거대한 담장은 아직 그대
로였다. 화장장도 남아 있었다. 가스실이 있던 장소는 허물
어졌지만 그 흔적은 아직 볼 수 있었다. 처형의 벽도 있었다.
수감자를 화장한 재가 뿌려졌던 호수도. 수용소 소장의 관
사는 여전히 수용소를 내려다보았고, 재봉 작업장, 나치가
약탈물을 분류했던 거대한 복합 건물들도 남아 있었다.

미국으로 돌아와서 나는 3년 넘게 책을 썼다. 가끔, 낭테
르에 있는 캐롤라인의 자료를 검토하기 위해 프랑스로 가
곤 했다. 그곳에서는 프랑스인 통역이 캐롤라인의 편지를
한 장씩 읽어주었다. 그 중 많은 편지는 그녀와 포스텔-비네
사이에 오간 편지였다. 그 역시 정의를 위해 일한 사람이었
다.낭테르에서 파리로 돌아온 이후 매일 밤 나는 뤼테티아
호텔로 갔다. 그 호텔은 한때 수용소에서 귀환한 사람들을
위한 병실로 이용되었는데 나는 그 방들 중 한 곳에서 잠을

잤다.

　같은 해에 나는 미국의 홀로코스트 기념관에서도 시간을 보냈다. 캐롤라인이 남긴 세 번째 자료집이 있는 곳이었다. 그 자료집에는 래빗들과 함께 한 활동뿐만 아니라 나중에 ADIR 소속 프랑스 친구들과 벌였던 활동에 관한 내용도 있었다. ADIR도 수용소에서 귀환한 사람들을 돌보고, 클라우스 바르비 추적을 돕는 일을 한 프랑스 조직이었다.

　이러한 모든 연구에서 내 목표는 라벤스브뤼크에서 일어난 일들을 소설로 써서 래빗들의 이야기에 등장하는 사람들의 경험을 독자들도 공유할 수 있게 하는 것이었다. 그리고 래빗들이 새로운 삶을 숨쉬기 위해 느껴야 했던 감정들도 이야기에 포함시켜보려 하였다.

　내가 사람들에게 래빗들의 이야기를 하면 그들은 헤르타 외버호이저가 결국 어떻게 되었는지 궁금해 했다. 그녀와 프리츠 피셔는 뉘른베르크 재판에서 교수형을 면했다. 헤르타는 20년 징역형을 선고받았지만 5년 후인 1952년 조용히 석방되었다. 미국 정부에 의해 감형되었는데, 냉전시기의 압력에 굴복하여 독일의 비위를 맞추려는 의도였던 것으로 보인다. 그녀는 독일 북부의 스톡시에서 가정의학

의원을 개설하여 의사로서의 활동을 재개했다. 라벤스브뤼크 생존자 한 명이 헤르타를 알아보자, 캐롤라인과 포스텔-비네가 나서서 영국 의사회에 압력을 가하여, 독일 정부가 헤르타의 의사 면허를 취소하도록 하였다. 헤르타는 모든 연줄을 동원하여 대항했지만, 캐롤라인이 그녀의 타자수를 찾아가고, 미국, 영국, 그리고 독일의 언론사에 로비하는 등의 활동을 펼친 결과, 1960년 헤르타의 의사 면허는 취소되고, 영구히 의료 활동을 할 수 없게 되었다.

캐롤라인이 노만 커즌스, 의사 히트치히, 그리고 변호사 벤자민 페랑츠 등과 협력하여 라벤스브뤼크 여성들 편에 서서 성공적인 로비 활동을 펼치자, 서독 정부는 마침내 1964년에 여성들에게 배상금을 지불하였다. 그것은 폴란드가 러시아의 통제 아래 있고, 서독 정부는 폴란드를 국가로 인정하길 거부하는 상황에서 무척 어려운 과정을 거쳤기에 캐롤라인의 인생에서 가장 큰 승리였다.

그 이후에도 캐롤라인은 많은 래빗들과 밀접히 연락하면서 지냈다. 그들을 자주 집으로 초대하였고 그들은 캐롤라인을 대모로 생각하고 찾아왔다. 캐롤라인에게 보낸 편지에서 그 단어를 언급할 때도 많았다. 캐롤라인도 그녀들이 자신의 딸처럼 생각된다고 편지에 적었다.

캐롤라인과 폴 로디에르와의 관계는 나의 상상 속에서 나왔으며 실제와는 거리가 있다. 나는 캐롤라인에게 이러한 관계를 설정하여, 그녀가 프랑스와 좀 더 개인적으로 밀접하게 만들어 그곳에서 일어난 일에 극적인 효과를 더하고자 했다. 나는 그녀가 자신에게 그처럼 멋있고 교양 있는 파트너를 맺어준 데 크게 반발하지 않을 것이라 생각하고 싶다.

캐롤라인은 1990년에 사망하였으며, 그녀의 집은 코네티컷의 랜드마크가 되어 캐롤라인이 원했던 그대로 사랑스럽게 유지되고 있다. 언제든 한 번 그곳을 방문해 보는 것은 좋은 일이다. 하지만 5월 하순 라일락이 필 때 가면 캐롤라인과 그녀의 어머니가 그 정원을 오래 떠날 수 없었던 이유를 알 수 있을 것이다.

내가 들려준 이야기와 관련된 사건들에 대해 더 많이 알고 싶다면, 관련해서 읽을 수 있는 것들이 많다. 같은 주제를 다룬 역사소설이나 회고록들이 많다. 베라 라스카(Vera Laska)가 쓴 <레지스탕스와 홀로코스트의 여성들(Women in the Resistance and in the Holocaust)>, 로첼 사이델(Rochelle G. Saidel)이 쓴 <라벤스브뤼크 수용소의 유대인 여성들(The Jewish Women of Ravensbruck Concentration Camp)> 그리고, 사라 헬름(Sarah Helm)이 쓴 <라벤스브

뤼크(Ravensbruck)> 등이 대표적이다.

이 책을 통해 독자들이 미처 생각해 보지 않았던 곳으로 멋진 여행을 떠날 수 있기를 바란다.

Martha Hall Kelly

라일락 걸스2
Lilacgirls2

마샤 홀 켈리
Martha Hall Kelly

2018년 12월 07일 1판 1쇄 펴냄

옮긴이	진선미
펴낸이	김성규
책임편집	김은경
디자인	진다솜
펴낸곳	걷는사람
주소	서울 마포구 월드컵로16길 51 서교자이빌 304호
전화	02 323 2602
팩스	02 323 2603
등록	2016년 11월 18일 제25100-2016-000083호
	ISBN 979-11-89128-21-0
	ISBN 979-11-960081-4-7 (세트)